霜 城

曹炳懿 著

陕西新华出版
陕西旅游出版社
·西安·

图书在版编目(CIP)数据

霜城 / 曹炳懿著. —西安：陕西旅游出版社，2014.11（2024.11重印）
 ISBN 978-7-5418-3109-6

Ⅰ. ①霜… Ⅱ. ①曹… Ⅲ. ①长篇小说-中国-当代 Ⅳ. ①I247.5

中国版本图书馆 CIP 数据核字（2014）第 260338 号

霜城	曹炳懿 著

责任编辑：张颖　强紫嫒
出版发行：陕西旅游出版社（西安市唐兴路6号　邮编：710075）
电　　话：029-85252285
经　　销：全国新华书店
印　　刷：三河市兴国印务有限公司
开　　本：787mm×1092mm　1/16
印　　张：21.5
字　　数：240 千字
版　　次：2015 年 3 月　第 1 版
印　　次：2024 年 11 月　第 2 次印刷
书　　号：ISBN 978-7-5418-3109-6
定　　价：69.80 元

曹炳懿

1989年生，陕西西安人，陕西省作家协会会员，毕业于西安外国大学中国语言文学学院戏剧影视文学专业，创办陕西光风霁月影视文化传媒有限公司，致力于文化传承与动漫影视文化产业传媒新体系。

主要作品
小说
《冰火鸳鸯剑》《腾蛟起凤》《霜城》《纵横捭阖》
散文集
《大梦》

序

　　"曾经，我们都拥有自己的梦想，从儿时，或者是校园时代就已经拥有那个也许'不太切实际'的梦想，随着生活阅历的积累，随着周边环境的改变，当初的理想或许因为现实而蒙尘，失去了原本的方向，而最终与理想渐行渐远，如同被霜气笼罩的城市一般。"这是这本叫做《霜城》的小说的作者讲给我的一段话，他的话中似乎解释了这部书稿之所以叫做《霜城》的缘由。

　　这是一个关于成长的故事。作者曹炳毅是我的学生，记得第一次见他的时候，一副文文弱弱的样貌，说是20岁，却显得比同龄人还要小，手里捧着他的第一部作品《水火鸳鸯剑》要送给我。当时我就想，这样的年龄，竟能写出30多万字的小说来，题材还是有关宋代人物的故事，真有点不敢相信。但两三年后，他接着又出版了第二本《腾蛟起凤》（小说）、第三本《大梦》（散文集）。这次的《霜城》，是第四部了，题材不再是取自历史的，而是转而写他亲身经历的现实题材了。这真让人刮目相看了。虽然不知道是什么力量让他坚持着，我却渐渐感觉到，在他的身上，有一种不露声色的才气、一种柔韧坚毅的性格，支撑着他前行。

　　炳毅是个有理想，有追求的人。他曾告诉我，"因为梦想，因为从小就根植在心里的志向和愿望，我要走一条属于自己的人生之路。"他是这样说的，也是这样做的。大学毕业才三年，创办了自己的文化产业设计公司，一边在商海中摸爬滚打，一边沉浸在文学创作中，而且都做出了不小的成绩。这使我想到，当今的许多大学毕业生，在择业时一心只想找一份稳定的工作；炳毅也拥有不错的年华，不错的条件，完全能够得到一个稳定的工作，然而他却走了一条与众不同的道路，自己创业，自己打拼，自己闯荡……这对一个刚刚毕业的学生而言，其困难和艰辛，是可想而知的。可是他却做得游刃有余，还时常抽出时间回母校，到教室里继续听他喜欢的老师讲课、充电。在和他多次的交谈中，我隐隐感觉到，他的心里有着更高远的梦想。这令我高兴。作为一个从事教育职业的人，当然希望自己的学生有高远的梦想，当老师的，不在于给学生多少知识，而是影响他们走一条属于自己的人生之路。教育的高境界就在于培养学生的理想和信念，给他们的人生注入鲜活的精神动力，使之走向社会后能够按照自己的理想去追求，去拼搏。炳毅就是我的众多的优秀学生中为自己的理想而奋斗的佼佼者。

在《霜城》这部小说里，炳毅写的是自己的创业经历，书中要表达的，是他在理想和现实中的各种纠结和矛盾。正如他给我讲写作这部小说的初衷时所说的，"回首过往，是否会扪心自问，当初的理想实现了吗？如果当初坚持那段理想，又会怎样？遇到困难，我们是应该退缩还是前进？当理想与现实产生矛盾，我们是该妥协还是坚持？千人千面，无法给出他正确的答案。"可是他偏偏又要告诉我他的答案。他说，"理想与现实，这样一对微妙的矛盾体，每时每刻在每一个人身上出现，我的同龄人也会经常疑问，自己为什么学习？为什么工作？为什么生活？会想的很多，但缺少如何去做的想法，缺乏如何克服困难的精神，因此，在一系列的想法中，会陷入迷茫，陷入混乱。"

《霜城》这本书以作者半自传的故事，讲述着他自己，也告诉着同龄以及后来人，现实的一切或许不尽如人意，或许困难重重，或许产生了不信任的危机，但是当你坚持下去，回首再看，不论成功失败，那一刻，至少不会后悔，也为之而骄傲。

炳毅曾对我说，稳定的工作不能代表成功的事业，没有困难便不会出现辉煌的人生。如果没有困难，这个道路任何人都可以行走，便不会有伟人和英雄。为了理想去克服困难，只要那个方向不改变，就已经是成功的。当我回想着他当初的这些想法，再翻看眼前他的这部新作《霜城》的时候，我又一次感受到他的性格里有一种深入骨髓的坚守。在现实与理想的碰撞中，多数人选择了妥协与现实，而他，选择坚持理想，他对当初自己理想的热情依旧没有减弱，相反，先前的那种炙热的情感，变成了更深沉的智慧。

炳毅很年轻，他不只有过这样积极的人生态度，也有悲观的时候，但是他能够在这样的混乱中学会如何看清，如何解决。在理想与现实中，学会区分，学会创造。因此，他笔下的《霜城》，或许不是一座城市，而是人的心，被一层重重的浓雾笼罩，自己看不见，也不会被人看见。但是正因这样，我们才要拨开那些霜气，勇敢地去面对。

张保宁
乙末年正月初二

1

每一次在这个时候，从梦中惊醒，每一次都是如此，对于唐子华来说，每一次都是噩梦，因为梦中，那个女子，他永远不能忘记，也是他最爱的那个人，但是到今日，却再也无法相见。

"距离刘思盈去世已经过了六十多天，我根本没法摆脱那段故事，也没法想像未来的日子！"唐子华坐在电脑前，静静地敲击键盘，记录现在的心情。

他是唐子华，情况有一些特殊，这符合他的身份，也符合他的性格，生性不愿受限制，也自然不会把眼前学校的一切放到眼中，即便还是学生，他也一如既往地想往外跑。

次日，一阵敲门声让蒙在被子里的唐子华烦躁不安，他随便穿衣，走下床打开门，懒洋洋地对门口提着食物的女孩说："进来吧。"

"给你带点吃的！"女孩将手中的食物放到唐子华面前，而他，还呆呆地坐在那里，看着刘思盈的照片，手中捏着刘思盈送给他的定情信物，一块几乎失去光泽的玉石。

陈琳珊，唐子华大学学妹，这些天一直在唐子华的身边。"你能不能正常一点？"唐子华摇头："你把东西放到那里就好了，我还不想吃。"陈琳珊瞪着他："是不是又想让我给你灌进去！"唐子华颤抖起来，快快走过来。

"这才乖嘛！"陈琳珊将碗筷推到唐子华身前，"最近有什么打算？"唐子华瞟了一眼，摇头："不知道。"陈琳珊试探性地问："那过去的事情你有什么想法？"唐子华还是鼻子有些微酸，他放下筷子，静静地发呆。

陈琳珊怯生生地说："其实，有一封信，是我今天刚收到的，是指名道姓给你的，但是我怕你控制不了情绪，所以就……""拿来我看看吧！"唐子华焦急地说着，胆小的陈琳珊有些不安，无奈地递出。

唐子华刚刚看到，他开始控制不住，信封的味道，带有刘思盈最喜欢的茉莉花香。"这信从哪拿的？"唐子华不敢相信，陈琳珊低着头："整理思盈姐遗物的时候发现的，我一直不敢交给你，因为……触景生情，会伤心。"唐子华没有搭理陈琳珊，撕开信件，仔细阅读，但没过多久，他就有些无法忍受，里面，没有别的，只有那些熟悉而又陌生的文字。

"子华，从一开始，我就相信我的眼睛，在茫茫人海与你相遇，我不知道这是为什么，是你让我相信了缘分，因为有你的存在，我才看到了未来，你向我表白，其实我已经很高兴，很早就想说了，我无法答应你，是因为自己，我不能承受如此重要的爱情，也不愿看着我爱的人为我的离开伤心。

你也说过，聚散都是缘分，离开你，是因为我被查出了骨癌，我无法继续坚持，因为我担心，担心让我为我而心疼，选择离开，是逼不得已，而回到你身边，是因为我怕失去你，也是不想让你难过，能够在你身边离开这世界，我很满足，但是对你很残忍，原谅我用这样的方法逃避自己，如果有来生，就让我做你的女儿吧，到时候对你撒娇，你可别骂我。

以前我们的小诗，我一直记得，可是很遗憾，我没法和你一起走下去，但是我希望有一天，会有一个女孩，代表我来和你一起读过，在这时，我想对你说一声，也是一直欠你的，其实，我一直爱你，从未改变。

经常希望我们能够一起走完人生，一起数天上的星星，一起去游历大江南北，可是我没法做到了。原谅我，还有，那次在山里捡到会发光的石头你一定要留在身边，因为是我送给你的，这样我还能感觉到你身体的温度！

我离开你之后，却一直坚信会和你重新相见，再见你身影的时候，我真的很高兴，能够和你重逢，是我一生最大的幸福，我知道你舍不得我离去，不愿意让我走。对不起，我没有遵守当年的约定，对不起，我不能等你了。生命中太多的事情我们无法掌控，让我们换另一个方法怀念对方，好吗？

我们因为爱而不舍，如今，你答应我，为了我们之间的爱，学会放下，答应我，好好活下去，好好爱你自己。如果以后找到了喜欢的女孩，你就放心地追吧，等你们结婚之后带到我的墓前，让我看她一眼就好了，还有，对那个女孩说我是你的妹妹，可千万不敢说我是你的女朋友，不然她会吃醋的。最后我想说的是，我走的时候，想见你最后一面，我会等着你，你看不见我，可我能看到你，你向我招招手，我才会放心离开。"

唐子华看到这里，嘴角抽搐了一下，双眼的泪水已经渗出。"思盈姐都说什么了？"陈琳珊看着他伤心的样子，心里有些放不下。唐子华却将信放在嘴前，眼神里充满了激动之情。他带着哭腔，发出了颤抖的声音："思盈，你走好，唐子华和你告别了……"话没说完，他已经泪流满面了，冥冥中他似乎听到一声深深的叹息，他知道，刘思盈的灵魂永远地逝去了……

唐子华扔下信封，眼角含泪冲到阳台，陈琳珊将信拿过，阅读起来。没过多久，她走到唐子华身边："别伤心了，毕竟你们有过一段过去。"

唐子华没说话，陈琳珊微微一笑："还记得以前吗？我们第一次认识，那时候你还在学校篮球队，意气风发，在我们眼中，你是那种不食人间烟火鄙视世间权贵的人，我们羡慕你的能力，也羡慕你身边有一个像思盈姐那样的才貌双全的女孩，她让我们嫉妒，但是我懂得，也只有思盈姐那么睿智的人，才能配得上你。"

唐子华不知道陈琳珊在说些什么，两眼看着她。陈琳珊转过身："你是我们心中的偶像，也是我们的榜样和精神支柱，思盈姐虽然离开了，但是你要更加坚强，不能就这么倒下，如果你倒下了，我们该怎么办？"

唐子华叹息一声："琳子，我累了，我想好好休息一段时间。""你打算怎么办？"陈琳珊问起他。"桂林，"唐子华嘴中，吐出这两个字，"我想去桂林，去那里看看，我想那里的一切了，追着过去，就让我再伤心一次，别的，我也不想多想了。"

"这都多久了,他走了有段时间了吧?"饭店里,颜晓梦不断地问陈琳珊这个问题。颜文不解:"你说谁?去哪了?"颜晓梦瞟了一眼她哥:"一看就知道你不关心你的兄弟,你难道没发现唐子华已经很久没出现在大家的视线中吗?""你怎么不关心你哥我呢?"颜文不服气地顶撞。

　　旁边一个妩媚的女子插话:"我忘了,晓梦的眼中,只有唐子华,没有你这个人的存在。""那你呢,白晓?"颜文故意问她,女子一笑:"和她一样,只有你而已。"此时此刻,陈琳珊双手紧握水杯,脸上闪现的是不自然的表情:"他……走了有一个月了。"

　　"这个唐子华,我真不知道说什么好!"颜文叹息,而白晓问道:"难道他不好吗?"颜文有些生气:"在篮球场上的时候,这家伙在场上要不然一句话不说,要不然就大发雷霆,在场下也不安宁,要不然就是在一边睡觉,要不然抢教练发言权指挥。"

　　"到最后你们不还都挺听话的?"颜晓梦一句话出现,堵住哥哥的嘴。"啊!"颜文无奈,"那是他太过拼命和疯狂,这家伙给人一种谁都看不上的感觉,就眼睛都能把人杀死!也就这样,才和陈少军闹僵!"

　　"他们不是一个宿舍的吗?"白晓的话语让颜文无奈:"亲爱的,在一个宿舍也不一定会关系好,一个男的和一个女的走在一起,也不一定是情侣。""他们到底是怎么回事?"白晓更加好奇,面对这段没有听说的事情,她是不会放弃的。

　　"事情的原因很复杂!"一个声音突然传出。白晓回头问:"张琨,你知道?"张琨点头:"一个宿舍的,还能不清楚。"说着,他坐在桌前:"以前唐子华和陈少军是一个高中的,后来因为刘思盈两人变得矛盾四起，陈少军张扬外露，唐子华内敛低调，所以总是陈少军占优势，但是刘思盈却选择了处在人生低谷的唐子华，所以两人矛盾也就更大了。"

"你怎么知道的？"颜晓梦问他，"这都是什么时候的事情！"张琨笑了："高中时候两个人名声传得太大了，不过那时候唐子华多背负骂名，什么和老师的矛盾，捉弄校长，歧视教导主任，校领导基本都不喜欢他，而陈少军是他们心中的栋梁，成绩优秀还听话，很多女孩都迷恋陈少军。"

"看不出来啊！"颜文说道，"但是唐子华的各项素质可比同龄人高出三个档次以上，为什么会出现这情况？""白晓，你喜欢颜文听你话还是不听你的？"张琨将这个问题抛给白晓，白晓笑起来，看着颜文："他要是不听话，我就让我啦啦队的姐妹收拾她！"

张琨摊开双手："答案很显而易见了，谁不希望有人听自己的话，但是唐子华就是一身傲骨，所以才会这样，即便现在他们两个在同一个宿舍，唐子华还是瞧不起陈少军。"

"宿舍里两个人关系不是挺好的么？"颜文也不是了解。"这都是浮云，表面上的平静掩盖不了底下的汹涌暗流。"张琨挑着眉毛，挑逗几人的忍耐力。"你的意思是两个人斗得很厉害？"颜文故意顶撞起来。

"厉不厉害我不知道，"张琨回应，"但是我知道两个人绝对已经成为仇家。""有这么夸张？"白晓不理解。"空箱蓄水的道理你明白吗？过了那条警戒线，三峡大坝也得泄洪！"张琨的这条理论扔出后，让大家感到异常。

"张琨，这是你的台词吗？太假了！"颜文一脸鄙视的目光注视他,"难道不像吗?"张琨耸肩说道,正准备得瑟的时候,陈琳珊幽幽说道:"我记得是唐子华说过的,很有哲理,他说的浅显一些。""喂!"张琨一脸的尴尬地看着陈琳珊,旁边人早已笑出声来。

陈琳珊一脸无辜:"怎么了?是不是我又说错什么话了?"颜晓梦拍着陈琳珊:"不是你说错话了,是你说得太正确了,一个刚刚准备膨胀的气球,却发现是漏的,你让他怎么膨胀!""你们都戴着有色眼镜来看我吧!迟早有一天会后悔的!"张琨用这样的话回击众人。

颜文笑道:"你的未来是多么地明亮,但是你就和苍蝇一样,趴在玻璃上,怎么都飞不到,请注意避让。"张琨脸色严肃:"当初唐子华在高中也是这么样,很多人也和你们一样嘲笑他,后来他不也做到了?所以说……"

"你大脑也是八核处理器?"陈琳珊问道。"八核处理器?"白晓瞪大眼睛看着陈琳珊。陈琳珊点头回应:"是啊,他自己说的,对喜欢的事情实施超导超频计算,不过这可不是一般人的,你确定你也是?"

"别泄气!"颜文鼓励着张琨,"你还是可以的!虽然现在也没什么气可以泄,但是我们相信,迟早有一天你会有气的。""无所谓。"看着众人笑得人仰马翻,张琨早已习惯,在所有人中,他总是那么不靠谱。

"不过我想提醒各位,我们跑题了!"张琨的话让大家重新严肃起来。"对啊,我们刚才在说唐子华的!"白晓回过神,"你继续说,他们现在的情况是什么?"

"回想一下吧,唐子华有多长时间没在学校出现了。"张琨的话提醒了颜晓梦："是啊，我们好久没见到他了。""96天。"陈琳珊默默说道。

"你们不是经常在一起吗？"白晓不明白情况。颜晓梦叹息："都为了考研的事情，都不知道子华去哪，一直耽搁下来。"陈琳珊幽幽说："我一直记着，至少有96天没有出现在学校。"

"你最后见他是什么时候？"张琨的话，让陈琳珊呆滞起来。"什么时候多了一个戒指啊？是不是有情况？"颜晓梦看到陈琳珊食指的戒指，凑上去问她。陈琳珊说道："我喜欢在食指戴戒指，有种意气风发的感觉，没别的意思，自己买着玩的。"说到这里，陈琳珊再次紧张起来，思绪飘到一个月前。

"送给你的！"机场，唐子华把一枚戒指递到陈琳珊手中。"这是什么意思？"陈琳珊疑惑地看着唐子华。"你不是总说喜欢食指戴戒指，有种意气风发的感觉，鉴于你最近对我的关照，所以我专门把它送给你。"唐子华解释起来。

陈琳珊正要张嘴，却听到旁边有人叫喊："唐子华！没想到你也在这！"唐子华转过身，心中咯噔一下，面前站着个高出他一头的男子，一身的衣服是名牌展示的活动广告。"陈少军，你怎么在这？"唐子华不高兴起来："我也不知道为什么，你会出现在这里！"

陈少军笑着搂过陈琳珊，任凭她怎么挣扎，都没有松开："我来这里不是很明显？""哦，"唐子华静默一下，"琳子，我的车就在外面，你开回去吧！我和陈少军还有些话说。"陈琳珊理解了唐子华的意思，接过唐子华的车钥匙离开了。

"哎！"唐子华拦住要追上去的陈少军，"你也老大不小了，好好找点正经事情做吧！"陈少军甩开他的手："要你管，我又不愁工

— 8 —

作的问题，我喜欢谁那是我的事，和你有什么关系。"唐子华苦笑摇头："对方也有她的选择，你又怎么干涉？"

"有必要在意吗？我只追寻我的感觉，你信不信，我一定会追到陈琳珊的。"听到陈少军这话，唐子华开始犯嘀咕了，依照他对陈少军的了解，在得手不出三个月时间，他绝对会用各种理由和借口分手，也正是因为如此，两人矛盾不断，从一开始为了争取刘思盈，就已经结下了仇怨。

"想当初，老子的队伍刚开张，拢共才有十几个人，七八条枪……"高中时代，陈少军逍遥地走在操场上，逮住一个过来的小孩："站住，手里拿的什么？"男孩颤抖一下，迅速将手藏在身后："没什么！"陈少军走到他身前，在男孩还没反应的时候突然抓住他的手："说，这烟是怎么回事？"

男孩慌张地喊叫："大哥，我刚才没忍住，想……"陈少军打断他："行了，你别说了！"男孩正在慌乱的时候，陈少军义正词严地说："这包烟……"男孩急忙说："这包烟你留着！"陈少军笑起来："不行，这是你的东西，我怎么能这么拿了！"男孩紧张地说："没关系，这是我刚才捡到的，这不正准备送你么！"

陈少军一乐，将烟装到自己口袋："行了，你走吧！"男孩如释重负，离开这里。而不远处的唐子华冷眼看着，默默嘟囔一句："畜生！"陈少军走到面前，指着唐子华："你过来！"唐子华轻蔑地走到他面前："把手给我放回去，你指你爸呢！"

陈少军苦笑一下："你有什么不满的？""我哪敢啊！"唐子华说道，"你是学校老师心中的榜样，是他们的骄傲，是三好学生的内定人选，当大哥，抽烟这类事情，怎么能和你联系呢？我能有什么不满的！"

"少给我含沙射影，有本事咱们今天把话讲明白了！"陈少军有些不耐烦了，他从一开始就看不起眼前的唐子华。"有什么好讲的？"唐子华依旧表情冷淡，"从开始就说了，我和你不是一样的人，也干不出你那些事情。"

"是，"陈少军说道，"一天没什么大反应，上课不好好听，还整天和老师对着干，你有什么出息，就这样子还想追刘思盈，你做梦吧，说不定哪天我把她玩了你还是这样孤孤单单的！"

唐子华疾步冲到陈少军面前，掐着他的脖子正准备动手，却被身边路过的老师看见，大吼一声，用带有河南强调的口音质问："唐子华，你干什么！""这不是很明显么？"陈少军看着老师，"他这算不算是打人！"老师冲上前想要拉开两人。

陈少军冷笑，悄悄对唐子华说道："小子，你最好给我注意点，你也说过，打人什么的事情，和我没有联系。"老师狠命扯动唐子华："给我松开，听见没有！你听不懂话啊！"唐子华恶狠狠地瞪着老师，两眼中充满了愤怒和杀气。

"你想干什呢？"老师有些胆怯，但依旧质问。唐子华甩开老师的手："告诉你，你没资格和我讲话，学生教不好就骂他，提问回答不上来就说他捣乱，当老师不好好教书，还不断滋事，回去先练练你的中文发音吧！就这还是带语文的，还是省特级教师，还师德名满，就你这样的找块豆腐撞死算了！"

"你有本事再说一遍！"显然老师已经被气得发疯了，但是唐子华依旧继续："我说了，一个为人师表的人，干的都是些畜生事情，你那点本事不是我说你，拿出去叫丢人，显摆的话叫现眼，拿个照妖镜找你，真怕找出你的原形了，和你站在一起我都觉得智商是在退化！"

"走，去找你们班主任去！"老师脸上的肌肉在不断抽搐，怒吼着扯着唐子华。唐子华一把推开他："打住，我早就给你说过，学校的事情我不想管，你怎么教我也不管，但是我，你也管不上，我早就自学了！"

"你这什么学生，这么不尊敬老师的，你难道不知道尊敬老师吗？去叫你家长！"老师再次受到刺激，狂吼起来。唐子华阴冷地笑着："我就是这样的学生，中国有句古话，叫'为老不尊'，你懂什么意思吗？"

老师的手指不断在唐子华眼前抖动，唐子华依旧用那种语气说话："我想你也是似懂非懂，也难怪，在这样一个老师的狭隘观念里，是很难建立这样的概念，我原谅你！"说到这里，唐子华自己则向外走去，将老师甩在身后。

"你站住！"身后传来一身怒吼，唐子华转身指着自己："你是在叫我吗？""我就没见过你这样的学生！"老师嘴里不断重复这句，而唐子华，则淡定地笑起来："这不是已经见识过了，以后就别再说这话了！"同时，他在耳朵里塞入耳机，离开这里。

"今天发生的事情我听说了！"学校花坛旁，刘思盈走到唐子华身前，"你这是为什么？"唐子华抬头看她一眼："没什么，就是不喜欢而已，还有他那个感觉就是找打。""你知不知道这样会给你处分？会让别人怎么说你！"刘思盈着急，不禁责问他。

"你觉得我还会在意有更多的误解或是流言吗？"唐子华倒是很洒脱的感觉，"多一条和少一条没什么区别，反正这些人我也没怎么瞧得上眼，说就说吧，反正我不是学校培养出来的工具。""但是……"一时间，刘思盈不知该怎么去说，"但是这样你还怎么继续学习啊！语文老师一定会报复你的！"

"哦！"唐子华倒出奇的冷静，"我知道，他总是给我卷子打最低分，我习惯了！""那你以后可怎么办？"刘思盈心中着急。唐子华没在乎什么："我问你，学习是为了谁而学习？"刘思盈不高兴了："都什么时候还说这个，先想想你该怎么办！"

唐子华嘴角一斜："想这事情没意义，反正他没法开除我，高考又不是他改我的卷子，怕什么。""大爷，"刘思盈气愤地掐着他脖子，"你怎么就这么淡定，那学校的同学呢？你怎么应付？"

唐子华抓着她手："我早就想好了！离校。""什么！"刘思盈有些泄气，她没有底气地想确认自己的耳朵是不是听错了，"你刚才说什么？是不是我听错了？"唐子华慢慢说："我说，我离校！""这……这是为什么？"刘思盈彻底呆滞，脸上的表情变得很复杂。

"我想了，既然在这里待着有这么多是非，倒不如远离，学个画画，反正我喜欢艺术，为什么不把时间用到自己喜欢的职业上呢？比如画画或者创作！还能陶冶自己，感受到最真实的心灵触碰。"唐子华的每一句话，都让刘思盈的心不舒服。那天的黄昏，只有唐子华的无奈和刘思盈的叹息。

夜晚，陈琳珊静静地看着书本，寂静夜晚，就连小树林那边，蟋蟀的叫声也那么悦耳，陈琳珊也渐渐陷入了陶醉中，一阵短信的铃声后，她拿起电话翻看，脸色逐渐变得凝重，心中产生焦虑。她翻坐起看着床头的手机，默默念起："明天？这可不好！"

次日一早，陈琳珊站在机场，警惕地看着周围，生怕错过了什么，那种对周围的警惕，不亚于任何警察的感觉。"璇璇，你说这么做合适吗？我从来没干过这事。"陈琳珊的心有些不安，她一直提心吊胆的。

"这有什么不合适！"周奕璇在电话里安抚她，"姐，咱们就干这一次，记住，不成功，便成仁，怕什么！"陈琳珊张望四周："可是为什么我有种害怕让人知道的感觉。""不至于吧！"周奕璇的语气有些失望，"你不能这样，伸头一刀缩头也是一刀，胆大点，一定要找准了，不能错过。"

陈琳珊答应了一声，见到一休闲衬衣的男子戴着墨镜走在人群中，步伐迅速并不时张望四周。"璇璇，我想我看到了，下面该怎么办？"陈琳珊不安地问。周奕璇用无奈的语气说："该怎么办就怎么办，迎上去啊！"

陈琳珊深吸一口气壮胆，随即冲到他的身边，四目相对一瞬间，两人呆滞在那里。"你来了！"唐子华轻声说道，"正好，这有东西要给你！"说到这里，唐子华将手中的箱子递给陈琳珊。

周围人群骚动，几个警察迅速冲出，大呼小叫地把唐子华按倒。"干什么？"唐子华惊呼闻讯，而陈琳珊也被几个人拽着，其中一个已经夺下箱子。"你们这是干什么？"唐子华不明白到底发生了什么，一脸惊愕地看着周围。

警察局里，两个人眼神恍惚，无辜地看着周围，"你说我造了什么孽啊，刚旅行回来就被压在这里，还当着那么多人的面，以后的道路可怎么走！"唐子华靠在墙边，有气无力的叹息。而陈琳珊一脸紧张，不知所措地看着周围奔走的警察。

"说吧，你们犯了什么事。"一个年轻小伙看着他们两个，陈琳珊指着自己："我，他刚刚从桂林旅游回来，我这是给他惊喜来接他。""真的吗？"年轻警察怀疑地看着陈琳珊，"那为什么他的眼神

— 13 —

这么紧张？"

　　陈琳珊正要张口，却被唐子华阻拦住："警官，我眼神不好，张望一下怎么了，她有一个月没见到我了，心里激动紧张不可以吗？我还真没想到，我刚从桂林旅游回来，你们就送这么大一见面礼，我还想问问这到底怎么回事！"

　　警察被唐子华弄得异常尴尬，半天说不出一句话。正在这时，在一阵敲门过后，另一个警察走进来："实在不好意思，是我们的失误，对于打扰两位实在抱歉。"唐子华和陈琳珊愣在那里，还没反应过来的时候，周奕璇已经出现在两人面前。

　　"哥，可以走了，事情我也和他们讲过了，是个误会！"周奕璇嬉笑着走上前，拉起两人向外走。唐子华愣在那里："这算哪门子事情。""闭嘴！"周奕璇发话阻止唐子华的牢骚，"一会有牢骚了回去再说，现在闭嘴。"唐子华点头，做出一个封口的动作。

　　"没想到还有人能降伏你！"陈琳珊惊讶中带着嬉笑，她不敢相信唐子华会被人指挥来指挥去。"有吃的没有？"唐子华绕过陈琳珊，显然是不想回答这个问题。周奕璇指着身后："我听不见，你还是回答这个问题吧！"

　　"忘恩负义！"唐子华嘟囔一句，"谁让我上辈子欠你的，认了你这个妹子。""这有什么关系吗？"陈琳珊疑惑不解。唐子华说道："我活该倒霉，认了这个妹妹，当初乖巧的女孩现在被我惯得竟然不怕我，你说这什么世道，你还是那个小女孩吗？"

　　"恭喜我们的公子回来了！"颜文举着酒杯为唐子华庆祝，唐子华摆手示意："你别提回来的事情，真倒霉，下飞机后还被带到局子里了！""怎么回事？"颜文问道，唐子华尴尬地笑着："我眼神不太好，在那里找谁来接我，结果没想到刚好赶上严打，以为我是走私的，所以就悲剧了！"

"那后来呢？"颜晓梦也关心地说，"你是怎么出来的？"唐子华叹息一声："这不是有贵人相助，我才得以出来的。""贵人？"王尧大喊起来："男的女的？"唐子华摇头苦笑："女的，正往这边走！"颜晓梦听到这话，脸上有些不安的表情。

颜文将白晓带出，站在唐子华面前："白晓，我给你正经地介绍一下，这个就是前些天一直说的唐子华，青霜传媒公司的创立人，你现在总算见到活人了！""你这是夸我还是骂我？"唐子华一脸尴尬。"没事没事！"颜文赶紧赔笑："看到你激动，不会组织语言了！"

唐子华乐了，他偷瞄一眼一直在旁边的陈琳珊，却又不知该怎么去说，每次活动上，唯独她是最安静的，就这么安静地倾听，没有多余的话，也没有多余的意见，也许正是因为这样，她才成为那个最会被关照的人。

人们聊到热闹时，唐子华感到自己脖子被谁紧紧勒住，一股憋屈的感觉突然降临，他张大嘴呼吸，想要摆脱，但是却如何也摆脱不了。"你还敢说我不？"身后，周奕璇坏笑着，唐子华呼吸困难："放开我，我不能呼吸了！""给我老实点！"周奕璇嬉笑着从他身后走出，坐在桌前。

"周奕璇，你能不能给我淑女一些！"唐子华怀着愤恨的目光盯着她。周奕璇眼睛中透着无辜："这不都是你教给我的么，怎么，有问题吗？"唐子华右手指着她，迅速合住："算我倒霉，我认栽了还不行！"

"早该承认吧，刚才够惊喜了吧！"周奕璇说着，而让周围不了解真相的人们目瞪口呆。"璇璇，你差点把他掐死了！"周奕璇这才发现唐子华因为缺氧而发红的脸："哎呀，不好意思，刚才我真的不是故意的！"

一旁的白晓捂着嘴，对颜文窃窃私语："这女孩是谁？"颜文摇头："不知道，会不会是那个很特殊的人？"颜晓梦也大感惊讶："但愿这不是他女朋友，不然他会死得很惨！""子华，这是……"张琨睁大眼睛，指着身边正和他打闹的周奕璇。

"我妹！"唐子华淡然回答，但是张琨却在旁边懒懒补充："是妹子吧？""禽兽啊！"唐子华斜了他一眼，却不知道该怎么解释这个关系。"对了，明天你们拍摄环境找好了吗？"陈琳珊突然提出这个问题。

"你要继续影视路吗？"颜文开始提醒起来，"那可一定要注意，现在这行业可比较困难啊。"唐子华嘴角翘起，露出一副轻蔑的神态："到处都有神人存在。""情况到底怎么样？"陈琳珊继续追问，在这个时候，她不再沉默。

唐子华叹息一声："好了，不过有些小问题。""怎么了？"颜晓梦也关心起来，唐子华深呼吸："有一个贱人，让人不知道该怎么说。""还能怎么样，开除就好了！"白晓插嘴，被颜文打断："王尧不是也给你帮忙，有他在就好了。"

唐子华捂住脸，表情更加痛苦："就是因为有他在，事情才更糟！""这话怎么说？"颜晓梦觉得很奇怪，"他可是老实人啊，怎么会更糟呢？"

唐子华苦笑一下："你是不了解，这孩子，他就是一个极品！我们剧组出去吃饭,吩咐他点得贵点,他给我喊'少花点钱,给你公司用',结果那顿饭把投资方吃恶心了;大家在一起高兴喝酒,他喊'少喝点酒,对身体好',结果和我一起去的人脸上都带着鄙视的样子看我,平时在一起的时候,他非要显得自己很有内涵,争抢发言权,结果和副导演闹僵了。你说我能不无语吗?"

"这就是一个极品!"周奕璇冷冷地说,"人老实,但是不会做人,典型的例子!""你们说说我还能怎么办?"唐子华苦笑着,"他是老实,但是不会办事,总让人觉得无法发挥自我,这是大忌!还有那个贱人,一天到晚地就想着潜规则,要不是我妈非要让他来,我早一巴掌抽死他!"

"那是不是桃花菊花满天开?"周奕璇的话让唐子华一脸尴尬:"口味有些重了,咱们淡定一下好不好。"颜晓梦有所明白:"也就是说,这两个人让你觉得很无奈是吗?""王尧那性格是从小的家庭所致,求安稳那是他的目标,所以说不了什么。"唐子华淡然地说着,"我只期望明天别有什么事情发生就好了。"

"别担心,该来的总会到来,躲也躲不过去,明知道自己要死,还在乎自己怎么死法,什么时候死吗?"张琨的话一说出来,让人感到惊叹。"天啊,这是你台词吗?"颜晓梦惊呼起来,"而且这话我听着这么耳熟。"张琨无奈地看着她:"拜托,这是子华的话好吧,我只是重复一遍。"

对于陈琳珊来说,这些能说会道的人们有些陌生,和以前相比起来,现在的自己话已经算多了,而这,也完全因为唐子华的出现,他的出现,几乎改变了她多年的性格。

站在片场外,陈琳珊有些紧张,从来没有干过这一个行业的人,她怕会被拒之门外，更怕打扰了唐子华的工作，最怕的是，到了这里，她不知道怎么去说，去表达，往日唐子华教习她的，在这个时候全部忘了。

"麻烦……"陈琳珊对保安的话还没说完，保安就开口了："找人？"陈琳珊点头："是的，有人在这里，我过来看看！"保安伸手阻止："不行，里面正在拍摄，没有批准任何人不让进。""我……"陈琳珊无奈，退后几步拿出手机拨打。

正在这时，身后有一只手拍打陈琳珊："你在这做什么？"陈琳珊回头，脸色煞白："你是？"这人露出一副牙齿，指着里面："看见里面正在拍戏吗？我是他们剧组的监理钱文伟，大家都叫我钱哥！"

"哦。"陈琳珊点头，"我是在这里……""找人是吧？"钱文伟在陈琳珊身上打量一圈，"你是要在这里当演员吗？我觉得你身上透着那种与生俱来的气质。"陈琳珊惊讶地指着自己："我？""别怀疑自己，你有这个能力，要相信自己。"钱文伟没等陈琳珊说话，就已经做出了回答。

陈琳珊尴尬地看着他："不好意思，我是来找人的，而且我有男朋友了。"钱文伟面色不变："没关系的，这个行业大家都清楚，他也是在这里吗？"陈琳珊思索了一下："严格意义上来说，我也不知道他是做什么。""看来你是被骗了，如果真在这里，我觉得你应该可以找个更好的。"钱文伟一脸正经，"不过没关系，你和我进去找找，先看看再说。"

陈琳珊一脸尴尬，但是想到能进入片场见到唐子华，也就同意了。身边的保安看到这里，在放进两人进入的同时，无奈叹息一声：

"又有一个无知少女要被残害了。"

片场上的唐子华依旧投入地和副导演摄影指着前方商量下一步事项，却看到钱文伟带着陈琳珊走过，胸口的起伏开始加大，呼吸的声音也已经出现。陈琳珊微微一笑，右手食指做出一个让他不要说话的动作，随钱文伟一起走来。

"这里还在忙着！"钱文伟笑着向唐子华打招呼，唐子华强忍着心里的火气，从嘴里挤出一句："你刚才跑哪了？""刚才有点饿，去外面吃了一些饭。"钱文伟解释道。唐子华盯着他："吃饱了？""还行。"钱文伟没理解唐子华的话，依旧在高兴着。

"王尧！王尧！"唐子华大喊着，"给我通知下去，钱文伟的餐饮和工资全部取消。"远处传来一声应答，钱文伟睁大眼睛："你这是干什么？""干什么！"唐子华喘着粗气，"你吃饱了，干什么还要管饭，去外面好好吃啊！"

钱文伟凑到唐子华面前，悄声说道："给我点面子，这还有外人在。""你还知道有外人在！"唐子华提高了声音分贝，"有些时候，面子是别人给的，也是自己丢的！"钱文伟怒了："你这是什么意思？""没什么意思！"唐子华气愤地说，"你看你干的事情都一个个有意思吗？"

钱文伟脸上不悦："你怎么能这样说话！"唐子华蔑视着他："怎么了？遇到事情不是想着改，就知道给自己找借口，什么你妈死得早，你知道我们看不起你，看不起你怎么不给我活个人样，竟给我干这些龌龊的事情，好好的公司让你把名誉败坏了。"

"你信不信我……"钱文伟有些发怒，但是唐子华更加紧逼上去："来啊，又去告诉我妈是不是？"唐子华一脸鄙夷，"看你那点出息，要不是她想帮你，我会答应和纵容你？""子华，算了吧！"王尧不知什么时候走过来，想要劝阻他。

"闭嘴！"唐子华怒喊着王尧，"你管好自己事情就行了，瞎掺和什么！"王尧无奈，只好快快闪到一旁。钱文伟慢慢张口："听着，我今天是带这个女孩看片场的，她是想在这里看看，顺便见见男朋友。""放屁！"唐子华一句话噎住他，"你他妈那点事情我还不了解，我们这里是做事的，不是养你这样的人。"

钱文伟气愤地说："那好，我们现在问问她，如果她男朋友是这里的，那我说的就是正确的。"说到这里，他转过身对陈琳珊问道："小姐，你如果是找你男朋友的话，就告诉我他在哪，让他出来对质一下。"陈琳珊尴尬起来，一脸歉意地指着唐子华："实际上，我是来找他的！""他！"钱文伟惊讶地指着有些迷茫的唐子华。

"中午让你们争吵，实在不好意思！"陈琳珊愧疚地对唐子华道歉，唐子华挥挥手："没事，事情不都过去了吗！"陈琳珊还是有些不安："那他要是真的把这件事说了，你家人不会说你？"唐子华冷笑一声："你觉得从这家伙嘴里描述出来的我，形象会好到哪里？"

"那你！"陈琳珊更是慌张。唐子华乐了："我会在乎这些？只要我身边的人没事就可以了。别人爱怎么说我就说吧，反正我对得起自己的良心，至于家里怎么说我，无所谓，反正事情已经发生，再担心不都已经没法避免，干脆什么都别想，冲上去再看看。"陈琳珊看着他，嘴角微笑。

夜晚，颜文等人正在家里打着游戏机，王尧快快地打开房门，冲人们挤出一个笑容。"每次他这样，就有不好的事情！"颜文悄悄对身边的白晓说着。白晓呵呵一下，起身问道："王尧，是不是发生了什么事情？"

"唐子华！"王尧懒懒地说着，坐在沙发上。"他怎么了？挺好的人啊！"白晓说道。王尧看了她一眼："今天有个叫陈琳珊的女孩到剧组去了，结果出了点事情！"白晓一愣："他不认识陈琳珊？"颜文回忆了一下："陈琳珊比较少参与活动，偏巧每次来的时候王尧都不在，所以不认识。"

王尧继续说着白天发生的事情："我看两个人关系好像比较亲密，而且这个陈琳珊一见面就缠着唐子华，觉得不是很放心，就私底下提醒唐子华。""后来呢？"白晓淡然地问。王尧摸着脑袋："我也不知道怎么，刚说了几句话，他生气地走了。"

"你都说什么了？"颜文坐直身子问。王尧回忆当时的情景："陈琳珊走了以后，唐子华在我面前大肆赞扬了一下这姑娘，我就提醒他啊！"白晓着急地说："我们想知道你说了什么，不是这些过场！"王尧继续说："我见他那个样子，就说这女孩这么紧地缠着你，还这么性感漂亮，你要当心她看上你的钱了！"

两人听到这话，一种说不出的无奈在两个人脑袋里徘徊，白晓张大嘴巴看着颜文，暗示自己的心情，颜文没有回答，只是摇头。"你们评评理，我说的不对吗？"王尧继续愤愤不平地说出自己的观点，"我这还不是为他好，喂，你别走啊！""这事情放我身上，我也不理你！"白晓丢下这句话，跑到书房上网去了。

"好端端的你搬什么家！"唐子华坐在一间行李堆满一地的房子里，对着正在忙碌的女子说，"我就没见你消停过！""废话，"女子回击道，"我刚从深圳回来发展，才从临时租的房子出来，你不恭喜我也就算了，还埋怨起来。"

女子是唐子华从小到大的同学赵蕊，课堂上的座位让两个人相隔甚远，毕竟那时的唐子华个子偏矮，而赵蕊一直是在后两排，按说八竿子打不到的两个人，却偏偏成为在一起最好的人。

"得！"唐子华放下杯子站起来，"我不是随便说说，这不是还得帮你干活。""像句人话！"赵蕊嘟囔了一句，继续拆开箱子摆放东西，"回来之后，心情怎么样？有没有什么感慨？"唐子华思索一阵："你赶紧让琳子回到你身边，她昨天还去我们剧组么。"

"这不是挺好的，过去看看你，免得你无聊！"赵蕊呵呵笑着，"问题不在这里！"唐子华无奈地说，"她昨天过去的时候，钱文伟那个混蛋居然想……想……算了，我不知道该怎么说！"赵蕊瞪大眼睛："你还没有把他开除！"

唐子华气愤起来："我怎么没想过，可是这家伙缠着我家里的人，每次我想开除他，他就给家人说我歧视他之类的话，弄得我真不知道该怎么说！""难道你没有歧视过他？"赵蕊嘴角微笑地说着。唐子华叹息一声，意味深长地说："我一直无视他！"

"那还管什么，直接开了拉倒！"唐子华的身后传来一阵声音，一个女孩抱着箱子，吃力地向里面走来。唐子华接过箱子，无奈地看着她："魏絮儿，我发现你是一根筋啊，他在我家里那么一闹，我还怎么做主！"

"谁让你当初留下他的？"魏絮儿调侃起唐子华。"我早给你说过，这样的人不能要，留下绝对是隐形炸弹。"赵蕊也在补充说明，唐子华摊开双手："你们两个这是在批斗我？我有什么办法，我想拒绝来着，但是家里人总是说'给个机会吧'，'买个情面呗'之类的话，你让我怎么说！"

"你可以说公司不是你一个人的,大家需要商量!"魏絮儿说着,唐子华快快看着她:"我觉得我当初做了一个很正确的决定。"魏絮儿睁大着眼睛:"什么决定?"唐子华说道:"我让你到赵蕊的公司历练自己,你看看你现在还没开窍!"

"瞎说什么!"赵蕊喊叫起来,"絮儿在我这里干得很好,你没见到就别瞎说,再说了,这也不是你让她来的,是思……"赵蕊的话说到这里,不再继续。"是思盈的意见。"唐子华默默点头,"是,这丫头如果能看到你们都回来,她一定会开心的。"

魏絮儿走到他身边劝说:"都是过去的事情,毕竟已经成为事实。"唐子华笑了:"干什么,我这不就感慨一下,思盈她离开了,说明我们命中注定不可能在一起,她的使命她的任务就是唤醒我的一切,让我遭遇这么一次打击,现在完成了,她当然会回去,下来才是我的表演时刻。"

看着唐子华的样子,两个人私底下说着什么话语,偏偏巧合,门口陈琳珊的声音打破气氛:"姐,接我一下,我东西太多了!"唐子华走到她身边拿住箱子,陈琳珊一惊:"哎,你怎么在这里!"唐子华一脸郁闷:"隔个阳台我都能跳到这边,过来帮忙不行吗?反倒是我想问你,你拿这么多行李干什么!"

"住这里啊!"陈琳珊的话让唐子华惊着了:"你住这里,你不是有地方住,干什么搬家!"陈琳珊斜视他一眼:"你自己都这样,还好意思说我,一个人住那么大的房子,你不怕麻烦!再说了,赵蕊是我姐,我就不能过来暂住吗?"

唐子华斜眼藐视着正在卖萌的陈琳珊:"行了说实话吧。"听到这话,陈琳珊好像被揭穿了一样,无辜地看着唐子华:"情况是这样的，我的房子被收了，房东要给他儿子结婚当新房用，所以我就无家可归了！"

"那你也不给我们打声招呼，直接往过搬！"唐子华继续质问，陈琳珊委屈着脸："我想说的，我本来打算等搬过来之后就通知你，谁想你今天在这边，你是不是不想我搬过来？"唐子华叉腰叹气："你都已经搬过来了，我还说什么，挺好的！""生气了？"陈琳珊凑到唐子华面前调皮，"别烦了，有时间可以多串门，不然你多闷得慌！"

夜里，唐子华一个人站在阳台，手中捏着一枚戒指，若有所思的发呆，思维回忆在过去的时间。"在想些什么！"赵蕊靠在阳台上，唐子华收起戒指："姐，睡不着啊！"赵蕊点头："是啊，刚搬回来还没有适应，就出来透透气，你呢？"

"我早就这样子，睡不着。"唐子华叹息。"看你的样子，好像有事情没放开啊！"赵蕊微笑地看着他。唐子华回应："我会有什么事情，这不是挺好的。"赵蕊点头："嗯，半夜在这里对着枚戒指发呆，的确很好的！"

"姐！"唐子华挺起身子，"能不能说些有意义的！""有意义的！"赵蕊翻着眼睛，"那就说说你最近的情况了，比如某人，还有这个戒指。"唐子华叹息一声："是不是你知道什么了？"赵蕊笑了："我虽然人在深圳，但是别忘了，琳子是我表妹，发生这么大事情，她怎么会不告诉我。"

"你和我姐夫怎么样了？"唐子华突然说出这样一句，打断赵蕊的话。"我们……"赵蕊刚张嘴准备回答，"你还没回答我的问题！刘思盈的事情现在恢复了多少？"唐子华无奈地笑了一下："就像你说的，戒指是和她在一起的时候买下的，但是现在已经不可能了，我也不知道是不是会有一天，将这枚戒指送出去。"

"说句实话，琳子对你挺上心的！"赵蕊语重心长地说道，"过去的事情是有包袱，但是有些时候，机会来了，就应该抓住。"唐子华低头不语。赵蕊抬头看天："戒指是枚好戒指，但是再好的戒指，送不出去，也是没用的，在适合的时候适合的地点，送给适合的人，这才是应该的吧？"

看着赵蕊离开的身影，唐子华默默说道："不是我不知道，只是有一个人，还住在我心里，我没法让她搬走，我不能对不起自己，更不能对不起想要搬进来的人。"

2

  清晨的一缕阳光直刺唐子华眼睛，睡眼朦胧的他听到客厅传来一阵阵脚步声，精神一下振奋起来："有贼？"唐子华悄悄念道，慢步走到门前，打开门缝向外瞄。

  "我是不是眼花了！"唐子华大吃一惊，一个熟悉的身影出现在他的面前，正在将一盘盘菜向餐桌端去。唐子华紧张地走到客厅，却听不到一点响声。

  "饭给你在桌子放着，看看今天的手艺！"刘思盈从厨房走出，拍着唐子华肩膀，坐在桌前，"你一天到晚忙着，有时间多注意自己的身体。"唐子华嘴角微笑："那是当然，只要有你在，这样的事情就足够了。""别取笑我了，你可是成就大事业的人，这样的安逸可不是你想要的。"这样的话，刘思盈说过不止十遍。

  那些过去的事情，是唐子华曾经最美好的梦，而这样的景象，早已不复存在，但是那些影像，还会时不时出现在他的眼前，那些声音，也还让他感到过去的存在，他和刘思盈那些根本不能忘记却必须忘记的事情，也成为他最难以根治的病。当他再次注意眼前，餐桌上空荡荡的，没有丝毫东西，唐子华知道，这又是自己的幻觉。

厨房里的碗碟摔碎了，也摔碎了唐子华的幻觉，他回过神，迅速向厨房跑去，却发现陈琳珊正在厨房蹲着，收拾那些渣子。"琳子！"唐子华惊讶地喊着，陈琳珊带着颤颤巍巍的声音解释："我就是想帮你干点活，一不小心才……"

唐子华巡视四周的环境，灶台上到处是油烟，案板上的几道菜早已炒煳，酱油瓶倒在一边，地上全是菜渣，眼前的凌乱也衬托住已经没法顾忌自己形象的陈琳珊。

"这些都是你干的？"唐子华指着厨房，平静地问着，但这样的平静更让陈琳珊感到害怕，唐子华不怒自威的样子让她的表情更加慌乱。"我本来是想做好的，但是……我……"陈琳珊解释着眼前发生的原因。

"行了，你不用解释了！"唐子华摆手阻止，陈琳珊更加害怕："真的，我……"唐子华再次阻止："我不明白，你没有我家钥匙，是怎么进来的？"陈琳珊怯生生地指着阳台："从那里翻过来的。"唐子华吃惊，深吸一口气，蹲下来收拾厨房。

陈琳珊不知该怎么办，也蹲着身子帮着他。"你干什么从阳台翻过来？不会敲门吗？"唐子华抱怨起来。陈琳珊低声说："我怕打扰你睡觉。"唐子华拍着脑袋，思索起来。陈琳珊不知所措，默默地用眼光看着唐子华。

"钥匙给你，以后你想进来都可以，别再翻阳台了，危险。"唐子华递出一把钥匙，放到陈琳珊手上，"还有，以后尽量在外面买吧！如果你非要做，叫上我，我教你。"

"什么！"王尧一声惊叹，他大声对正在喝酒的唐子华说，"你怎么能这样，把钥匙给她！"唐子华瞟了一眼："我想问问你，当时我还有什么办法，总不能让她天天翻阳台吧？"王尧说道："你就不会让她别过来了！"

"这话说不出口！"唐子华默默回答，"按照她的性格，那坚韧的品质，不达目标不会罢休的！""你怎么这么了解她，你们认识才几天。"王尧不安地看着唐子华。"哎，我说你干什么那么担心唐子华和女孩的问题，每次都是你叫嚣的最勇敢。"张琨拍着王尧笑了，"该不会是你喜欢唐子华，吃醋了吧！"

唐子华一声惊叫，酒从嘴里吐出来，不断咳嗽："你一刀杀了我算了，我可不喜欢男人！"王尧憋屈着脸："不是，我没和你开玩笑，你对这个陈琳珊不了解，这算怎么回事！"唐子华笑了："我对她还算是了解，没事的。"

张琨也劝说道："你就少说两句了，他现在可以对一个女孩好，说明正在恢复，回想一下那么长日子的情况，可以了！"王尧仔细想想："但是这个转变有些突然，我承受不住啊！""他什么事你能承受了？"张琨一句话说出，王尧思索了一下："这倒也是，正常人干不出那些事。"

"说什么呢！"唐子华懒懒说道，"那是我朋友的表妹，和除你以外的人都认识。""哦，那就放心了。"王尧点着头说道，正在这时，唐子华扔下酒瓶，对面前的两人说："我觉得身后有一股凉气，有人正在向我逼近。"

"这你也能感觉出？"王尧不相信地说着，但张琨已经注视唐子华的身后，表情凝重："我相信。"话音刚落，唐子华就被周奕璇压着肩膀："我来了，没吓着你吧！"唐子华打了个冷战："我说的没错吧！她果然来了！"

"说什么呢！"周奕璇嬉笑着坐在唐子华身边，"这是……"王尧大惑不解。"我啊！"周奕璇指着自己，"我是他妹，叫我璇璇就可以了，有什么问题吗？""没有了！"王尧安静地说着，随即坐到一边。"事情办得怎么样了？"唐子华问着她。周奕璇挥挥手："我办事你放心，明天场地都已经解决了，不过我有个要求。""说。"唐子华听到问题解决，也就没在意什么。"明天去，我来负责，你就别去了！"周奕璇说出自己的要求，唐子华没怎么多想，一口答应下来。

"这个周奕璇真的可以？你真能相信她？"王尧一路提醒唐子华，哪怕已经到了公司，他还是喋喋不休地说着。"你有完没完！"唐子华有些厌烦，"从大爆炸到宇宙塌方，我就再也找不出一个像你这么啰唆的人了！璇璇是我妹，她能力我是清楚的。""哦，"王尧好像明白了，"真的吗？"这句话让唐子华再也承受不起，甩头离开。

"呦，又在说什么？"钱文伟的到来无异于触发唐子华的神经，"事情就应该听我的，这个行业就是靠钱砸，就是靠人气哄抬，你看那些……""你不是被开除了吗？"唐子华冷冷说着，大声喊着："保安，保安！给我把这家伙赶出去。"

"哎，等等，我这不是给你出主意嘛！"钱文伟呼喊着，"真的，我真觉得这是个主意，总比你以剧本为主轻松多了！"唐子华憋着气："保安，赶紧给我过来，把这个屁都不懂的家伙轰出去。"在一阵叫喊声中，钱文伟被赶出了唐子华的视线。

钱文伟骂骂咧咧地走出大楼，数落着唐子华的不是，正与迎面走过的周奕璇相撞。"你是干什么的？"钱文伟问着周奕璇，周奕璇一脸高傲："我还想问这话。""我是个独立电影制片人，钱文伟。"钱文伟回答。

　　周奕璇点了点头："哦，这个楼上的确有一家影视公司，叫什么青霜，不过还没宣布对外，你是那里的老板？"钱文伟点头："也可以说是吧。"周奕璇装着可爱的样子："看来你很有本事，不过看样子不像啊，看着满额头的汗。"

　　"热！"钱文伟尴尬地说着，"这天气热啊，所以我出来凉快凉快！需要我在这里等待吗？一会去哪里我送你吧！"周奕璇笑道："你先凉快吧，我有事，还不知道什么时候出来。""没关系，我时间多的是！"钱文伟就这么说着，而周奕璇在干笑之后，飞速地往电梯里跑去。

　　"哥，片场那边不错，今天进度也都挺好的，估计明天就该转场了！"周奕璇一进办公室，就对唐子华汇报起来。唐子华得意地对王尧炫耀："看到没有，这才是我最欣赏的人。"王尧无奈地翻了下眼睛："我出去了。"

　　王尧刚一出去，周奕璇就问起来："对了，我刚才在门口遇到一个人，他说自己是独立电影制片人，是不是来找你的？"唐子华转动眼睛："他是不是说'我是独立电影制片人，我叫钱文伟，我觉得你很有做演员的天赋！'这样的话。""你了解的比我多。"周奕璇笑着说道。

　　"那个人是我堂哥，不要搭理。"唐子华嘱咐起她："还有件事情，你下午到这几家动漫公司去看看，了解一下他们的情况，这几家公司说要和我们合作的！""下午去有些不太好！"周奕璇看了看表，"现在才十点，浪费这么多时间可不好，我现在就开始行动吧！"唐子华笑了："我这不是怕你忙，好心当成驴肝肺。""没事，"周奕璇摇头，"这点小事情不在乎什么。"

当周奕璇再次走下楼，钱文伟依旧在那里矗立，见到周奕璇急忙上前："你下来了。"周奕璇看着他："你还真在这里等着。"钱文伟点头说道："这是必需的，我说过要送你，我的车就在前面，看到前面那个宝马了吗？你要去哪，我送你。"

周奕璇连连挥舞双手："不用了，我……"钱文伟打断她的话："没关系，我明白，我的车虽然没有旁边那个保时捷好，但是也绝对属于好车，我一直相信，它绝对会让你更有档次。"周奕璇微笑着向外走去。

钱文伟紧跟在身后，打开自己的车子坐上去，却突然发现周奕璇没了踪影，正在这时，旁边的喇叭声引起他的注意。"喂，我不是坐不起你的车，只是你的车太不上档次了，不好意思了！"周奕璇呵呵一乐，关好车窗扬长而去。

在窗前俯瞰这一情况的唐子华哈哈大笑起来："再让你瞎炫耀，傻逼了吧！"王尧走进来："你在笑什么？"唐子华看着楼下："刚才钱文伟被周奕璇戏耍了，觉得蛮好的。""怎么戏耍的？"王尧不解地问。

"他又在人面前炫耀自己仅有的宝马车，结果没想到这次找错人了！"唐子华说着，却让王尧疑惑。唐子华拍着王尧肩膀："璇璇是富家女，她自己的车是一辆保时捷，我记得有次在酒吧里，一个男的显摆，给她说哥哥我开的奔驰来的，愿意和我激情一夜吗？"

"我去，又有这样的人！"王尧愤怒的感慨，毕竟现在的他，还没有如此待遇。唐子华笑了："璇璇当时一愣，说'没兴趣，你那些东西打动不了我！'男的一听无语了，'多少钱包养的你？'璇璇无语了，质问他，结果那不要脸的男的说，'像你这样的我见多了，不就是钱没给够么，开个价吧。'"

　　"然后呢？"王尧皱着眉头思索。"后面啊，那男的死缠不放，璇璇怒了，就把那人暴打了一顿，开着自己的车走了。""等等，"王尧拦住唐子华的话，"这个女孩，把男的暴打一顿？""是啊！"唐子华说道，"我忘了说了，璇璇是跆拳道黑带，小时候又学过武术。"王尧倒吸一口凉气，他万万没想到，一个身高一米六七，身材纤细的女孩，竟会是这么凶猛。

　　"这样啊！"王尧颤抖着说，"还有件事情我不明白，你和钱文伟兄弟两个，干什么要闹这么僵，学校的时候，和陈少军闹得不好，现在又和自己兄弟，是不是太……"

　　"那是我兄弟？"唐子华打断了他的话，"那就是个不知廉耻的畜生！"王尧一怔，一脸诧异。唐子华继续说："你别拿陈少军和这家伙比，你这是在侮辱陈少军。""这么说你还觉得陈少军不错？"王尧更加不解。

　　唐子华解释："陈少军不管怎么样，他是在自己的实力上去做一些事情，虽然有些自大自以为是，虽然经常和我起冲突，但是总体还有些拼搏奋斗精神，而这个家伙，烂泥扶不上墙，动不动就是'我告你妈啊'，咱们多大的人了，还和七八岁小孩子一样傻逼？现在我对他的态度就是眼不见心为净，只要别影响到我身边的亲人就行。"

"你觉得可能吗?"王尧说着,他的眼神中充满了疑惑,唐子华拍着脑袋:"我也只能尽力,但是如果真的出现,我会使出非常规手段!""非常规手段!是什么?"王尧的问题让唐子华无法回答,选择了沉默。

"对了,这个璇璇和你是什么关系,你总是护着她,这是为什么?"王尧的话让唐子华眉头紧皱,内心翻起千万层浪。"兄妹关系,我护着自己的妹妹很正常!""但是你们不同姓,也没有在一个地方生活啊!"看着王尧问这些天然呆的问题,唐子华真不知道该怎么去解释。

"事情总是有原因的,除非你有不可告人的秘密,或者另有企图。"王尧继续刺激唐子华的心理承受能力。唐子华眉头紧皱:"这样,我告诉你,你不许给我到外面散。"王尧举起手:"我保证!"

"事情是这样的,璇璇是单亲家庭长大,她妈妈生意忙,所以就我们家一直照顾着她,没别的,就是以前双方家长是朋友,在一起游玩什么的,所以这很正常的事情,照顾她也是应该的。"唐子华就这么简单的交代了。

"那陈琳珊呢?"王尧问道。唐子华笑了:"琳子,我第一次遇到她,是在酒吧里,当时思盈故意躲着我,我情绪消极,就也没在意她的出现。""看你现在的表情!"王尧说道,"说,是不是喜欢她了?""这个……"唐子华突然不知道该怎么回答。

"子华,你快点过来,琳子出事了!"正在这时,魏絮儿简短的电话,让唐子华傻住了:"怎么了,慢点说!""我……我……你还是过来,我需要帮助!"魏絮儿急急忙忙地说着,使得唐子华在挂断手机后仓促抛出,也把王尧扔到了办公室。"都着急成这样了,还在犹豫，明眼人一看就看出来了。"办公室里，王尧一人叹息着。

唐子华冲进屋子，一下惊住了，屋内满目狼藉，纸张凌乱地散落在地上，桌上的摆设也东倒西歪地倒着，陈琳珊也是一身凌乱。"怎么了？"唐子华感到一种不安，心中产生千万种发生的可能。魏絮儿指着地上坐着的陈琳珊："我刚刚回来拿东西，就看见她在这里哭。"

唐子华悄悄上前："琳子。"陈琳珊抬起头，两眼饱含泪水。"你说句话，到底发生什么事情了？"陈琳珊哽咽着："我……我……""是不是有人欺负你了，我杀了他！"唐子华站起身子准备冲出去，陈琳珊一把拉住他："不是的！"

"那这里怎么会……"魏絮儿轻声试探着问。"是我自己弄乱的。"陈琳珊低头说，唐子华松了一口气。"你自己？"魏絮儿惊讶地问着，"这是为什么？"陈琳珊抬头看着唐子华："如果别人冤枉你，你会怎么样？"

唐子华沉默不语，思绪想起了从前，刘思盈曾经说过的话："我们，早晚会遇到那些让人无奈的事情，就好比我吧，选择了你，也必然会被人说我堕落沉沦，跟着你要吃亏或是不守规矩，从一个好学生变成一个坏女孩。"

"你后悔过吗？"唐子华正经地问道。"你经常被人说不守规矩，言语轻狂，顶撞师长，因为你说出了你要的真相，因为这些是你追求你想要的自由，在这时候，你后悔过吗？"刘思盈微笑着向唐子华说道。唐子华摇头："从来没有。"刘思盈笑了："我也没有，而且永远不会。"

"如果你被冤枉了，那怎么办？"唐子华坚定地问道，"其实我不怕别的，就怕你的名声受到……"刘思盈堵住他的嘴："知道吗？当别人诬陷你的时候，说的都不是真正的你，那你就不必在意，如果符合你的性格，那就让他们说，因为实在妒忌你，所以，我选择这条路，被人指责被人说也没什么，因为只要有你在，我的世界就足够了。"

"琳子，你听我说。"唐子华抬起陈琳珊的头，目光直视她的眼睛，"能告诉我发生了什么事情吗？"陈琳珊带着一脸委屈说道："刚才联系了几个高中的同学，才知道原来我在他们心中就和黑社会上的混混一样，还像言情小说里面的坏女人，所以我就委屈，生气，然后就这样了。"

唐子华思索了一阵："你觉得自己从来没有这样，对吗？"陈琳珊点头："我小时候多乖的，比现在还乖，结果现在被传成黑帮大姐大，心里能好受？""哦。"也不知道怎么，唐子华脑子开始犯抽："就是说现在不乖了。"

"一边玩去，"陈琳珊推搡着唐子华，"我现在怎么不好了，就是经历的多一些，我以前胆小，容易害羞，压根不和男孩说话，现在竟然传我和好多男孩搭讪，把我说的……我真不知道该怎么来应对这样的环境了！"

唐子华听到这里，托起陈琳珊的脸庞："你知道吗？这是对你优秀的一种妒忌，想一想，有些人想被人评价，人们连他是谁都对不上号，那种人不是更可悲？你被人说，说明你很优秀，大家达不到那样的水平，所以才会诋毁你，这是好事，因为你有特点，一直被人关注着。"

"你知道别人说这话之后，是什么感觉吗？"陈琳珊有些平静，但还是放不下自己的心情。唐子华点头:"当然,会有些生气,但是没事,让别人说吧,我还是我,没有改变,而且我会更庆幸,我没有变到那一步,而且会告诉自己,树大招风,所以我这个树已经长大,可以去完成自己的事情了。"

陈琳珊惊讶地看着唐子华,她不敢相信,这些话是从这样一个刚刚毕业走出校门的人口中说出。"那些造谣你的,你就没有觉得跟你一点都不像?"陈琳珊的心思显然已经被唐子华吸引了。

唐子华笑了:"如果传言像我,说明我深入人心,不像了,说明这是以讹传讹,那你就更不用在意,只需要用真正的自己告诉大家,自己是什么样子的人。用现在的自己告诉他们,那些对你不了解但是传言的人,以前的看法是多么的傻逼,让他们自己在抽自己嘴巴的同时后悔。"

"子华,其实刚才我心里一直在自责,为什么我那么乖,还会被人说。"陈琳珊水汪汪的一对眼睛,看着唐子华。"别,"唐子华安慰着她,"那是别人的话,不是真正的你,不必为一个虚构的自己而自责。"

"嗯,"陈琳珊点头说道,"现在我好多了。但是我真不知道以后遇到这事……""你放心,有我在!"唐子华拍着胸脯说道,"记住,以后遇到事情了,我一直在。"陈琳珊听到这话,破涕为笑:"如果那些人知道你在,肯定会更羡慕嫉妒恨。"

唐子华乐了:"那就让他们继续发挥吧,这都是平时创作的素材和经历,好东西,让他们说他们的,咱是干什么的,传媒行业的啊,他们敢说,我们就把它拍出来,看看谁是真正的自己。""子华,"陈琳珊感到一股温暖,"你真好。"

唐子华听到这里，脑海中再次产生了错觉，他仿佛看到了刘思盈楚楚可怜的那个样子，也正是因为那一次，才决定了当初两个人的命运，而这件事之后，唐子华的心冰封了许久。"我好像听到冰川在融化的声音。"魏絮儿看到这里，自己一个人在旁喃喃念道。

"什么？不让我剧本论文过？"次日的办公室里，唐子华接着电话，吃惊地说道。颜文在那边解释着："是的，我也不知道为什么，老师说你剧本是抄的，这是不是真的？""颜文，你觉得我有必要抄别人的剧本吗？"尽管唐子华内心极度惊诧，但语气还算平静。

"今天早上我刚听说的，你的剧本写得太过专业，又是战争题材，现在和平年代，不可能写得那么好，所以代课老师就认为你是抄的，还有你经常不在学校出现，他自然而然觉得你没那个能力。"颜文继续阐述这个事件。"放屁！"唐子华怒骂，"我写得好说明我有才华，那些战争作家都是和平年代，怎么不去说。"

颜文劝说着："子华，你先别生气，还是想想办法吧！""妈的！"唐子华没等他说完，挂断电话骂起来，"这狗日的还真有才，把我挂了！"思索一阵，唐子华从椅子上跳起，拿着衣服往外冲，驱车直奔学校方向。

一路上，他的电话从未间断，"什么事？"唐子华冷冷地对颜文说，"我正在往学校赶，好事情就说，不是好事情挂电话！""你一会打算怎么办？"颜文问道。"我倒是想和她切磋切磋。"唐子华压着怒火说道。

"千万别，"颜文急忙劝阻："女人不能惹，万一你把她惹急了，给你闹腾怎么办？""闹腾就闹腾，"唐子华不甘示弱，"我又不是没见过什么，还怕一个女的！"颜文语重心长地说："经验之谈，女人

— 37 —

是老虎，惹不起，她万一给你一哭二闹三上吊呢？""我就等着看他出丑！"唐子华没再多说，挂断电话。

熟悉的场景，熟悉的环境，曾经，两个人走过的路，现在也仅仅剩下一个人的身影。"我说真有你的，烧都烧到快四十度了，还要拼命看书，不怕把你烧傻吗？"看着街道上一对对牵手的情侣，唐子华回想起过去，他背着刘思盈走在这里的情景。

"少废话，"刘思盈摇晃着手，"我是铁打的身子，一定要扛到辩论赛结束，我还要在台上发言。""还辩论赛，"唐子华嘀咕一句，"就怕你还没到答辩那天，自己先没命了，都什么情况了还不分轻重缓急，你怎么这么不让人省心！""你嫌弃我了！"不知怎，刘思盈说出这样的话。

"我哪里嫌弃过你！"想到这些回忆，唐子华的眼角沾染着泪水，"你是我最珍贵的宝贝，怎么会。"回忆过多，就变成了思念。这里是他永远的伤疤，所以他已经很久没有来过，因为怕想起，因为怕伤心。

"总算找到你了！"颜晓梦气喘吁吁地跑来，"刚才我得到消息，田老师找你，说你毕业的论文是抄的，要重罚你。"唐子华冷笑一声："正好，我也找她，看看是谁的错。""哎，"颜晓梦拦住他，"你不会准备吵架吧？"唐子华点头："没错，从小到大我还没怕过谁，这次她撞我枪口上了，就乖乖等死吧！"看着唐子华离开的身影，颜晓梦打了个冷战："算了，我还是去把我哥叫来，免得出现意外！"

"田老师，我想了解一下……"唐子华没管里面正在进行什么，推开门往里面走。"哎哟，你来了！"田老师看着唐子华，惊讶地说着，同时，台下坐着一群学生，两眼瞪大了看着和老师对峙的唐子华。"我是来了解论文情况的！"唐子华正色说道。

"关于你的论文，"田老师正要开口，却被唐子华拦住："老师，咱们说点有意义的吧。"田老师张着嘴："我想问你，你是不是抄的？"当着这么多人抛出这么一个质疑，这足以让唐子华尴尬的，他盯着老师，看了一眼在下面坐着的学生，其中也包括陈琳珊。

"啊？抄？"唐子华故作不解，"我为什么要抄？""我的课你来了几次？但是为什么能写出剧本，而且还这么遵守电影模式守则？里面为什么都是军方的？你原型从哪来的？"田老师理直气壮，在她看来，这样的东西不可能是唐子华写出来的。

面对这几个问题，底下的学生惊呆了，陈琳珊不住地念道："完了，这下课上不成了。"邻座的一个孩子问道："我感觉好像有事发生，老师要给火上浇油了。"陈琳珊点头："这绝对不是油，是烈性炸药才对，老师看来要完蛋了！"

唐子华冷笑一声："我不在学校的时候我在外面跟着职业编剧学习，你在他们眼中又是什么？我想不必我多说，你也知道自己的能力，沧海和一滴水的关系，整天在这里哗哗乱叫，你有本事去写个剧本啊，只会讲怎么批评人的剧本，你先写一个出来啊，篡夺篡改他人剧本，你也好意思啊！"

田老师默默注视着唐子华，两眼的怒火几乎要杀死唐子华，唐子华没有搭理她："你不就嫌我写得好你妒忌了，还不让写你的名字你生气了，你不尊重我，我为什么尊重你？我就算没当过兵但是我可以从部队出来的人身上问啊，原型人物不好解决吗？你难道没听说过每一个人就是一台故事吗？就你还教艺术，你懂艺术吗？"

田老师涨红着脸，看着唐子华，而在台下，陈琳珊的邻座不知道什么时候掏出DV，正兴致勃勃的拍摄，陈琳珊脸色一变，阻止这一切。田老师继续说："唐子华，你再这样我取消你答辩资格，让你没法毕业！"

听到这里，陈琳珊心里咯噔一声纠结起来，表情有些不是很自然。"怎么了？"邻座也许看到她泛白的脸色，赶紧问她，陈琳珊摇头："没什么。"邻座瞅了一眼陈琳珊，又看着前面，悄声笑起来："哦，你在担心台上的那位。"

陈琳珊不知道自己该说什么，默默地看着台上那种紧张的局势，毕竟这时候，对唐子华而言，情势危急。"真的吗？"唐子华瞪着老师，眼神中没有惊恐，而是愤怒，也只有愤怒。正当他准备挥动拳头的时候，陈琳珊暗叫不好，举手准备打断两人的气氛。

"准备干什么！"门口传来一声惊讶，众人回过头看，却发现院长站在门口，"你们两个在台上表演节目吗？"田老师看着唐子华，"你刚才想干什么？小心一些！"唐子华轻蔑地说："我对得起天地，对得起自己。"

"是吗？"田老师继续说道，"但是我也遵守我的话语。"说到这里，田老师走到院长跟前，悄声说了几句，院长惊讶地看着她："不可能吧？"田老师点头肯定："绝对是真的，唐子华这个剧本写得完全就是一部电影！"

"好事啊！"院长一脸高兴，"咱们学院好不容易培养出这么一个苗子，是好事情！""但是这个……"田老师继续申诉，"他有这么长日子不在学校，为什么突然能写出这么好的剧本呢？这不正常！"院长听到这话，一脸平静，他略带调侃地说："哎呀，对唐子华来说，一切要反着看，咱们觉得不正常的对他正常，所以这件事情对他来说也属于正常范畴之内。"

"但是，"田老师刚要解释，却被院长打断了："没什么但是，你就好好地把该做的事情做了吧。"田老师怏怏不悦，走到唐子华面前："我再问你一遍，你是不是抄的？"唐子华被这一句带着质问口气的怀疑语气激怒了："我再说一遍……"

"你有完没完！"院长有些不高兴了，"他要是想抄的话，把自己以前发表过的作品随便拉出来一份不就行了，至于给你写这么多东西吗？"看到田老师还没有回话，院长拍着唐子华："这样，你跟我去领一份申请表，你免答辩了！"

直到这时，陈琳珊才感觉到了轻松，她长舒一口气："总算是完了！""我看未必，她必然会爆发的！"同桌的话刚一说完，田老师就在讲台上开始临时更改题目："准备考试，答不完的平时成绩全部不及格！"同桌叹息一声："得，这下倒好，殃及池鱼了。"但是对陈琳珊来说，只要唐子华能安然无恙，什么都不在乎。

"你知道吗？你今天这样的做法非常危险。"外面，颜晓梦提醒着正在看街景的唐子华。唐子华皱着眉头瞅了一眼她："今天天气，真不知道该怎么形容，早上还挺冷的，这会就有种夏天的感觉，你说我是不是该换衣服了？""你……"颜晓梦无奈地看着他，却不知道该如何回答，只好眼巴巴地看着唐子华离开。

刘思盈，这是唐子华内心最重要的一道坎，没人会超越，永远的存在，也就在短短的几年，让唐子华呈现了一种无法抗拒的心理阴影，是他怎么样都没法克服的唯一弱点，也是最致命的弱点。

陈少军分析着这样的情况，而在这时，吴泽从外面走来，拍打着他:"哥,有大动作了?""怎么说?"陈少军看着他问道。吴泽笑了:"很少见你这么认真的研究一个事情,如果真表现出来,一定是一个很大很大的事情。"

陈少军叹息一声:"是啊,这次对手强大,不得不慎重考虑!"吴泽转着眼珠:"你还是说唐子华?"陈少军不语,只是用笔记录着一些条目。"哥,不是我说你,你和他非要过不去,这是为什么?""刘思盈!"陈少军简单地说着。

吴泽笑了:"刘思盈,哥这也不是我说你,为了一个女人这么做值不值,何况还已经死了,这年头,有钱就是爹,有钱就是万人迷,你干嘛死守一个不放,还在这里较劲。"陈少军显然不愿意听到这些:"这是我自己的事情,不用你管。"

吴泽不耐烦了:"这个真不是我说你,有那么多女孩,你就不选,偏偏选择一个有眼无珠的刘思盈,你就算是个情种也不至于这么样吧,唐子华傻,你还跟着他一起傻,为了一个女人不值得,你现在已经继承了一个公司,不愁吃穿的,他唐子华什么都没有,他那是做梦,你这就是犯浑。"

陈少军瞪着他:"你懂什么,现在该干什么就干什么去,别让我心烦,不然我扒了你的皮。""得,我本来是想给你说,你让我查验刘思盈的死因,我查清楚了。"吴泽说到这里,转身离开,却让陈少军喊住。

在陈少军看着报告的同时,吴泽叹息道:"我看过了,是骨癌,至于癌变的原因,目前还没有明确答复,不过根据报告,她一直依靠药物来止疼,所以判断时间应该很长的,所以才……""该死的唐子华!"陈少军气愤地骂道,"思盈病了这么长时间,他就没有注意到?"吴泽在看到陈少军的表情之后,慢慢向外走去,整个办公室里,也就只剩下陈少军一人。

唐子华躺在草皮上,两眼紧闭地看着天空,陈琳珊悄悄走来,递过一个水果:"请你吃的。""这么好,直接送苹果给我?"唐子华接过苹果,轻声问道。"没什么事情,就是看你在这里躺着,过来凑凑热闹了。"陈琳珊害羞地说着。

"你觉得我是个什么样的人?"唐子华坐起身子,问着陈琳珊。陈琳珊思索了一下:"仁义礼智信。"唐子华一愣:"这个评价……是不是过高了?""我觉得蛮好的,只是……"陈琳珊思索了一下,"有些时候,我害怕。"

唐子华听到这里,平静地说着:"害怕什么?是不是觉得我有种玩世不恭的感觉?"陈琳珊紧咬嘴唇,默默点头。唐子华仍旧没看她:"大盈若冲,其用不穷,这是你以前说的,我当时的回答很明确,笑傲江湖里面的两个人。"

陈琳珊不解地看着他:"这有什么关系?"唐子华笑了:"令狐冲不是也被世人误解成一个浪子,但是他是什么?""大侠,一个顶天立地的君子。"陈琳珊不加思索脱口而出。唐子华笑了:"这就对了,表面的和内在的,就看你怎么用自己的心理解,别人都说我脾气大,但是我告诉他们的是,古典中华精神便是这样。"

陈琳珊点头:"也是,我们看到的都是被强奸的历史,华夏一族,本就是一个原则性强的民族,只是,崖山之后无中华,精华丧尽,唯独留下趋炎附势的小人来继承,那些气节,也就丢失,而改变原则,也被称为一种谦让和忍耐。"

"所以说,我很幸运,继承了古典中国的气节,我很不幸,出生在一个将传统气节丧尽的社会时代中，以前的骨气，却变成了这样。"唐子华无奈地感慨着，在他的心里，这种傲骨永远会存在，永远不会丢失。

他的电话在这个时候想起，接通电话的时候，唐子华有些不耐烦了："陈少军，有什么事就尽快说。""你在哪？"陈少军气愤地说。唐子华有些无语："我在哪和你有关系吗？你有事就快说！""少他妈废话，我找你有事！"陈少军气愤地说着。

唐子华挂断电话："这该死的家伙。"他看着陈琳珊，只是淡淡地笑着，阳光照在她的脸上，显得那么动人。"陈少军找我，让我过去一趟。"唐子华的话语让陈琳珊离开，不料她却坚定地说："我陪你一起去。"唐子华无语："你陪我去干什么，回去。"

陈琳珊撅着嘴一脸的委屈，这让唐子华无法再硬下心，只得点头答应："好好好，跟着去，不过我有任何奇怪的举动，你也别觉得惊讶，这比较正常。"陈琳珊瞅了他一眼："你犯神经时候的样子，害怕。"唐子华叹息一声，坐起身来走出。

"说，找我什么事？"唐子华的表情平静，此时的他心里边的烦躁，就和天气一样，变得异常烦躁不安，而他的脑子，也有些不太平静。"思盈的事情！"陈少军话一出口。唐子华心中一颤："又是这事情。"

唐子华不愿再提这件事情，话语中带着些烦躁，毕竟这件事情，一直是他心中的尖刺。陈琳珊从车内走出，向他们看着。"思盈的事情你就一点都不在意吗？"陈少军再次问道。唐子华叹息："都过去了。"

"看来你根本没把她放到心上。"陈少军气愤地将报告丢给他："我这是很认真的，你给我看看，思盈不是简单的跳楼，而是骨癌，你平时怎么看着她的！"唐子华拆开报告，翻看了一下，又收回去："这个我没有想到。"

"她又是怎么回事？"陈少军指着远处的陈琳珊，"短短几个月，你就开始移情别恋，思盈真是瞎了眼了。"唐子华没有说话，对他来说，一切都还在犹豫不决，正在这时，陈少军一拳将他打倒在地，陈琳珊急忙奔跑过来，搀扶唐子华。

"你对得起思盈的决定吗？她把美好的一生都托付给你了，你带给她的是什么！"陈少军厉声指责。陈琳珊生气地看着他："你知道什么，其实……""闭嘴，琳子！"唐子华闭着眼睛，一脸伤痛的样子，"他说得对，我没必要去解释，我也没有必要说什么。"

唐子华推开陈琳珊，默默地站起来："陈少军，我没有什么好说的，过去的事情我不想再去纠缠，你可以对我做任何结论，但是我想问问你，你有什么资格来评价我，你知道我的一切吗？""我不需要知道！"陈少军再次挥出一拳，打在唐子华脸上，让陈琳珊再次感到担心。

"这一拳不为别的，直到现在，你还是这样，你知道思盈和你在一起替你担惊受怕吗？唐子华，这些你都没有看到过，当然，那些年你拍拍屁股，离校嘛，很简单，但是你知道她为你受了多少委屈，她为了让你安心，一直默默地承受着所有人对她的议论。我多次让她放弃，让她结束这样提心吊胆的日子，她就是不肯，就算她用自己的生命做交易，她也会为了你毫不犹豫地去做。"

唐子华没有说话，陈少军生气地说着："你太对不起思盈了。"说到这里，陈少军转身离开。陈琳珊扶起唐子华："你没事吧？他太……"唐子华苦笑:"不,是我应该承受,其实思盈的事情我一直带着愧疚,以前没有觉得什么,但是我的确亏欠她太多了,有很多诺言,都没有办法去兑现。"

"那现在呢?"陈琳珊问道,"你要怎么办?""怎么办?"唐子华无奈地笑了一下:"还和以前一样,道路向前走的。"说到这里,他站起身子,拽着陈琳珊一起走回车中。"够了,现在跟我回家。"唐子华恶狠狠地说着。"啊?"陈琳珊惊讶地张着嘴,"你……说什么?"唐子华叹息一声,就带着陈琳珊离开。

"我不明白,他有时候很爱争辩,有时候就一句话也不说,有时候让人觉得很有亲和感,有时候变得那么让人敬畏,到底是怎么回事?"陈琳珊在家中自问。赵蕊走到她身后:"是不是还在想一些事情。"陈琳珊点头:"我不明白唐子华为什么要这样,他总是不按常理做事。"

"因为他天生特殊,注定会这样的,这是命,他如果不那么冷漠,也就没有现在的思想了。"赵蕊笑着告诉妹妹。"我不明白。"陈琳珊不解地摇头。赵蕊说道:"因为从始至终,他的一切太过超前,就连家里人对他的理解都是不正确的,一开始他寻求被理解,希望得到一个让他能够温馨的地方。"

"后来因为什么原因?他才变成这样?"陈琳珊的好奇心驱使她问着。"很简单,家人始终不去理解,而只是说他优秀,总是抓住他追求真理不认情面的性格,说那是一种傲气和蛮横,但是忽略了他身上百分之九十九的优点,而这,也是他这么多年心里的一根刺,多年以来,他尝试去沟通,乞求被理解,但是家人总是认为自己的认识没有错,但是事实证明,唐子华是对的。"赵蕊说到这里,不禁发出一声感慨。

"所以他渐渐地不想去争辩，渐渐地不想去执行别人说的话，他也变得不需要被人去理解，不需要被人接受，做自己认为该做的事情，哪怕得罪了任何人。"陈琳珊说到这里，不禁感慨这个隔壁的人。

夜里，唐子华正坐在电脑前，写着有关自己的丛林法则，脑子里却回想起当时，刘思盈告诉自己的那些话："如果自己觉得正确，尽管去尝试，不管是谁，都无法阻止自己前进的脚步，缺点可以存在，大事不拘小节，十全九美，已经足够了。别人不理解，但是世界上总会有理解自己的人，那时候，舍弃全世界，也在所不辞。"

3

陈琳珊走入房门，看着还在熟睡的唐子华，不忍叫起，眼下这个人，在外面以铁人和坚强象征的人，眼角中悄然流下泪水，也许在他的梦里，看到了自己的软弱，也许那个梦里，有曾经已经破碎的美好，他永远也不知道，这个梦还会困扰自己多久，梦里，有与对方那相遇时的美好。

不知为什么，陈琳珊好像在触碰的一瞬间感受到了一种不同，欲言难言。"你怎么来了？"唐子华看着眼角有些湿润的陈琳珊，"怎么了？和哭过一样！"陈琳珊捂着嘴："没事，只是突然有些感触，想要说又说不上来。"

唐子华看了一眼陈琳珊，低头不语，长期以来，他都知道，眼下这个女孩对自己的关心和照顾，不是一般感情能够说清的。"我只是觉得，你对思盈姐实在太好了，一直到这个时候，还是对她没有忘记，我觉得……"唐子华默默苦笑："我完成不了对她的承诺，我甚至很明白，没人能打败她在我心中的地位。"

听到这话，陈琳珊感到心口一阵重击："那未来呢？也是会这样？"唐子华思索了一阵，默默点头。陈琳珊不知道该去说什么，她的泪水开始滴落："其实，有一个人，慢慢习惯了被你照顾，慢慢感觉到了那种坚韧背后的脆弱，也慢慢地愿意让你好好地生活下去，只要在你身边，就没有什么担心的，因为只要有你在，会很踏实。"

唐子华听到这里，心头一颤，他拉过陈琳珊："琳子，其实这么长时间，我都明白，只是我没有办法去忘记一个人，就没法给另外一个人一种新的开始，我常说，做人要对得起自己，对得起天地，我不能就这么随随便便找一个代替品，那样是对人的不尊重。"

这时，陈琳珊感到的不是温暖，而是一种眼看着将要失去的无奈和痛苦，她张开嘴想要告诉唐子华现在心中的一切，但被唐子华阻止："给我时间，我不能这么快的答应你，但是我相信，有那么一天，我会将一切交出。"

这天晚上，两个人各自站在阳台，月亮还是那么皎洁明亮，四目相对的瞬间，陈琳珊无助地将眼神避开，向回走去，留下唐子华一人。看着陈琳珊的背影，唐子华默默念道："我一直想要去接受，但是现在还不能，因为我不能对不起你，现在，我只能先和你这么保持距离，相信我，总有一天，我会让你幸福下去的。"

第二天中午，唐子华坐在广场上，不知道为什么，他开始静静地发呆，孩子们嘻嘻哈哈的样子让唐子华感到一阵憧憬，曾经在他的印象中，也有过这样的希望，希望有一天，带着老婆孩子这么无忧无虑的生活，而现在，只能这样呆呆傻傻地看着。

"喂，老板啊，你倒是快点回来吧，我们策划都想破脑袋也没有想出好点子，剧情没法把古代和现代串联起来！"电话那边，是王尧头疼不已的声音。"知道了！"唐子华静静说着，挂断电话站起身，却发现钱文伟站在身前。

"你跑来干什么！"唐子华一脸不屑地看着他。钱文伟盯着他："看看你，还有，我要告诉你，我总有一天会做出一番自己的事业。"唐子华冷笑一声："嗯，自己的事业，你是打算傍个富婆？还是卖血卖肾？"

"我知道，从小到大你都瞧不起我，你觉得我出身低，家庭不好，处处和我作对，但是我总有一天要证明，我不是的。"钱文伟的态度很积极，却始终没有打动唐子华。他只是在那里拍手："好慷慨激昂，不错，我到现在为止，还看不起你，你话说完了就请离开，我没时间听你的话。"

"我会让你后悔的，后悔你所做的一切！"钱文伟说出这话，倒让唐子华乐了。他又急忙收住笑容，正色说道："我做过的事从不后悔，对任何事情都一样。""所以你就失去了刘思盈。"钱文伟的话让唐子华脸色铁青，他瞪着钱文伟，眼光中带着杀气。

"我告诉你，你有什么资格在这里瞎嚷嚷，和你说这么多话已经给足你面子，从小到大你自己干过什么缺德事你自己心里清楚，你死了我只会去庆祝而不是去哭，你懂吗，我干什么要让我失去这么一个庆祝的机会，所以在我有提前为你庆祝的想法之前赶紧滚。"说到这里，唐子华推开钱文伟，向前走去。

身旁，孩子们吹出的气泡在阳光的照耀下五彩缤纷，看着这些孩子，唐子华陷入了曾经的回忆，里面的一切是那么美好。"总有一天，我们也会这样，带着孩子，一起沉浸在欢乐中，这里的所有，

— 50 —

都是我的记忆。"刘思盈的话再次传出，唐子华眼中，也仅仅只剩下这些言语。

"大学毕业后一年，我们结婚吧！"唐子华搂着刘思盈的腰，轻声说道。"不答应！"刘思盈转身说着。"相信我，我们一定会这样无忧无虑的生活，没有什么会将这样的事情打破。"唐子华眼神坚定，却带有那么些温柔。

"但是……"刘思盈欲言又止，思索一阵之后，继续说，"你这么好的条件，这么好的天赋，这么好的年龄，一辈子就和我走到一起，我很不放心，你现在的一切都是应该花心的理由，我怕会有一天……"唐子华阻止了刘思盈下来的话："相信我，我会告诉你所有的答案，会将所有的花心给予一个人，那个位置，只属于你，这些记忆，也会被我封存，直到我们走完一生。"

"我知道该怎么做了！"唐子华看着这些眼前飞过的泡泡，表情变得非同一般，他轻声疾呼，拨通王尧的电话，飞速向车上奔去："王尧，我想到方法了！"王尧纳闷地说："什么方法？"唐子华语速飞快："先别说那么多了，召集所有策划人员，我回来之后马上开会！"

"都准备得怎么样了？"刚一回公司的唐子华就开始询问，"所有参与人员都到了，就等你这个想法了，然后我们可以把整个故事大纲连接起来了！"王尧回答唐子华的话。"好，马上跟我进去！"唐子华说着，向会议室走去。

"这么着急召集各位，是因为我已经找到了突破点。"唐子华看着还在交头接耳商讨的人们，开始发表自己的言论，"现代和古代的结合，我们为什么不采用一种形态的封印存在，就像广义相对论一样，相同的地点，不同的时间，只要多一些神秘和梦幻感，就足够办到。"

"这下问题解决了，并且还有了新的开发计划，这一招我们怎么没有想到！"王尧带着员工从会议室出来，不断地发表感慨。"因为他天生不同！"不知道何时，周奕璇站在他们身边，微笑地说道。

王尧大惊，赶紧做好保护的准备："你……这是在说他吗？"周奕璇瞅了一眼王尧："这是什么意思？保护？放心，我对他不会那样，唐子华是我哥，我和他也就开玩笑而已，其实对别人还好了。"王尧稍微轻松："你怎么突然跑来了！"

周奕璇叹息一声："没办法，我们本来约好是在外面见面的，结果等到了的时候没见到他人，就猜着是有什么想法，就过来看看了！""什么事？"王尧探过头问，周奕璇却看到唐子华走出向她挥动手势，就向办公室走去。

"哎，我过来可不是为了让你请我喝茶的！"周奕璇坐在桌前，对正在泡茶的唐子华说道。唐子华点头，将茶杯放到她身前："知道，说说吧，看看是不是好事！"周奕璇乐了："我帮你联系到了销售商和广告商，还把价钱抬得很高，他们答应了！""是吗？"唐子华的眼睛里放光，"这件事干得漂亮，说，要什么报酬？"

周奕璇摇头："不需要，我相信你会做好的，而且那时候再说也不迟。"唐子华点着她脑袋："跟我抖机灵，行，今天和你约好的，但放了你鸽子，不生气吧？"周奕璇思索了一下："其实我今天见到你了，只是当时有钱文伟在场，我才没露面，后来一路跟着你过来的。"

"咱能不能不提他！"唐子华铁青着脸说着。周奕璇笑了："好，那就说说别的事情了，免得你生气。"正在这时，外面有人交给唐子华一请帖。"什么东西?"周奕璇好奇地问道。在唐子华拆开看了之后,缓缓说道:"是家里人的请帖,结婚的喜酒。""好事啊,干嘛这么吊着脸!"周奕璇开心地说着。

"问题是钱文伟认识他,你也认识,陈琳珊在过年的时候也见过,都要去,到时候可就……"唐子华愁眉不展:"是啊,一团糟!""怎么糟糕了,陈琳珊不也去吗,你们刚好借机会发展一下。"周奕璇催促着唐子华。

唐子华无助地抱头:"别提了,我昨天做了一件事情,把她伤害了,她现在绝对不想见我!"周奕璇看着他:"你不会干了什么坏事,把她……"唐子华瞪着她:"瞎想什么,我昨天说和她保持距离,把她伤了!"

"什么!"周奕璇惊站起来,一脸气愤,"你让我说你什么,经常是男孩表白,人家女孩鼓起多大的勇气才说出的话,你倒好,还给人拒绝了,直接后果你想过没有?"唐子华摇头:"我当时没想,但是我不想就这么随便接受,对她对我都太不负责任了,还有,也超乎我的预料。"

"亏你还知道!"周奕璇说道,"你现在还捅出这么大一篓子,看你怎么收拾!"唐子华叹息一声:"我哪知道,我不就想等心理那段障碍过了之后好好地去投入,这样难道有错吗?"面对唐子华这样的反问,周奕璇无言以对:"婚礼是什么时候的?"唐子华看了一眼喜帖:"三天后。"

街道上的行人渐渐少了,陈琳珊和魏絮儿依然慢慢地走着。"你是不是和子华很熟?"一路安静的陈琳珊突然说道,这让魏絮儿不知该说什么,只是呆呆地看着她:"还好了,我们从小到大基本就在一

— 53 —

起玩耍！""哦。"陈琳珊怏怏感叹，没有说话。

魏絮儿显然看出了陈琳珊的心思，慢条斯理地说："我和子华只是最好的朋友，并没有什么！只是他在我困难的时候总能给予帮助，对我而言，他是我的指路明灯。"陈琳珊依然不语，魏絮儿则继续说道："其实我知道，从一开始你搬进来就看得出来，你在意他，不然不会这么心甘情愿地在这里待着。"

陈琳珊张开嘴巴，问道："姐姐，你应该很了解他吧，能不能告诉我一些事情，我想了解他，与他沟通。别看他平时大大咧咧的，可是在某些事情方面，他总是把自己封闭在自己的世界，很少与人交流！"陈琳珊默默说道。

"你什么时候开始对他有这样的好感了？"魏絮儿有些八卦地问了一句，"我只是好奇，因为唐子华有很多地方让人觉得很奇怪，而且他总是在过去的回忆里，很难让人爱上这样一个人的。""我也不知道。"陈琳珊默默说道，"从第一眼见他的时候，我就觉得这个人不一般，而思盈姐去世时也托我照顾他，直到后来，我才发现，他已经不再是我要照顾的对象，而是我喜欢的人。"

陈琳珊陷入了回忆，嘴角轻微上扬："和他在一起的时刻，那是我最开心的时候，因为我和他说出了自己的心声，但是这样的感觉，唐子华现在的情绪，让我感觉他不清楚，他故意想打模糊的概念。但是我，就这样莫名其妙地控制不住这一段感情，我发现我开始注意他的一举一动，他的每一句话语，但是他有时好像故意远离我一样，让我很难确定该怎么做，或许你有办法！"

魏絮儿笑了："子华这个人拥有火山一样的激情，和冰雪一般的冷漠，他在意一个人时，根本不用考虑任何事情，可以连千年冰雪都能融化，但切忌不要让他冷漠，一旦对某件事情冷漠，他会选择性失忆，可以完全忘记这样一件事、一个人，只会把自己封闭，让自己不去触碰那块伤心的土地。按照你说的，他现在已经有了这样的苗头，这很麻烦！可能因为他发现理想和现实有些差距。"

"那我该怎么办？"陈琳珊有些不知所措，"难道真的没有一点办法？""不知道！"魏絮儿缓缓说道："他的个性中透着神秘，一生的遭遇也是离奇，经历一些事情后，他变得很随性。"说到这里，魏絮儿也感叹道："不知道这些年怎么了，一个很内向严谨的人，变得这么随性，还能做到粗中有细，是什么让他这么潇洒？"一边的陈琳珊却完全没有听到这样的感叹，此时的她已经陷入了沉思。

深夜时分，周围的人们已经熟睡，唯有陈琳珊一人独自坐在窗前，看着开始发亮的天空。天亮了，可陈琳珊仍旧无法进入睡眠，只是静静地看着天空，释然地微笑着。

"上天，感谢你让我实现了愿望，虽然在生命中会遭遇一些不愿意发生的事情，但是一次次的经历使我成长，一种种记忆让我充实，即使再不幸运，再痛苦，都应该坚强地走过这一段路程，完成我们的想法。

感谢你对我的公平，即使有那么多不幸，但仍然很公平，我没有奢望，每天都是最美好的，都是值得珍惜的，伤痛只是考验，而不是推卸责任的地方，迈开步伐，大步向前。"这个时候的陈琳珊，看着那已经初升的太阳说道："新的一天来临了，我会好好珍惜，完成心中的愿望！"

"子华，今天我让璇璇把你叫来，没打扰你吧。"次日一早，周奕璇的母亲将唐子华叫到了身边。"没关系，我最近一直在休息，也没有什么事情可忙得，再这样下去我可就发霉了。"唐子华回应道。正在这时，周建玲看着身边的女儿："璇璇，你看看锅里炖的汤好了吗，帮我看看火，妈妈和你哥哥说些事！""哦，"周奕璇应了一声，离开了餐桌。

待到周奕璇离开之后，周建玲从抽屉里拿出一张机票，肯定地说："我打算送她到国外去，让她在英国接受教育，不知道璇璇是什么想法！""她还不知道这件事情吧？"唐子华悄悄地问，摆弄着机票。"是的，我还没想好该怎么告诉她！"周建玲皱着眉头，"你也知道璇璇，从小就失去了父亲，真不知道她会怎么看待这件事情。"

"什么！"周奕璇从背后喊道，"妈，你要送我去英国！"周建玲和唐子华转过身，呆呆地看着，唐子华赶忙将机票藏于怀中。"璇璇，妈妈是想……"周建玲还没有说完，周奕璇已经歇斯底里了："我不去，不管是什么原因，我都不愿意。""可是璇璇，国外有更好的教育。""我不！"周奕璇不愿听妈妈的话，"妈妈，我不想去，到了那边，我就是真正的孤家寡人，没有哥哥、没有你，再好的环境又有什么用？"周奕璇扭过头，抹着眼泪跑了出去。"璇璇。"唐子华叫了一声，向外追去。"子华！"周建玲喊住他，"璇璇拜托你了。"

唐子华一路追踪，终于在广场边上，看到了她。"你不要劝我。"周奕璇看到唐子华，向边上迈了一步，旁边则是距地面三层楼高的地下广场。"璇璇，别再这样好不好！"唐子华停止了脚步，"有什么事情我们慢慢说。"

"哥，"周奕璇哭泣着，"我不想走，有你们陪着我，我才能感受到安全和温暖，为什么要让我离开你们。"唐子华看她激动的情绪，担心地说："璇璇，你一直都最听哥哥的话了，先下来好不好。""不，我不下来！"周奕璇的倔强完全表现出来，"从小到大你都护着我，为什么这次不是。哥，是不是我长大了，你不再保护我了！我不想去英国，再逼我，我就跳下去。"

唐子华突然冲上前，跳到她的身边："谁说我没有保护你，我告诉你的那些话，是让你少走弯路，小时候你被人欺负了，我替你打架，你伤心了，我哄你开心，我尽我最大的能力，想让你生活在童话般的生活里，想让你有一个积极的人生，想让你和公主一样，只要你有事，我就会为你阻挡，你这样子对得起我吗！"

"哥！"周奕璇听到这里，爬到唐子华的肩膀哭了，"哥，我离不开你们。""傻丫头！"唐子华轻抚妹妹的额头，"我也舍不得你，思盈已经永远不会再回来了，我不能失去身边的任何一个人了。"周奕璇呆呆着看着他："那婚礼我们还去吗？"

唐子华一乐："当然得去，话说你这个样子，还去参加婚礼吗？"周奕璇破涕为笑："有白吃的饭局，为什么不去？这是我风格吗？"唐子华一乐："这才像话。"

酒店门外欢天喜地，唐子华带着周奕璇向里走去，却听到大家那些声音："呦，又带了新的，你换的速度还真快！"唐子华尴尬起来，指着周奕璇："我妹，我妹。"周奕璇听到这里，将他拽到角落："我说老哥，你干吗解释那么多？"唐子华看着她："我不解释，又该怎么说？"

周奕璇说道："你这么解释，别人会认为你是没人搭理故意找人来顶一下，这样你还有什么颜面？"唐子华看了一眼旁边，不远处，陈琳珊幽幽站着，有些出神。"这样你让琳子怎么想？她最近情绪可不太稳定啊！"唐子华着急地担心。"现在担心了？"周奕璇小声地说，"那你早干什么了！"唐子华悠悠斜视她："要你多嘴。"

"好，我不说，只去做就行了！"周奕璇一乐，悄悄向陈琳珊方向走去。唐子华喊了两声，还是没有拦住她。"哎，你今天过来了！"周奕璇凑到陈琳珊身边说道。陈琳珊默默点头："是的，新娘和新郎都认识，不过来不太好吧！"

"这倒也是，就和他一样。"周奕璇悄声说着，同时指向不远处紧张注视的唐子华。"你们……在一起，挺好的！"陈琳珊没有多少自信地说着，这个瞬间，她连说话的力气都没有。周奕璇看到这里，呵呵一笑："其实我们……"

正在这时，钱文伟走到周奕璇的身边，幸灾乐祸地打着招呼："真巧，你也在这里！"周奕璇听到这个声音，翻着眼睛转身："我觉得不是巧，是没办法，没想到你也会出现在这里！"钱文伟呵呵笑着："是啊，不过你真的是真人不露相，佩服！"

周奕璇斜眼看她："有些话，不用解释，毕竟还是有差距的。""差距不大，差距不大！"钱文伟转动着手，看了眼前的陈琳珊一眼，悄悄对周奕璇说道："我能邀请你吃个饭吗？"周奕璇转动着眼珠："哎呀，这个就要问我的监护人了。"

"监护人？"钱文伟一脸不解，周奕璇点着头："是啊，就是他了！"说着，她一把将唐子华挽在身边，"有什么你们说吧！"旁边的陈琳珊不知怎么，心中一阵剧痛，慢慢地走回自己的座位。

"你刚才要说什么？"唐子华回过神，一脸趾高气扬的样子看着他。钱文伟冷静了一下："是这样的，我觉得……""你觉得什么？"唐子华打断了他的话，钱文伟指着周奕璇："她……我……"

或许实在是说不出，钱文伟将唐子华拉到一边："这么给你说吧，我喜欢这个姑娘，而且她家里环境我也知道，这不是少奋斗……""我想你应该知道吧？"唐子华打断钱文伟的话。"什么？"钱文伟还是不了解唐子华的用意。"对我家人不利的，没有一个有好下场，你自己想想吧！"唐子华语气不狠，但却带着浓浓的杀气。

看着两人的离开，周奕璇明显感觉到刚才唐子华身上散发的火药味正在燃烧，她可以感受到，一颗足以引爆环境的炸弹即将引爆。这情况钱文伟不曾知道，陈琳珊不曾明白，周奕璇也仅仅只是知道，从来没有见到过。

"滚！"在清脆的破碎声后，唐子华手按钱文伟的额头大声骂道，"你他妈还真能说得出口！就你这样的畜生赶紧死远！"钱文伟摸着脑袋，鲜血已经开始滴落："你说什么？"钱文伟气愤地捏着手中的盘子，两眼直瞪被众人拉住的唐子华。

唐子华指着他："我说什么？顺杆爬、见利忘义、坐享其成，损人利己的畜生，我还真不明白，当年除四害怎么不把你除了，好歹四害也算是生物链的一环，你就是个废物，连生物都不如。"

双方僵持了十秒左右，钱文伟狠狠地指着唐子华："好，你竟然用这么无耻的方法对待我，你有种咱们走着瞧，信不信……"唐子华一阵冷笑："无耻之人跟我讲无耻，你究竟有多无耻！"

说到这里，他再次抄起一个碟子，向钱文伟头上砸去："少给我说这么多废话，有本事来啊，我不怕把这婚礼变成你的葬礼！"钱文伟指着唐子华："你……"唐子华冷笑着说道："现在给你两个选择，一是你从这里滚出去，而是我让人把你团成团，用圆润的方式让你离开，你自己选择！"

钱文伟看着眼前正在盯着他的目光，唐子华的眼中透着他从未见过的杀气，虽然两人曾经总是争吵，但是没有出现过这么巨大，足以让任何气氛都变得和战场一样的杀气。唐子华双眼通红，目光就像一把尖刀，锋利无比。

在众人的劝解下，场面才恢复了平静，舞台两侧的灯光照射下来，新人也开始登场，参加过无数婚礼的唐子华，却难以将心情平复，曾经的身边，总有个人靠在他的肩膀，一次次重复着那些傻傻的问题，一次次期待两人的将来。

"等我们上正轨了，就结婚！"这一刻，唐子华的灵魂再次回到过去，看到的也是曾经，他和刘思盈说过的，以前的过分执着，直到这一刻，他才明白，自己欠刘思盈的，不是一段感情，而是一份永远的坚持，也是一份计划好的未来。

婚礼上，有人祝福，有人恭喜，有人开心，有人感动，有人笑，也有人哭，那个哭的，是陈琳珊，在方才发生的所有事件中，她见到了唐子华对周奕璇的关心，远胜对自己的关心，也感受到了在这茫茫人海中，自己，还是那么孤独。

"姐，你们回来了！"赵蕊和魏絮儿走入家门的时候，看到陈琳珊毫无力气的样子："琳子，你没事吧？"陈琳珊摇晃着自己不大的手："没事，我想我有些不太舒服，去外面吹吹风就好了！"赵蕊拉住她："到底发生什么事情了？"陈琳珊委屈地看着赵蕊："姐，我发现我喜欢他了，但是他对我没有一点感觉，昨天……他为了周奕璇和自己表哥动手打架，却对我从来没这么做过。"

酒吧中，魏絮儿一直劝着疯狂喝酒的唐子华："你少喝一点，你想让家里人担心吗？"唐子华瞟了她一眼："他们？他们为什么来关心我？为什么这样的小人说出那样的话会有人相信？为什么我这么傻，在最后一刻还要替他隐瞒？""没事吧子华？"魏絮儿不禁说道，"昨天的事情我听琳子说了，就让它过去了，毕竟你也真的打了他。"

"是啊，但是我想不通的一点是，为什么你们两个会闹成这个样子！"一直在对面坐着的颜晓梦说道，"你们不是兄弟吗？应该不会这样的！"唐子华生气地说道："这人从小在一个畸形的家庭里生长，母亲死了，父亲又对其不闻不问，任凭死活。"

"那他不是很可怜？"颜晓梦惊讶地说。唐子华点了点头："是的，我们都说经历困难和痛苦的人往往会成长得更快，因为他是我妈妈唯一的侄子，所以长期在我家，但是我怎么也没有想到，他竟是一个阴险小人。"

唐子华越说越生气，他喝了一口酒继续说道："因为他处处不如我，又在这样自卑的情况下想要引起别人的注意，想要让别人知道自己还有本事，所以总是找我的麻烦。我是文科出身，他就总是在这地方下手，当着所有人的面和我比理化；我高中因为一些事情沉沦，导致学习一落千丈，他就在这个时候说我当初为什么不好好学习，他好像是全班第一名，结果还不是通过别人让他上的大学；等上了大学，我开始恢复自己，他更是处处阻挠我的发展，在我事情取得成功的时候，又说我是凭借自己家人完成的，本身没有本事。"

唐子华缓了一口气，继续说道："后来思盈去世，他又借机打击我，一次次地提及此事。就算是这样，我一直在忍受，从小到大，我一直在忍受这个哥哥，他的事情我不管，但是不要影响我身边的人。"

魏絮儿说道："今天这件事情，难道仅仅是因为你无法忍受了，别用这种理由，你骗得了别人，能骗过我这个多年的老朋友吗？"唐子华冷冷地笑了："实话实说吧，我之所以要打他，是因为他看上了璇璇家的地位和金钱，想通过男女朋友的关系获得他想要的一切！""什么！"颜晓梦和魏絮儿惊声喊道。

唐子华冷冷地说着："金钱，在他的眼里只有金钱和地位，还有什么是他关心的？有这样一个畸形心理的人，我怎么能放心？璇璇是个好姑娘，我不想让她的未来毁在这样一个禽兽的手中！在我的心里，璇璇和爱情是同样的重量，为了捍卫这些，我有什么不能做的？你们说为了保护自己的妹妹，这么做有错吗？"颜晓梦和魏絮儿摇头说道："没有，你打他是对的！"

"你现在有没有想过怎么办？"魏絮儿关切地问道。唐子华点了点头："我已经做了，留书出走。""留书出走？"颜晓梦惊道。"是的，反正我们之间已经有代沟，家里人又都同情弱者，我没有必要去为他改变自己，所以我不打算在最近回去了。"唐子华狠狠地说道。

"那琳子怎么办？"魏絮儿问他，在她出来之前，陈琳珊落寞离开的背影让她不忍，"爱情对你来说也是要捍卫的，你知道琳子最近很伤心吗？"唐子华点头："我知道。"魏絮儿说道："知道为什么还要离开她？她……"

唐子华打断她的话："正是因为太重要，我不想让我过去的阴影留给她，这样对琳子来说，太不公平。"两人默默看着唐子华："你还是没忘记刘思盈！"唐子华苦笑一下，只是摇头。

夜在摇，楼梯夸张的舞蹈。风解嘲，数不清第几次跌倒。脚在飘，回家的路怎么找？下一个拐角，有没有熟悉的门牌号？在幽静的小巷中，喝得烂醉的唐子华独自一人穿梭，由于酒精的作用，脚下根本无法站稳，跟跟跄跄地走了几步后，一头栽倒在地上，如同烂泥一般地躺着，蠕动着，视线渐渐地模糊不清了。

　　模糊的意识中，他听到远方传来一声急促的呼唤，不禁睁开眼睛，向四周张望着，就在这时，一个身影从巷中拼命跑过，身后是严厉的叫喊声。他瞟了一眼，神志在一瞬间清醒了："是琳子！"唐子华看到这里，拿出自己的电话："喂，我报案，有一个女的正被几个流氓追着，你们快点来！"电话中的人不知说了些什么，他开始着急了，"你这不是废话，大晚上的你被你男朋友像杀人似的追，还要喊救命！"就在这时，陈琳珊听到唐子华的声音，好像遇到了救星，赶忙跑到他的身边："子华哥，求你帮我了，有两个流氓追我！"

　　一时之间，唐子华被逼得不知该如何是好，他张望了一下四周："我说你大晚上的，跑到这里被人追着玩啊！别忘了我也不是什么好人！"陈琳珊难过地盯着他，眼神充满了恐惧。"我是说真的，"唐子华继续说道，"你看看，我欺骗过你的感情，又害死了刘思盈，你说我怎么能算是好人，和你在一起也就是觉得好玩，说真的……"

　　还未等他说完，就被后面两个醉醺醺的人发现了。"好啊，原来你躲在这里！"一个体型剽悍的人拿着一根棍子在陈琳珊的面前挥舞着，"别以为你今天能逃。"唐子华皱着眉头，一脸严肃地问着两人："你们干什么，东西带来了吗？不错嘛，还送我一个小妞！"说着，他一把搂着陈琳珊的腰，坏坏地笑出声来。事发突然，陈琳珊感觉不对，眼神甚是紧张，下意识地闪到一旁。

　　"干什么啊？还不好意思，第一次？"唐子华说到这里，他指着两个人，"你们两个不是来交货吗？快点交易吧！""交货？"体型比较剽悍的说道，"你搞错了，我们是找这个女的，我们大哥说要让她陪喝酒，这小妞不答应，用酒泼我们大哥，我们让她回去道歉，求你高抬贵手！""凭什么！"唐子华横道，"这小妞我看上了，快点给我滚，老子还舍不得呢！"

"对不起了，"男子醉醺醺地说道，"只是这个女的对我们太重要了，您能不能……""不能！"唐子华喊道，"她是我看上的，你们谁敢动她！"陈琳珊看了一眼唐子华，面对这样一个既熟悉又陌生的人，她更多的是不安。陈琳珊微微向外侧了一点，"别动！"唐子华轻声说道，"如果你想脱离，就和我配合点。""什么？"陈琳珊惊讶地瞪大眼睛，"你刚才说的是不是真的？"

陈琳珊的声音有些大了，正好被对面的两人听到。"操！"身型比较瘦小的那个人骂道，"你小子假装黑社会骗我们。"说到这里，他和身型剽悍的拿着棍子，砸向唐子华。唐子华眼看着棍子奔向自己，也没有什么办法，无奈还是敌不过棍子的威力，只能一手抱头，一手做一点还击。就在这时，一辆巡逻车出现在众人的视线中，随即冲下几个警察，两个男子见状，急忙抱头逃窜。

"你没事吧。"一名警察走到他的面前，关切地问道。唐子华擦了擦嘴角的血，调侃地笑道："哎哟，警察同志，你们来得可真早，再迟五分钟我就该挂了！""行了，都成什么样子了，还说调侃话！"警官苦笑着应付。"得了，你们去忙你们的，顺便把这个女孩子送回家，别再来烦我了！"唐子华摆着手。

"你就这么不想见到我吗？"陈琳珊伤心地看着唐子华。唐子华冷笑："我们没有什么关系了，就当我求你了，让我清静行吗？别再拿这件事情问我，我也不会再说了！"说着，他向回走去。"等等！"

警官拦住了他。"本来我不想拦你，但是想了一下，还是请你回去和我们一起做一个笔录吧！"

"别啊！"唐子华着急地说道，"警察同志，我还有一大堆事情，您这不是耽误我的时间啊！"警察无奈地笑了一下，拍着唐子华的肩膀："实在不好意思，这是一个程序，还请你配合。""谁当警察谁倒霉，大半夜的乱跑不说，还要干扰别人的事情！"唐子华嘟囔着，却又不得不跟随警官上车。

派出所里，陈琳珊和唐子华坐在桌前，回答着警官提的问题："关系。""男女朋友。"陈琳珊不知从哪冒出来的勇气，这让警官用吃惊的眼神看着她："救你一命，成男女朋友了！""不是，我们以前认识！"陈琳珊默默说道。唐子华瞪大眼睛："好像咱还没到那个份上吧！"

"那是你不承认的！"陈琳珊大声喊着，"你敢说以前你没喜欢我！""我……"一瞬间，唐子华不知该怎么回答，他坐下来，"我……不知道！""行了吧，你要是真不喜欢我，就当着这么多人的面，说你从来没有喜欢过我！"陈琳珊再次向唐子华质问。唐子华看着她，却始终不敢说下去。收到消息急急忙忙赶过来的赵蕊在门前看到这样的情况，上前劝说："琳子，先冷静一下！"陈琳珊看着赵蕊，不再说话。

次日一早，唐子华身心疲惫地到了办公室。"你怎么了？看上去没有精神！"颜晓梦走上前问道。"没事，没事！"唐子华摇头说。张梦洁急忙说道："别怪我不提醒你，你那个同学陈少军好像开始接手他父母的企业。"

"知道了！"唐子华淡淡说着。颜晓梦看着他："你今天看起来真的不在状态，要不然先回去休息吧！"唐子华摇头拒绝："不行，这里还有一些事情，我得看着。""得了吧！"颜晓梦噘嘴说道，"都这么长时间了，你还是怕回去之后面对四面墙。"

唐子华看了她一眼："上次策划方案修改的怎么样了？还有那个剧本，现在应该是出框架的时候了吧？""又是这招！"颜晓梦嘟着嘴，"明天下午应该可以了。""嗯。"唐子华点头，"好的，你赶紧下去准备，别耽误了事情！"正在这时，唐子华接到了一个电话，在这之后，他叹息一声，呆呆地坐在桌前，两眼凝望窗外。

"她怎么了？"在回到家的时候，赵蕊拦住他，指着正在桌前削水果的陈琳珊，"从昨天晚上到现在，一直这样，提不起精神。"唐子华听到这里，悄悄走过来，拍着陈琳珊肩膀。"拿开你的爪子！"陈琳珊甩开他的手。"怎么了？别发脾气啊！"唐子华安慰着她。

陈琳珊迟疑了一下："你是不是对别人说话都这么随便？"唐子华摇头回复："哪有，这不是熟悉亲近的人才会看到的吗，外人怎么会？""哦？"陈琳珊低头说道，"请问我是外人还是内人？"唐子华一阵惊愕："这，这个问题以后再说好吗？"

"凭什么？"陈琳珊指着自己问道，"地震时候，我不远千里不怕死亡地跑到四川去找你，我想知道你是否还好，我喜欢你，我一直喜欢你，我以为我们可以在一起，但是你却莫名其妙地给我说你放不下对过去的回忆，难道回忆那么重要？"

唐子华故作潇洒："好吧，我也早应该给你说了，有些事情不是一两句话能够解释的，如果你愿意的话，有空我再告诉你原因，但是现在，还是要好好的，别把这样的情绪带着，不然让人看到这姑娘怎么这样？"

夜晚，唐子华独自站在客厅，看着小博古架上放着的刘思盈的照片，不自觉地拾起来抚摸着那曾经的笑容，嘴角露出一丝微笑，相聚和离别，也许就是一个转身，有些会来的，有些，知道再见太难，但是爱，从未离去，失去的，总会再回来。"思盈，我想我该是时候完成自己的承诺，不会再心痛下去了！"唐子华默默地说着，嘴角，却是笑容和幸福。

次日一早，陈琳珊走到青霜的大门，对正在吩咐事情的王尧打了声招呼，直接向办公室走去。王尧赶紧喊住他："颜晓梦还在里面说事，你要先等等！""还等什么！"陈琳珊呵呵一笑，"我是来找唐子华说事情的！"

正在她准备迈步进去的时候，陈少军大大咧咧走了进来，冲着刚刚走出办公室的唐子华说："子华，我这刚刚过来，想看看你这个老同学了。"唐子华呵呵一笑："你我认识时间也不短了，但是我还头一次听你说朋友这两个字。"

陈少军打着哈哈："哪里哪里，一直都是，本来说要过来看看，但是今天才有时间，你不会介意吧，不过这里现在这个样子，真的不知道该怎么说，需要帮助随时告诉我了！"唐子华点头笑道："我们是刚刚起步，怎么能和你们家族十数年的积累相比，不过你放心，用不了几个月，你会看到另一番景象！"

"那就好，只可惜思盈还是没有看到，你说为什么她总是要跟着你，我难道满足不了？你说她情愿吃苦受罪，最后自杀，哎，算了，真是够可惜的。"陈少军说到这里，不禁摇头叹息。唐子华长舒一口气："是啊，思盈的离开的确很可惜，不过人还是应该向前看的，我们不能因为过去的事情而忽略了将来，思盈死亡是存在的现实，我能明白，但是我不会再沉浸在那段过去。"

"糟糕！他跑来了！"正在给陈琳珊交代事务的王尧看着办公室，惊讶地喊道。"这个人好面熟，好像在哪见过！"陈琳珊瞅着陈少军说。王尧无奈地说道："这就是陈少军了。""你是说当年逼走唐子华的人？"陈琳珊说道，随即向前走去，"我去气气他。"

"干吗呢？"正在两人情绪紧张的时候，陈琳珊一把抓住唐子华的胳膊，"你不是说要和我出去取东西吗？""取东西？我什么时候答应你的？"唐子华摸不着头脑。陈琳珊拍打他："好啊，你真会记事情，看我不好好收拾你。"说着，她掐着唐子华，向外拖去。

"等等，"唐子华阻止道，"还有人在，别乱来！"陈琳珊瞅了瞅陈少军："你是陈少军，听说你当年在学校也算一个风云人物！"陈少军呵呵一笑："看来我的事迹大家都很了解嘛！""那是了！"陈琳珊说道："我想事事都是因果循环的，得不到刘思盈，就继承了这么大一个公司，挺值得的，有得必有失嘛。"

"说得很对啊！"唐子华微微念道，"没人会完全得到想要的，对我来说，满足于当下就足够了，不能为了自己去害别人。"顺着这句话，陈琳珊继续反击："思盈姐在给我的书信中也提到你，她说你是个很有能力的人，但是不喜欢你，因为你处处霸道，和子华是两个对立面，但是这一比较，还是会有高下分别的！"看着陈少军难堪的表情，陈琳珊嘴角上扬："我和他有些私事要谈，如果你没有事情的话请回避吧。"

"你说得太狠了吧，万一那家伙报复怎么办？"待陈少军离开之后，唐子华担心了。陈琳珊说道："没事，我实事求是，对得起天地。"唐子华略微思考了一下："你刚才说思盈给过你信，这是真的吗?""拜托,这是我个人的事情,能不能给我留点隐私!"陈琳珊不想回答这个问题。唐子华毫不客气:"你应该知道思盈和我的关系,所以这封信我也有权看。""得了吧!"陈琳珊摇头说,"这是她嘱咐我的,等到一定的时候,我会让你看的。"

4

　　陈少军的办公室里，一个个合同让他看得眼花缭乱，有些头疼的他扶着自己的额头，感觉脑子好像要炸开。吴泽敲门进入："哥，外面有人找你！"陈少军没有抬头："我不是说了嘛，今天我在做方案，不见任何人。""但是他非要进来，说你一定会感兴趣的。"吴泽解释起来。"开什么玩笑。"陈少军这么说着，扔下笔向外走去。

　　"怎么是你！"刚一出门，陈少军就看到门外站的钱文伟，气不打一处来，"你不是在唐子华那边上班吗？跑我这里来做什么！"钱文伟说道："我今天过来，是想商量和你一起对付唐子华的事情。""哦？"陈少军一脸惊愕，"我没听错吧，你要和我一起害你的表弟？"

　　"没错，你听得千真万确，你就说你答应还是不答应？"钱文伟的话更像是一种强制性的命令，陈少军想了一下："这对我有什么好处？你又凭什么让我相信？"钱文伟轻蔑地笑着："一棵大树从外面毁坏，可能不是很容易，但要是它的内部腐烂，只需要别人轻轻触碰一下，就可以彻底倒下。"

陈少军两眼注视着他，没有说话，他的脑子在飞快地转动，眼前的人，是一个机遇，也是一个问题："这么平白无故地帮我除掉唐子华，天下间可没有这么好的事情。"钱文伟大笑："陈总果然厉害，我只想在事成之后，我要成为青霜的头。"陈少军嘴角微翘，一脸满不在乎："事成之后，必定会的。"

说到这里，他对外面吩咐了几句，不一会，吴泽走入办公室："陈总，你找我！"陈少军指着钱文伟："有人过来应聘，我看过，就让他先进入你们办公室部门，就先作为你们副部长吧，你去吩咐一下。"吴泽眼神中充满怀疑地看着钱文伟，在上下打量一番之后，才继续说道："是的，我这就去做。"

"哥，你说这个钱文伟，你要他有……"车上，吴泽发表自己的观点，眼睛不断地观察陈少军的表情，"这个人我调查过，工作能力很一般，而且人有些问题，经常和同事没法处好关系，这次离开是因为损害公司形象，还有一些私人问题，具体详情我还没有了解，但是……"

"你怕他还是会像现在对付唐子华一样，为了自己利益出卖我们！"陈少军平静地说着。吴泽点头："事情不是不存在这样的可能。"陈少军没有看他："一个人品低劣的人，到了哪里都高不起来，现在只是目标一致才站到一起，他到了哪里，都不能被委以重任。"吴泽听到这里，一直悬着的心缓缓放下。

车窗外的街道上，在熙熙攘攘的人群中，张琨正搭着王尧的肩膀嬉笑，王尧目光无助，扫视行人用异样的眼光："我说，你今天就这么把我叫来，有什么事情？""没事就不能叫你出来吗？"张琨没有看他，却将他向怀中揽着。王尧不禁紧张，在尴尬的笑声中推开张琨："那倒不是。"两人坐在广场上，就这样不说话。

或许王尧感到气氛不对，小心翼翼地向外挪动，谨慎地对张琨说道："那个，没什么事情的话我就先走了。"张琨突然跪倒在地上，抓住王尧小腿："王尧，我求你了，答应我一件事吧。"这一突然的举动，使得行人的目光都集中在一点。

王尧一身冷汗，结结巴巴地说："我……我求你了，这个我不合适的！"张琨一把抓住王尧的手："我寻找了很长时间，这个人非你莫属，你就是我要找的那个人！"王尧倒吸一口凉气："我……我……性取向正常，绝对不是……"

"你们……"不远的地方，颜文惊讶地指着两人，旁边的白晓倒是很淡定："看，我就说他们两个人关系不一般，你还一直不听我的，现在看出来了吧，不一般吧！""这……好吧……"颜文显然不愿承认眼前的事情，对白晓的分析也很不甘心。

白晓笑着说："什么时候开始的？放心，大家不会因为这个歧视你们的！""刚刚……"王尧正要说话，又被白晓打断："你看看，这认可了！"王尧急了："什么啊，张琨他这样子，我都没反应过来！张琨，你……"他正要说，却又无可奈何，"算了，我还是闭嘴吧。"

张琨却变得严肃起来："你们想错了，其实我有事情想求他帮忙！""哦？"白晓嬉笑着瞅着他，"生理要求？""瞎说什么！"张琨说道，"其实我……其实我……"颜文看着他笑了："张琨，你怎么说话吞吞吐吐的，不像你的风格了！"

"我……我不知道怎么说出口!"张琨不知怎么的,或许因为心里紧张,一直没法将话说出口。"哎,没事的,放开心扉,想怎么说就说了!"白晓还在鼓励张琨。"我……我……不是同性恋!"张琨说着,脸上带着一些紧张,他不断地注视颜文的表情,一旁的王尧长舒一口气。"还有呢?"白晓很淡定地问着。张琨再次看了一眼颜文,最终,他挥着手,快快离开。

"哎哟,怎么这么热闹!"周奕璇欢快地进来打招呼,而身后的唐子华,不断地玩弄手机,并未理睬众人。"他怎么了?"颜晓梦显然关切着唐子华。周奕璇理都没理:"神经着呢,别理他!"唐子华看了众人一眼,拉过张琨:"你能帮我分析一个问题吗?"

张琨看了一眼他,唐子华继续说:"很简单,琳子向我表白,我拒绝了!"张琨一脸惊讶,正要开口,却听唐子华继续说:"但是我现在不知道为什么,总是想知道她在做什么,需不需要我帮助!早上发短信说今天会在家待,但是刚才,她告诉我自己在外面,还说我现在和查岗的一样!"

"难道你不是吗?"张琨摊手反问,"你整天拿着手机发短信,一条不回复你就发两条,两条不回复你就发十条,有意思没有?你要懂得,她回复你消息,是正常的,不回复你消息,也是正常的!""我知道!"唐子华点头同意,"但是我就是有些……情不自禁地想知道那个答案。"

看着唐子华有些迷茫的表情,张琨乐了:"看来你是喜欢她了!""瞎说什么!"唐子华矢口否认,"我和她在一起……清清白白,没什么喜欢不喜欢……我们只是朋友关系,朋友关系!""眼神飘忽,手脚不自然,还说不是!"张琨继续追问。

"瞎说,我现在谁都不喜欢,我只想把精力投入到工作上!"唐子华一再否认。"你还记得你们第一次遇到的情景吗?"张琨继续发问,唐子华一愣,瞬间产生出当初那个朦胧的印象。"如果你还记得,就说明你对她念念不忘!"张琨没等唐子华说话就回答了问题。

"你现在之所以这样想知道对方,是因为你自己缺乏安全感!"张琨拍着唐子华肩膀说,"你知道琳子条件好,喜欢她的人也有,为什么以前你就没有这么着急,这么想知道她,为什么现在你时时刻刻想盯着她?这些你缺乏安全感的表象,都证明了一个事实,一个你不愿意承认的事实,那就是你已经喜欢了她。"

唐子华听到这里,唏嘘不已,一时间,他不知道该去说什么,也不知道自己的心里究竟是怎么想的,或许,正如张琨所说,在日日夜夜的相处中,唐子华在毫无知觉中,爱上了这个女孩。

夜里,唐子华拿着录音笔进行一天的记录,也诉说着自己心中的事情:"思盈,一切都开始逐渐进入正轨,虽然现在只是起步阶段,但是我相信,我的梦想会在未来实现,现在,唯一不能让我了解的是,你交给琳子的那封信里,到底说了什么。"

回忆,再次冲入唐子华的脑海中,"刚才课堂上大家都说了各自的梦想,你为什么没有说呢?"刘思盈看着正在操场花坛边坐着发呆的唐子华问道。唐子华冷笑了一声,并未回复。刘思盈看着他:"说吧,我相信我爱的人,他不可能只有微小的理想,更不可能没有理想。""有必要和他们说吗?"唐子华一脸不屑,"一群没什么本事的人,能懂什么!"刘思盈微微一笑:"别人不懂,但是作为我,应该有权知道。"

唐子华环顾四周,用手比画着:"其实我一直想形成一个产业链帝国，将影视、动画、公园、地产有效地结合起来。""这个想法不错啊，但是怎么实施？"刘思盈耐心地问着，这出乎唐子华的意料，他看着刘思盈："我想以影视或者编剧为基石，逐步发展，等到影视规模形成一定影响力的时候，杀回头和出版业结合，在到达一定层次规模的时候，开始投资地产，建造产业基地，形成我梦想的主题公园和影视城，从而完整地构建出我的梦想帝国。"

唐子华说到这里，有些羞涩："你一定会觉得我在天方夜谭，你和我还都是在上学，未来会怎么样我们谁都不清楚，而我这个理想又是那么难实现。""不会啊！"刘思盈拍着唐子华肩膀说道："失败，其实是在成功的道路上轻言放弃，坚持下去，你会看到成功的那天。"

"思盈，我总算完成了最初的构建，但是现在，你却在哪？"唐子华想到此处，心中充满了惆怅和悔恨，深夜中，唯有他孤独的身影，存在于不甚明亮的灯光中，他看了看身前不远处，陈琳珊贴给自己的便利贴，不禁笑了笑，但没有多久，唐子华收住了笑容，长长叹息一声，看着阳台，那对着陈琳珊的方向。

阳台上，陈琳珊看着依旧亮灯的房间，依旧略显单薄的身影，不禁低头深思，她不知道自己怎么会有如此的情况，也不知道为何会有现在的心情，一切的事情都超过了原本认为的，她不知道该怎么取舍，不知道该怎么进行，她是多么想知道，自己为什么会这样。很久没有被这样的事情纠缠了，对唐子华和陈琳珊而言，都是如此。

有些人，受制于朋友还是恋人，有些人，纠结于失去还是拥有，对未来的事情，任何人都一无所知，唯有更好地去闯、去看、去冒险。生活在这个社会上，每一个人都是冒险家。而对于两个人未来的事情，唐子华不愿多想，陈琳珊不敢多想。

看着两人纠结的样子，赵蕊敲响唐子华的房间，对开门的唐子华说道："我想找你好好谈谈！"唐子华点头，将赵蕊让进屋内："正好，我也有事想和你说说！"赵蕊走进屋内，看着唐子华，轻声问道："你最近是怎么想的？知道琳子最近的心情吗？"

"你是说那天在警察局的事情？"唐子华思索了一下，"琳子是个好女孩，和她在一起很自由，很简单，我感觉不到一点约束。""既然这样，为什么在那天你不说出来，反而要藏着掖着！""有些时候当朋友比恋人更长久！"唐子华慢慢说道。

"你不认为这是很不负责任的话吗？"赵蕊的话语中带着质问，她想知道一个答案，不管是什么样的答案。唐子华拿着手中的茶，品了一口："有些事情不是一句话两句话能说清楚的。""是，但是这样一直拖着，你迟早有一天会失去现在拥有的！"赵蕊语重心长地说。

在这一瞬间，唐子华呆滞了，双手好像感觉不出来茶水的温度。"这个我知道。"唐子华心不在焉，对他来说，赵蕊的话刺激到心里，"失去，是很可怕的！"唐子华低下头，默默说道，"所以我不知道……""你喜欢过琳子吗？"赵蕊打断他的话，虽然话语温和，却让唐子华在一瞬间停顿，不知道该怎么回答。

一分钟的时间，虽然不长，但是决定一件事情，已经足够。"我想，我已经知道了答案！她明天会到你公司报到！"赵蕊站起身来，向外走去。屋内空空，所有的亮光都集中在了唐子华的身上，他不断反问自己，却始终没有办法得到一个答案。

次日一早，唐子华敲开陈琳珊的门，对还是懵懂的陈琳珊说道："赶紧收拾，我们一起走，我送你上班！""真的？"陈琳珊惊讶地看着她，"你等着！"看着陈琳珊飞奔而去的身影，赵蕊微笑着走到他身边："怎么，有定论了？"唐子华摇头："还没，不过什么事情都不能刻意回绝，应该用平常心面对。""这话说得还有些意思！"赵蕊回应他的话。

唐子华微微一笑："从那段时间开始，我一直在逃避，也一直在沉沦，忘了我以前的话，忘了我说过的中正安舒，疾雷破山而不惊，白刃交前而无惧这样的话！"赵蕊展开双手，拥抱着唐子华："欢迎回来。""我收拾好了，咱们走吧！"陈琳珊开心地说道。赵蕊走到陈琳珊身边，看着唐子华："路上慢走！"

"现在青霜正在发展期，拥有四个部门，动漫部下辖两个小组，共有十二人，是目前最强大的，由副总谭中傲负责；市场部成立半年，三人在职，由王尧负责；行政部门在职三人，部长是顾乐佳，另外，她也是谭中傲的女朋友；策划部刚刚成立，隶属直属机构，我的另一个副总涂晓雯代理指挥，你隶属她的部门！"唐子华一边走着，一边介绍公司的情况。

"把一对情侣放到一个公司，还都身居要职，你不反对办公室恋情？还这么放心？"陈琳珊问着走在前面的唐子华。唐子华转身说道："我不会干涉员工的个人生活问题，也相信我个人的判断。"说到这里，他吩咐王尧："通知大家，十分钟后开会。"又对陈琳珊说："你也参加！""我？"陈琳珊指着自己。

顾乐佳，是青霜行政部负责人，虽说已经工作两年，但是依旧很孩子气，而韩版小西装，也成为她平时工作的习惯之一。她最喜欢做的事情，就是欺负动漫部的谭中傲，也难怪，两个情人在一起打情骂俏很正常。"喂，这还没到周末，咱们的工作都进行得挺顺利的，干什么没事开会啊！"顾乐佳问正在整理资料的谭中傲。

谭中傲想了一会："我也正在纳闷，有这时间我们还能多做一些东西，我不在那盯着不放心。""整天盯着，你不知道怎么管理吗？"顾乐佳闷头说道。谭中傲看了她一眼，没有说话。

这时候，一个时尚造型打扮的女子走到两人面前："行了，赶紧准备吧，一会唐子华就会过来。"顾乐佳指着门口："我还盼着他有那气势。"谭中傲看着她："你没事犯什么抽，他不骂你不甘心吗？"

女子叹息："想想，从那件事情之后，他失魂落魄多久？我们的规划进度耽误了多久？他要是能回来，对谁都好。"顾乐佳笑了一下："还是你了解他。"女子呵呵一笑，落座到自己的位置，而陈琳珊则坐在她的一边。

"根据我的分析，结合市场部提供的数据来看，这次我们转型的成功概率是百分之三十，以往我们依靠动漫部门来进行实体制作，现在逐渐地要丰富我们的羽翼，将链条更进一步展开，网站建设就成为目前的重中之重……""喂，他怎么突然这么着急就要开始扩展，我们刚刚站稳脚跟！"顾乐佳悄悄对旁边的女孩说。

"策划部刚刚成立，我们还都在摸索，她这么做可能是想让我们尽快适应进去。"涂晓雯低声说着，对一边王尧说道："把这段时间的进展情况交给我！"顾乐佳看了一眼她，对旁边的谭中傲说道："下班之后咱们两个吃饭吧，我都订好地方了！"

谭中傲张开嘴正准备说话，却被顾乐佳打断："别跟我说你要加班,你们一天到晚加班加不停,好歹也该休息一下了!"谭中傲看了看台上,低声说:"你也知道我们的情况,手上单子有些多,我都恨不得拆开自己来干活!"

"你们两个!"唐子华大喊一声,打断了二人,"我不管你们平时怎么腻味,但是现在好歹是开会,注意点影响行吗?"顾乐佳闭上嘴,却默默地盯着谭中傲:"就两个小时,当我求你了!"谭中傲却又不知道该怎么说。

"还能怎么办,答应她了,她不是轻易求人的,你也想想自己多久没离开公司了,回去甜蜜一下去!"台上的唐子华实在承受不住这样的压力,开口说道,"全公司管理层就你俩一对情侣,纯粹让人急眼!"

"我就说情侣在一个公司就会有问题。"靠边的陈琳珊默默说道,却被旁边的女孩打断:"别看他们两个打打闹闹,青霜成立之初,他们两个为公司拼死拼活,在案子上一待就是几天几夜的,那时候最困难的是他们两个,最艰苦的也是他们两个,现在都好了,但是两个人却没有自己的个人时间。"

"公司没有禁止办公室恋情,是不是也是为他们专门预留的?"陈琳珊好奇地问着,女孩点头说道:"算是吧,看你的样子,你是新来的吧?"陈琳珊点头说道:"嗯,我刚到,结果就被硬生生拉着开会,说实在的,现在也没有见到我的部门主管。"

女孩微微一笑:"你在哪个部门?""策划部,副总涂晓雯指挥的!"陈琳珊开朗地说着,却听到女孩这样的回答:"其实你已经见到她了!"陈琳珊听到这话,看着她说道:"不会吧,你看着这么年轻,居然已经是副总了!"

涂晓雯笑了："唐子华年龄也不大啊，他已经是老板了，为什么我就不能是副总呢？"陈琳珊憨憨笑道："我真没有想到，整个公司的年龄架构会这么年轻化，而且还能运转起来。"涂晓雯笑了："任何事物都一样，成功的地方也就是失败的地方，我们没有经验，也只能依靠闯劲来做事！"

"但是有些事情应该计较，如果是传媒企业，应该讲求效率，就像现在的公司一样，应该多方面开展业务，我相信会在未来有所发展的。"陈琳珊静静说。涂晓雯只是笑了一下："公司有自己的制度和战略。"

陈琳珊看着涂晓雯，心里已经清楚，眼前的女子对她只能说到这里，自己仅仅是一个信赖的人，不管以前是否有过工作经验，对这家公司而言，一切都是零，唐子华或许不懂传媒，或许不懂怎么去运作，但是他却用着一种前所未有的方式来管理。

"所以，其他各部门都按部就班进行。"唐子华开始安排着工作，"策划部、动漫部提交一部分人员，组建一个专案小组，专项负责新的动画项目，由涂晓雯负责，谭中傲协助一起完成，我希望在三天内看到参与人员的名单和制作的方案书。""又有事了！"涂晓雯呵呵一笑，下意识地说着。

会议结束后，所有的人都已离开，唐子华叫住了涂晓雯："这次又要辛苦你了！"涂晓雯一笑："没事，我习惯了！"唐子华苦笑了："也是，八年了，每次让你这么忙，说起来我还挺不好意思的！"涂晓雯打断他的话："别说了，多少话以前已经说过了，你我自己心里明白就行了。"

唐子华抿着嘴："对了，刚才开会坐在你身边的女孩应该认识了吧？"涂晓雯点头："嗯，我知道你什么意思了！"唐子华指着她笑了："知道吗？我为什么一直这么喜欢你这样的人！"涂晓雯合上笔记本："说来听听！"

唐子华解释着："因为你聪明，懂得分析别人的话，当那个人话说一半的时候你已经知道后面的话，所以你是一个好的下属，领导觉得很省力，因为他们说话只需要说一半足够了！""谢谢夸奖！"涂晓雯微笑着。

唐子华思索了一会："但是这样不是一个好的领导者。我把你放到副总的位置上，是希望有一天，你能从听话听一半，成为说话说一半，我无法告诉你怎么做，我也不知道你以前有没有想过，但是从现在开始，你独立负责项目的时候，要好好地去锻炼独立思索和判断的能力。"

涂晓雯听到这里，点头说道："嗯，我会努力，不让你失望的！"唐子华拍着她的肩膀："陈琳珊是个好姑娘，简单，执行力强，她在某些时候可以帮助你，但是处事经常欠考虑，怎么样用好一个人，也是你的一项课程之一，现在，我把她交给你！"

涂晓雯点头，临走之前她回头看着唐子华："临走之前我能问你一个问题吗？已经在我心里积压了有段日子了！"唐子华喝着茶："说吧。""我不明白，你这么多东西是从哪里学的？又是谁教的？"唐子华听到这，有些呆滞，双手紧握茶杯："是思盈，她教我的，所有的事情！"

"他从来没有忘记刘思盈，在他的生活、工作、成长里，刘思盈始终存在，我不知道刘思盈究竟是什么样的人，能在自己仅剩的短暂时间内，塑造一个人的性格，教会他冷静分析思考，制作未来规划方案，确定人生目标，又想办法开导心灰意冷的唐子华，然后决绝地离开，她已经成为唐子华心中的灯塔，这样的人，绝对不平凡，那时的两个人，会有多快乐！"涂晓雯看着办公桌前刘思盈和唐子华的合照，默默思索着。

"哥！"门口传来周奕璇的声音，"你们正在忙啊？"她指着涂晓雯问道。涂晓雯微微一笑："没事我先出去了！"在涂晓雯走后，周奕璇凑到唐子华面前："跟你说件事！"唐子华不屑地说："有什么事还非要凑这么近！"

周奕璇环顾四周，拿出一份合约："你看看这个，我给自己找了个工作，总经理助理！""这不是挺好的，干什么偷偷摸摸的！"唐子华拿着合约没有翻看。周奕璇示意他打开看看："你看好了，这是陈少军的公司！"

"什么！"唐子华微微一愣，"你跑到他那边上班！""平时看着你那么聪明，怎么今天这么笨！"这次轮到周奕璇一脸不屑的样子了，"有没有听说过卧底！"唐子华眉头紧皱，放下合同："璇璇，这从某种程度来说，属于商业间谍，你知道这条路会有多危险吗？"

"不危险我还不干了！"周奕璇一脸傲气，"你放心吧，我已经了解过了，陈少军不认识我的，我属于暗地帮你，但是我也要维护我的利益啊，只要平时多注意一些，不会出现什么马脚，这样就可以了。"唐子华看着周奕璇，一时间不知该怎么给出答复。

"哥，你怎么了？"周奕璇看着目光呆滞的唐子华，此时此刻，他的内心充满了挣扎。"你曾经说过，每个人都有自己的使命，能够改变未来的人，必然会在这之前遇到一系列的挫折和痛苦，或许这就是我的使命吧，你想完成你的大梦计划，我也想证明自己，或许一不小心，还能起到决定胜负的作用！"周奕璇默默说道。

"那边安排得怎么样了？"陈少军的办公室里，他正在等候吴泽的话语，他想尽快地知道一切的安排，需要将所有的一切掌握在自己手中。"已经基本妥当，而且钱文伟说起唐子华曾经提到过自己的一个计划。"

"大梦？"陈少军思索着，却从口中脱口而出。吴泽点头："是的，是叫作大梦计划，不知陈总你是怎么知道的？"陈少军查看四周，悄悄说道："大梦计划我以前听他说过，只是没有相信，据说是两个人的心血结晶，也是他最想要实现的梦想。"

"哥，你那个大梦计划我只是听你提到过，但是我还没有真正了解，能不能给我讲一下！"周奕璇好奇地问着唐子华。唐子华沉思着，默默说道："大梦计划，是我和思盈在十六岁那年制定的未来方案，我们想把这片土地打造成一个文化之都，商业繁华的不夜城。"

"你又开我玩笑，十六岁，制定一个庞大的计划，预算资金，启动方案，预期效果，每一个环节都能具体阐述而且想到？开玩笑吧！"面对唐子华的话语，周奕璇没有像往日一样信任唐子华。十六岁，对任何一个人来说，那都是玩耍和学习的时光，做事的随性和天真占据了绝大多数。

"方其梦也，不知其梦也。梦之中又占其梦焉，觉而后知其梦也。且有大觉而后知此其大梦也。"陈少军这边，慢慢地叙述着，"从这个名字上来看，他们是把这个计划作为一辈子的人生计划。""那我们就要把这份计划资料偷出来，抢先一步实施！"吴泽得意地说道。陈少军点头应道："这件事情，一定要进行得隐秘，我倒是想知道，唐子华做的是什么样的春秋大梦，思盈一辈子的梦想是什么！"

"哥，你这样的计划，这么庞大的系统，我有两个问题想问你，第一，为什么你现在不去实施，第二，难道你就不怕别人偷取？"周奕璇听到唐子华的具体阐述后，还是很好奇。唐子华乐了："其实我们已经开始实施了！""开始了？"周奕璇皱着眉头，一脸费解。

"整个计划中，一切都是外在美观建造，都是锦上添花的美好，而真正的核心，就在这里。"唐子华指着自己的脚下。周奕璇看了一眼："你是说青霜？"唐子华点头："我们连一个个形象都没有，怎么能让大众认识我们，接受我们？迪斯尼乐园也是因为有一大批卡通形象才会大受欢迎，那我担心别人偷去什么？"

钱文伟不知什么时候出现在公司的走廊，拍打着陈琳珊的肩膀："好巧啊，居然在这里遇到你！"陈琳珊有些紧张，没有言语什么。"不认识我了？"钱文伟粘着准备离开的陈琳珊，"没想到你现在已经是本公司的员工了！说起来我也算你的上司了！"

"没事情做了？"涂晓雯不知什么时候出现，指着陈琳珊说道，"这是我们部门的人，你应该没权利管辖吧？还有，现在是工作时间，你不在你的工作岗位上，跑这里做什么？你不怕被唐子华看到？""说得也是！"钱文伟干笑着，向自己的办公室走回。

"什么东西！"涂晓雯默默骂了一声，随即拉着陈琳珊，"别担心，唐子华早都想把他赶走了，尤其是上次婚礼上的事情之后，现在只是缺少一个借口而已。"不远处，钱文伟不屑地看着周边，正巧与刚刚从唐子华办公室走出的周奕璇遇到一起。

"是你！"钱文伟赶紧打招呼问候。周奕璇瞟了他一眼，叹息一声:"屌丝永远是屌丝。"钱文伟一愣:"你……"周奕璇更是不屑,推开钱文伟向外走去。

看着周奕璇离开的背影,门外的钱文伟,视线缓缓转移到这间办公室。办公室里,唐子华思索半天,他所担心的,是周奕璇从此走上了一条很难回头的道路,是一种天天提心吊胆的生活。

接近下班时刻,顾乐佳凑到谭中傲身边:"晚上准备吃什么?我现在去准备!"谭中傲两眼紧盯屏幕:"随便,你决定!"顾乐佳继续说道:"我这不是怕你继续加班,又让我一个人在家里等着了!"谭中傲回过神来,认真起来:"我加班是经常的事情啊,你又不是今天才知道的!"

顾乐佳拍着脑门:"但是今天不一样啊,我就想和你好好在家安安稳稳吃个饭,有什么不可以吗?"谭中傲没有抬头:"可以,今天晚上回家说!"

同一时刻,唐子华桌前的台灯发散出微弱的亮光,趁着夜色,唐子华看着食指的戒指,默默亲吻着:"思盈,当初我们决定的大梦,我们的梦想,我们的故事,会继续走下去,相信我。"

屋外有些不大愉快的声音传到他的耳中,唐子华慢慢站起,走到外面,却看到顾乐佳双手抱紧,怒视着身前的谭中傲。"怎么回事?"唐子华不禁问起缘由,顾乐佳跑过来:"你来得正好,帮我评评理,都什么时候了,我让他和我回家,他还是要在这里。"

谭中傲打断顾乐佳,"我只是想把任务完成,也好对大家有个交代,现在正是关键的时候……"看着两个人争吵,唐子华却有种说不出的羡慕,眼前浮出曾经发生的,他与刘思盈的瞬间,却再也不会出现。

"行了，都别说了！"唐子华阻止二人，"现在赶紧回家！""但是！"谭中傲正要说话，唐子华却继续说："别说但是了，有一个人在你身边，和你争吵，纠缠着你，是一件幸福的事情，工作可以明天做，钱可以以后赚，梦想可以用时间来实现，但是别让你身边的人伤心，也别让你自己后悔，到时候，你用什么都买不回来！"

谭中傲看了看时间："好吧，既然领导都这么说了，那我就给自己放个假。"听到这话，顾乐佳的表情带着些喜色，她悄悄凑到唐子华身边："万分感谢，来日必当报答。""竟说俏皮话！有空你们两个私下说个够，别给我说这个！"唐子华轻笑一声，挥手让两人离去。

"最近真得好无聊，大家都在忙什么！"白晓伸着懒腰，问着旁边的颜文，颜文瞟了她一眼："都在忙该忙的事情，不像你！""你想说不像我这么清闲，对吧！"白晓笑呵呵地说着，"也是，大家都有工作了，唯独我在上研，日子不是一般的轻松。也不知道唐子华他们怎么样了。"

"不得了了，不得了了！"张琨和王尧急匆匆地跑过来，"我刚才看到唐子华了。"本来有些好奇的白晓瞬间感到无趣："我当是什么事情，见到他有什么稀奇的。"张琨喘着气："这不是什么稀奇的，但是有人跟着他一起来的。""还是个女的！"王尧补充说道。

"废话，除了男人就剩下女人，还会有怪物跟着啊？"颜文嘲笑着两人。白晓好像明白了一些："你确定不是陈琳珊？也不是晓梦？"王尧摇头："就是因为这样我才告诉你们，琳子和晓梦我们都认识，在一起来往很正常。""问题就在这里，"张琨指着外面，"你们自己看看吧！"

颜文带着疑问向窗外走去，惊讶地看着外面，半天不说话。白晓镇定地走出，向外瞟了一眼，看到唐子华带着一个妙龄女子向这里走来。"这小子，居然带了一个这么漂亮的姑娘。"白晓不禁说了一句，拍手回去，"好好准备一下，就快开始了！"

唐子华笑呵呵地走进屋子，将手中的礼物递给颜文："生日快乐，这是送给你的！"颜文接过礼物，看着那女子，悄悄向唐子华问道："这是谁啊？你也不介绍介绍！"唐子华微微一笑，看了身边女子一眼："刘馨，是我最近认识的朋友。"

"不一般啊，都开始出双入对了！"白晓在一边搭着话，只是话语中还是那么平静。"别管她，她经常这样。"王尧笑脸相迎。唐子华仔细清点人数，却发现缺少了陈琳珊和颜晓梦。"那两个姑娘呢？"唐子华四处张望。

"晓梦出去了，过一会才回来，琳子还不知道，应该等会就来吧！"张琨回答。"晓梦是不是你说的那个？"刘馨好奇地问着唐子华，唐子华摇头否定："晓梦是我的好朋友，是……""我是颜文的妹妹！"身后传来颜晓梦气愤的声音，"哥，这日子没法过了。"

"怎么了？"颜文看着她，"谁又惹你生气了？"颜晓梦气愤地说："就是那个该死的收停车费的，我刚停好车，他过来了，一张口就问我收二十，哪有这样的规定啊！""那你怎么做的？"张琨好奇地问她。

一旁的唐子华拉着刘馨悄声说："估计是被人气着了，平时她不会这样。"颜晓梦气愤地说："还能怎么做，我把钱换成一分一分的硬币，砸他脸上，看他还好意思乱收费！""哎哟，你怎么能这样干！"王尧一脸紧张地说。而旁边的唐子华哈哈大笑："好，我当年也是这么干的,对付这样不要脸的人,就要用特殊的方法。"

"可不是么!"颜晓梦继续说,"平时我们是要给别人脸面的,但是脸面也是他自己丢的!""行了,你别语不惊人死不休,没发现这里有人吗!"颜文暗示着自己的妹妹,不断向她使眼色。颜晓梦环顾一周,才发现唐子华身边的刘馨。

"我不知道今天还有人来!"颜晓梦一阵惊愕,慌忙说道。刘馨上前:"没事的,唐子华跟我说过,大家都是豪爽的人,我也很高兴认识大家。"颜晓梦瞟了一眼唐子华,眼神中带有些不安,缓缓走开。王尧看到这里,慌乱中拉他到一边:"到底怎么回事,这算怎么个情况?"

"还能什么情况,我挺喜欢这姑娘的!"唐子华看着刘馨,开心地笑着。"你是脑残还是白痴!"张琨也凑近来,"你难道没看出来晓梦的表情吗?""晓梦是我最好的朋友。"唐子华回答的话让张琨彻底无语。

"就算这样,那琳子呢?"王尧镇定地说着,"你有没有想过她,谁在你心里地位更重,你应该清楚。""当然,"唐子华很自信地说道,"谁也没有思盈重要!""我没必要和你说了!"张琨叹息一声,向外走去。

而此时,陈琳珊已经到来,颜晓梦正拉着她在一边:"一会你一定要冷静,千万不能乱了方寸。"陈琳珊点头:"我知道了,你们放心吧!"说到这里,她看了一眼刘馨,没再说话。"往年都是思盈姐来的,没她之后,就变得一团乱了。"颜晓梦感慨着。

饭桌上,张琨注视着身边的陈琳珊,她死死地盯着对面的刘馨,眼神带着些愤恨,也多了些许不悦,而不远处的刘馨,正在和唐子华嬉笑着。"对了，我现在还准备考试，但是我一直担心我的情况，能不能答应我一个要求。"刘馨怯生生地说。

"先说出来听听。"唐子华转着眼睛，盯着刘馨。刘馨撒娇地说："不嘛，你先答应了，这个事情很重要的！""我连什么事情都不知道，怎么答应，你先说！"唐子华拿起酒杯说。"你让我到你那里上班吧！"刘馨话刚说出，陈琳珊扔下筷子，发出不悦的声音。

"你不是开玩笑吧！"唐子华疑问起来，"我这边，不好吧。"刘馨指着陈琳珊："我不管，她都能在你那里上班，为什么我不可以，你这分明就是厚此薄彼。"唐子华嬉笑着："情况是不一样的……"刘馨有些气愤："你不答应算了！"

唐子华一怔，看着她："又怎么了？""唐子华，你要是不答应就算了，我从没有求过人，就是因为我想和你在一起，我才觉得你会帮我，现在这样求你帮我，还是个小忙，你就这样推三阻四的，你让我怎么办！"

"凉拌！"陈琳珊摔下筷子，站起身说，"你爱怎么办随你，我还没见过这样的，求人求得这么有威胁性。""我并不是非要他答应我，选择权还是在他手里！"刘馨说着，但是这更让陈琳珊不高兴了："你给他选择，你那是给吗？那简直就是威胁！"

刘馨说道："是吗？你不是也在唐子华的公司里吗？你说的威胁是对你的威胁吧？""笑话！"陈琳珊指着刘馨，"你现在问问，话说出来，唐子华会相信谁！""够了！"唐子华站起身，"你们吵什么吵，好好的一个饭局，就成这样了。"陈琳珊看着他："唐子华，我知道现在我的心情，但是我也希望你能理解，你看看她，如果她能够办到以前思盈姐的一半，我今天绝对无话可说，但是现在，她有什么资格能与思盈姐相提并论。"

刘馨回头注视着唐子华："好啊，你说，怎么又多了一个思盈，说，这个思盈是谁！"屋内一片死寂，唐子华不说一句话地站在那里。"这是不是真的？"刘馨继续追问。"你们谁爱说谁说，这事我不管了。"陈琳珊拿起背包，向屋外走去。

5

夜色里,陈琳珊走在街上,口中默默骂道:"该死的,再这么执迷不悟下去,迟早死了也不知道是被谁杀的!"冷风瑟瑟,冻得她蜷缩起来,街边的小店里,情人之间的幸福透过窗子,映入陈琳珊眼中,一阵冷笑后,她低头不语。"要不要进去坐坐?"颜晓梦的声音从后面传来。

餐厅里,陈琳珊一脸愧疚地说着:"今天把你哥哥的生日弄成这样,真不好意思。"颜晓梦拿着菜单:"没什么,今天不是你的错。""但是确实是我……"陈琳珊还是放不下,却被颜晓梦打断了:"我理解,如果不这么大的火气,那就不正常了!"

"真的?"陈琳珊皱起眉头,颜晓梦说道:"人在遇到喜欢的人时,才会极度想表现自己,你我都一样。"陈琳珊吃惊地看着她:"什么?"颜晓梦嘴角微笑:"别多想,刘馨的那种做法,换作是我,我也会这么做,只是我没有想到你会表现得这么强烈。"

"说真的，我也没想到！"陈琳珊轻声细语地描述当时的心情，"我当时不知道为什么，会变得那么偏执，我是在做什么！"颜晓梦微微点头："和我一样啊，说明你在做你内心想做的事情。"陈琳珊吃惊地看着颜晓梦。

"好吧，我承认，我上大学的第一天，是他帮助的我，也是他救了我，从那时候起我就喜欢他，但那时候，他身边已经有了思盈姐，他也一直把我当妹妹看待，我不忍心去拆散他们，不论怎样，只要他开心就好了！"颜晓梦回忆着过去。

"那现在……"陈琳珊很是气不过。"我知道，他身边多了一个刘馨，对我，感情还是一样，但是对你，可能会有些变化！"看着陈琳珊害羞不语，颜晓梦继续说，"有些时候，我们要接受事实，但是要为没有发生的一切做好准备，因为未来的未知太多，可以任由我们去发挥。"

次日一早，在陈琳珊刚刚走进办公室的瞬间，她感到气氛出现了一些不寻常。她拍着顾乐佳的肩膀："喂，发生什么事情了？"顾乐佳悄悄说道："早上他来的时候带了一个女的，这会正在办公室里说什么，好像还和工作有关。"

"还是磨不过！"陈琳珊叹息一声，顾乐佳问道："怎么，你认识这个女孩？"陈琳珊默默点头："昨天就嚷嚷着要找工作了，天晓得接下来会怎么样发展。"陈琳珊说到这里，有气无力地翻看手中的资料档案，两眼却总是向唐子华的办公室瞟去。

"你也看到了，我们就这样的情况，你来了到哪个部门上班？"办公室里，唐子华向刘馨解释着。"行政部就不错，还有策划部。"刘馨严肃着脸，让唐子华感到很是不悦："听着，咱们这是谈恋爱，不是做等价交易，公司有公司的规定，我一个人……"

"别说要听别人的观点，公司是你的，给你找个私人助理难道还要听别人的意见吗？"刘馨的声音也许过大，让外面的顾乐佳和陈琳珊听得十分清楚。"这样下去还有我们的好日子吗？"顾乐佳摇头叹息。"我看是没了，而且唐子华也没有了。"不知什么时候，涂晓雯站在旁边，不住地摇头。

"难道你不去干涉一下？"顾乐佳抬头看着涂晓雯，涂晓雯说道："瞎说什么，看这样子，子华一定是坠入爱河了，性子都改变了。"顾乐佳看了一眼身边的陈琳珊："你说这是为什么，平白无故地这么千依百顺，不正常啊！"看着办公室里的两人，陈琳珊百感交集，她知道，自己的心已经开始疼痛，却不知怎样说出。

"唐子华，我的性格你也清楚，论能力我相信我不会比他们差，既然别人可以做，我为什么不可以！"刘馨向唐子华问道，"你再想想，我不就是想多照顾你吗？外面也有很多的工作可以供我选择，为什么我要选择到你这里。"

"这要问你自己了！"不知何时，陈琳珊站在屋内。"谁让你进来的？"刘馨质问着。陈琳珊冷笑着："你有什么资格问我？"刘馨搂着唐子华说道："他是我男朋友，我有什么资格不能说？"刘馨的话让唐子华皱了一下眉头。

陈琳珊斜视她："真好笑，思盈姐在规章制度里从来没有留下这样的制度，我们为什么要遵守。"刘馨趾高气扬地走到陈琳珊面前："你说遵守，我倒很想问问你，你是什么身份，自以为有点姿色，就妄想着勾搭我们唐子华，是不是想傍大款，好让别人养你一辈子。"

"你说什么！"陈琳珊明显激动起来，在她话音刚落的时候，刘馨继续说道:"随便提提而已,别生气,至于这规章制度,很简单,现在改了就可以了!"说到这里,她又一次来到唐子华身前:"子华,这里是你的个人区域,是不是不能随便进入。"唐子华看了她一眼,迟迟没有回话。

记忆中,刚刚回到家中的唐子华看着在客厅摆放一堆资料的刘思盈,轻声问道:"你这是在干什么?"刘思盈回过头,面带着些憔悴的神色:"你来看看,这是我给你做的一些规划。""开什么玩笑!"唐子华惊讶地来到她身边,看着密密麻麻的材料和文稿,不禁拿起来看。

方案中每一个目标,每一个职责,每一个部门,以及部门成立的条件,职责岗位的划分、限制,人员如何安排,都有着详细描述。看着这些,唐子华莫名地感动了,他将文稿放到一边:"思盈,我真不知道该说什么,你这样让自己劳累,如果因为这样有个什么不舒服,我不会原谅我自己的!"

"这不是在完成大梦计划嘛!"刘思盈温柔地说,"我觉得反正时间有的是,所以想帮你看看怎么做合适。""你有什么想让我给你的,告诉我!就算千难万险,我也会给你的,霁月也有你的一份。"唐子华对她说道。但得到的是刘思盈摇头:"别这样,老板女朋友只是一种关系,不是职业,不能为我开这个特例,我没什么想要的,只是想看着你无拘无束地生活着。"

"思盈,为了我,你费这么大苦心,从认识到现在,实在委屈了你,直到现在,你还在为我着想。"唐子华一脸歉意,却被刘思盈拦住:"别再说了,爱你,就要承受你所带来的一切,这是我的选择,我也相信这是个正确的选择,不管外面有什么风言风语,我都没有怨言。"

"我不管，你必须要给我一个交代，我就是要一个私人空间。"刘馨的话将唐子华从回忆中拉出，他坐在桌前，拍着脑袋，双眼紧闭，耳朵旁刘馨和陈琳珊争吵的声音不绝于耳。"子华，你想清楚了，我不管你现在怎么看我，但是你要知道，你和思盈姐打下来的这个天地靠的是各司其职的制度，制度更改了，一切都乱了，你让思盈姐怎么想？"陈琳珊凑近了说。

"张口闭口都是那个人，你心里到底有没有我！"刘馨也不断质问唐子华。"够了！别再争了！"唐子华一声怒吼，对陈琳珊说道，"别再让我为难了！"陈琳珊一愣："什么意思？既然这样，我就不让你为难了，我辞职，我走！"说着，她将工作牌扔到桌上转身离开。

刘馨笑看着陈琳珊离去的背影，嘴角露出一丝笑容。一滴泪珠留在陈琳珊扔下的工作牌上，此时此刻，唐子华默默地注视着陈琳珊消失的走廊，双手紧握着那张工作牌，久久没有松手："对不起，是我亏欠了你！"

"这是怎么回事！"过了一会，涂晓雯走进来，"为什么琳子突然要求离开？"刘馨说道："是她主动要求辞职的。""我没问你！"涂晓雯怒视着她，"你有什么资格在我面前说话，老板的女朋友是一种身份，不是职业。"

唐子华说道："行了，别再吵了，你们都先出去，过后我会给你解释的。""已经没有意义，这样根本不是我想要的！"涂晓雯说道，向外走去。"她怎么能对你这样！""出去！"刘馨嘟囔着，正要向唐子华抱怨，却得到他的大声呵斥，一时间，她愣到那里，双眼飘忽不定地扫视四周，随即离开。

"看到没有，这就是过分索取的后果！"在外面与谭中傲嘀咕的顾乐佳看到刘馨走出，刻意提高了几个声调，"要是我，绝对不会索取，不然只会一鼻子灰。"刘馨走到她身边，瞟了一眼谭中傲："有些东西不索取，是永远无法得到的。"

顾乐佳本能地警惕起来，却又在一瞬间舒缓了脸色："但是也有另一种情况，你费尽心思地索取，最终一无所有，这样的事情比比皆是！""好了，咱们少说两句吧！"谭中傲悄悄说，而顾乐佳将他的手打落："这是一个聪明人的智慧，等你失去所有东西的时候，就会明白的。""那可真要多谢你吉言了！"刘馨狠狠甩出一句，离开了这里。

"你是怎么了？"下班后的办公室里，涂晓雯怒视着唐子华，唐子华坐在沙发上，低头不语，"你告诉我为什么？看看现在，在人家面前决定都不敢做，丢人吗？"唐子华一脸疲惫，没有说话。涂晓雯瞪着他："是，你说她长得像刘思盈，但是她能取代吗？我真怀疑你这次谈恋爱的动机。"

"先别说了，让我好好想想吧！"唐子华开口说道。此时，他的脑子已经完全乱套。"你是该好好想想！"涂晓雯指着他，"琳子那么好的姑娘在你身边，想想那年地震你在震区旅游，人家丫头二话没说就杀过去找你，你口口声声说心里有个人，现在怎么立马就变了，你对得起谁？"唐子华沉默了一阵，脑海中闪过无数画面，也闪过无数事情。

"你真的想好了？"深夜里，赵蕊看着同床而坐一脸快快不乐的陈琳珊问道，陈琳珊低头说："我还有什么办法，他心中有一个标准

— 96 —

了，而且对方又那么强势，我哪有资格去争，以后说不定会有更大的气受，倒不如干脆一些。"

"如果有一天，子华遇到事情了，你还会在意他吗？"赵蕊轻声问道，陈琳珊回答："我还没有想过，应该会有一些吧，但是不管怎样，都是我的一厢情愿，他还没说什么，何况他那么强势，会有什么事情难倒他。"

"那倒不一定，人总是会有意想不到的事情发生的！"赵蕊缓缓说着。"算了，"陈琳珊打断她的话，"那个刘馨，我就不明白了，一看到她我就觉得恶心，你说一好好的人，干什么要这样去索取，要脸不要脸。"

赵蕊苦笑着："这个世界上大家都一样，我们都是在索取自己想要的，只是想要的东西不一样！""是吗？"陈琳珊不解地看着她。赵蕊继续说道："有的人，打着爱情的旗号去获取利益；有的人，通过金钱满足欲望；有的人，为了欲望出卖自己；有的人，为了自己出卖别人……不都是为了得到自己想要的东西吗？"

陈琳珊一时理解不了，赵蕊摸着陈琳珊的头："你当时要进入他的公司，难道你没有目的性吗？""当然有了，"陈琳珊默默回答，"当初以为我进入他的公司，能和他多接触，也好多帮帮他。姐，你会不会看不起我？"陈琳珊突然问道。

"怎么说？"赵蕊好奇起来。陈琳珊长吸一口气："在今天之前，我一直认为那些傍大款的女孩都是只贪图享受出卖自己，是无情无义之人，我那时候没有羡慕那些人，认为只要凭着自己的努力，凭着自己的真心，总有一天，面包会有的，爱情也会有的。为什么这些莫名其妙的污蔑会发生在我身上，为什么我总能看到这样的事情，而且都这么具有目的性,是不是我也和她们一样了?"

"如果你是一个士兵,你会不会在战场上考虑环保问题?"赵蕊的问题让陈琳珊不断摇头。看着她的表情,赵蕊继续开导:"那个时候,你的脑子里只有赶快完成任务,这样才能活命的想法;你只要坚定地去做你敢做的事情,至于这个战场是不是存在环保问题,都与你无关。"

"姐,你认为以后,我还可能会在那里待下去吗?"陈琳珊摇头说道,虽然是疑问,但是赵蕊知道,那个答案,已经在她的脑子里生成,随着时间的持续,会变得更加坚定。

周奕璇在办公室里,看着陈少军喜悦地打着电话:"陈总,这么开心,先喝点东西吧!"陈少军说道:"当然,有好事情发生。""那是当然值得庆祝的,要不我给您安排一下!"周奕璇显得也很高兴,陈少军却拒绝:"现在不行,还不是时候。"

"能让陈少军这么开心的,也只有子华哥那边的事情,难道那边出现情况了?刚才这个电话又是谁打过来的?"一瞬间,周奕璇的脑子急速运转,"按照现在的情况推断,应该还没有发生,不行,我一定要找出这个人才行。"

吴泽推开办公室门:"陈总,有人说要见你。"陈少军点头:"嗯,我知道了,我这就去。"说到这里,他回头看了一眼身旁的周奕璇:"你把这里收拾一下。"

周奕璇点头答应,目送着陈少军离去,而就在陈少军的身影消失的瞬间,周奕璇已经来到那部座机前,在伸出手的一瞬间,她犹豫起来:"陈少军的警惕性不可能这么低,我这样轻易翻看,他一定会知道,说不定这本身已经是个骗局,用来试探我是否可靠。"想到这里，她没有触碰那个电话。

　　这个问题一直让周奕璇无法安心，以至于一下午的工作是错误不断。"出什么事情了？"身边一女孩关心地问着她，"是不是和男朋友吵架了？""没事，一些小事。"周奕璇回过神来，喊住女孩，"对了，我来了一段时间了，都不知道我们的主营业务是什么。"

　　女孩挖苦起她来："我们经营得比较杂，原本是做网站之类的，但是不知道为什么，陈总现在非要让我们涉足传媒业，真不明白，他为什么要这样，还非要和小公司过不去。""切，小公司值得我们费心吗！"周奕璇心中一颤，但还是非常镇定地说着。

　　"要我说也是，不过听说对方是陈总的情敌。"女孩说到这里，已经让周奕璇的心悬到嗓子眼。"哎，感情这东西，时时刻刻都让人能失去理智。"女孩叹息起来，"你说人家，为了爱情轰轰烈烈的，我什么时候会遇上这样的人！要是那样，我什么都愿意干，你说是吗？"

　　周奕璇呵呵傻笑着："我不这么认为，咱们做员工的，听从上级安排就对了，别的事情也别多想，每天就安安心心工作，回到家可以舒服休息，有一个知心爱人，比什么都好，轰轰烈烈的爱情，出人头地的脸面，都不是我想要的！""傻傻的幸福啊！"女孩默默说了一句，继续工作了，留下了周奕璇无限的思考和担心。

　　"找我什么事？"餐厅里，唐子华来到周奕璇的对面，周奕璇说道："哥！我问你，陈少军和你以前是不是情敌？"唐子华一愣，尴尬地说："干什么突然问起这个？"周奕璇着急地说："这很重要。"唐子华默默点头："当年他也喜欢思盈，从这个角度来说，也算吧。""完了！"周奕璇担心起来，将自己看到的事情叙述清楚，生怕遗漏任何细节。

唐子华听到这里，慢慢回忆着："你是说，陈少军在与我为敌，而且你怀疑他已经开始行动，并且取得成果了？"周奕璇点头："他每次和那个人见面都是单独的，而且非常戒备，我担心你那边会有什么情况，或者你们那边有谁比较异常。"

"你想多了！"唐子华微笑着，"有谁能伤得了我，行了，别瞎担心了，一会我要赴约，上班时间你出来这么久，不回去会引起别人怀疑，快回到工作岗位上吧。""哥！"看着准备离开的唐子华，周奕璇喊着他，想尽一切可能提醒他。唐子华转过身："对了，后天是我生日，如果你能来一定要来。""到时再看吧！"周奕璇没好气地丢下一句。

一天的工作已经让涂晓雯焦头烂额，最近的事情更让她感到疲惫，在告别了顾乐佳之后，她独自一人行走着，来到一家咖啡店前，叫了两杯咖啡："来吧，跟了这么久，赶紧坐下来休息一下！"周奕璇快快坐下："这都被你听出来了！"

涂晓雯笑了："你鞋上那种专有的金属碰撞声，想不知道是你都难。""还是姐姐你了解我！"周奕璇憨憨笑道。"认识你时间也不短了，说吧，什么事情！"涂晓雯品着手中的喜爱。"我怀疑最近陈少军会对子华哥不利。"周奕璇谨慎地说。

"这不奇怪啊！"涂晓雯并不惊讶，"他们之间争斗什么时候消停过。""难道你最近没发现有什么异常吗？"周奕璇继续问道。涂晓雯冷笑了一声："除了他谈恋爱之外，没什么不正常的！""终于和琳子姐走到一起了？"周奕璇试探地问着。

涂晓雯冷笑一声："天晓得他怎么想的，琳子这么好的女孩他硬

— 100 —

生生地选择性失明！""现在这个姑娘不好？"周奕璇问道。涂晓雯笑了："来了之后，就没安生过，如果说思盈是睿智的，琳子是聪明的，她则属于蠢笨的，处处想干涉唐子华的事情，根本不在乎子华的感受。"

"那为什么哥哥还要和她在一起？"周奕璇有些不理解，"按理说哥哥是不允许这样的情况存在的。""鬼迷心窍了呗！"涂晓雯回答着，周奕璇叹息一声："不管怎么样，还是要提醒他一下，最近提防一些。""但愿有用。"涂晓雯头也没抬地轻轻说了一句，"后天他生日，你作为妹妹应该去！""还是算了，我的身份还是少让人知道的好！"周奕璇默默说道。

唐子华的生日聚会也如期进行，看着开心的人们，唐子华却独自一人站在阳台上。张琨走了出来："怎么，自己生日不高兴，还跑到这里解闷。"唐子华点头说道："不知道为什么，我觉得今年孤孤单单的。""什么话！"张琨嘲笑着，"今年刘馨都过来陪你了，还有什么不高兴的。"

唐子华看着客厅的刘馨，却没有一点欣悦："是，今年的确有刘馨陪着，但我总有一种说不上来的感觉，我觉得和她还有很大的距离，而且她的很多做法我不认可，我想在合适的机会和她谈谈，不然真得很难继续下去。"

张琨耸肩："也是，我理解。""你理解什么！"唐子华嘲笑着，"自己对感情这样，还理解我！"张琨戳着唐子华："不就是心里住了一个人，放不下舍不得，也知道有人对你好，那个人今天没有出现，心里不自在。"唐子华没有说话，只是看着不远的地方，与人有说有笑的刘馨。

"今天晚上可就剩咱们两个了！"周奕璇的家里，她一边打着台球，一边对坐在旁边的陈琳珊说道，"我是不能去，你不一样啊，为什么还要在这里待着！"陈琳珊说："去了是给自己找不自在，还不如算了！"

"说错了！"周奕璇否定了她，"你不去才是给自己找不自在！何况你又没输。""我都从那里辞职了，完全失去了接触机会，怎么还没输？何况现在刘馨处处对他照顾，我有什么可以和她竞争的。"陈琳珊怏怏说着。"那倒未必，"周奕璇倒没在意，"他们结婚了吗？没结婚一切都是零，这年头，只有共患难才见真情。信不信他一会就给你打电话了。"

正在这时，陈琳珊的电话响起，周奕璇笑了："还真是邪，电话打过来了！"陈琳珊惊慌地挂断电话："不是，一定是他按错了，你知道，他经常会这样的。"电话又一次响起，陈琳珊再次挂掉，周奕璇笑了："有时候自欺欺人是没用的，倒不如坦诚面对发生的事情。"

而这时，周奕璇电话响了起来，她拿着电话向陈琳珊展示一番："你看，你那边没人接，轮到我这边了。"看着陈琳珊不语，周奕璇乐起来，拿着电话开心地接通了，短短几分钟后，她的脸色阴沉下来，扔下电话对陈琳珊说："我哥出事了，现在在医院。"

医院的走廊里，周奕璇来到心急如焚的涂晓雯身前："情况怎么样了？"涂晓雯摇头："还不知道，我们送过来的时候还在流血，现在正在里面进行止血处理。""到底发生什么事情？怎么会这样！"周奕璇继续追问。

涂晓雯讲述起来："本来都结束了，子华下楼送刘馨回家，结果走在路上不知怎么，刘馨和一群人起了争执，唐子华为了保护刘馨，在劝解的过程中被人从后面打伤头部,而且也站不起来了,现在还在里面。"陈琳珊听到这里,大吃一惊,拼命地向里面冲去,却被王尧拦住。

周奕璇张望四周:"哎,那个刘馨人哪去了?""那边!"张琨指着走廊附近的身影,"从来医院开始就在那边打电话,怎么喊也不过来。""混蛋!"周奕璇气冲冲地向那里走去。"你准备干什么!"涂晓雯问道。"没事,我只是想知道还有什么电话这么重要,连自己男朋友性命都可以不管!"周奕璇从嘴中挤出这么几个字。

"我知道,情况我已经和你说了,我现在还走不开,你让我再想想办法吧!"刘馨一边徘徊踱步,一边跟电话那头的人说着。"我哥都这样了,你居然还有心思和人打电话。"周奕璇默默想着。"王八蛋,居然想溜!""我知道了,我会想办法过去,再不行你派人来接我!"刘馨说到这里,合上了电话,走到人群中。

"还都在忙啊!"刘馨缓缓说道,"都散了吧,这边有我照顾着,没事的!"刚刚缓过神来的陈琳珊看着她:"没事,大家在这里陪着,没事的。"周奕璇也随声附和:"就是的,如果你有事要忙的话,就先回去吧。"

"我还有什么要忙的,他是我男朋友,为了保护我他才受的伤,我在这里照顾他也是应该的。"刘馨笑着回复,"我告诉你,为了唐子华我可以付出一切,这是我应该做的,也是我必须做的!我可以去付出一切,也会承担一切。反倒是你,不知道从哪冒出来的野丫头,关系这么模糊的,让人不得不怀疑!"

"你!"周奕璇挥起拳头,却在一瞬间放下,"也是,我们的关系就是一家人,一家人你懂的是什么意思吗?难道不知道,我在他心中的地位是有多重要，你作为一个代替品，这样的素质和言行，我真觉得丢人！"

而在此时，医生从急救室走出："我们需要家属签字，他需要手术。""手术！"陈琳珊与刘馨惊呼，医生说道："是的，必须要有一个人来签字，承担一切后果和风险，不然依照规定，我们没有权力做这个手术。"

手术签字，事情可大可小，除了直系亲属或是本人之外，也只有委托人了，而事发仓促，唐子华依然昏迷，也并未委托他人，余下的人，更无权力。"机会来了，签字啊！"周奕璇眼光斜瞟刘馨，冷冷挤出，"不是说愿意承担责任，现在是机会了，签啊。"

刘馨看着周奕璇："为什么要让我签？这必须要直系亲属，我们关系还没有到那个程度，让我怎么写？""刚才不还有人说自己什么都愿意做，现在怎么推辞了。"周奕璇说着，"都是女朋友了，还没有到什么程度？"

陈琳珊看着四周的情况，走上前对医生说："还是我来吧。"涂晓雯上前阻拦："等等，你知道你这签了就意味着什么吗？"陈琳珊坚定地点头："我知道，这样做我不后悔，这个责任我来承担。"说着，她签下自己的名字，而终于关系，她悄悄地填写在配偶一栏。

时间一点一点推移，直到第二天清晨，唐子华才逐渐苏醒过来，只是感觉到身体无法动弹。"行了，你清醒了就好。"医生笑着看着唐子华说道，唐子华有气无力地说道："我没事，其他人呢？""他们守了你一夜，都在外面睡着。"医生缓缓说道。

"他们是我最好的朋友。"唐子华艰难地抬起头看了一眼几人，却发现自己的手被人牵着，他看过去，发现是陈琳珊。"你女朋友真不错，昨晚危急关头，也就只有她敢签字，后来守了你一晚上，也就刚刚才睡下！"医生说到这里，就离开了病房。

看着陈琳珊，他突然变得很茫然，为什么每次有危险，都是陈琳珊第一个来照顾自己，为什么每次受挫，都是陈琳珊第一个来关心自己，为什么不离不弃的人总是她。或许，真的是自己忽略了身边这个对自己不离不弃的人。

"你总算醒了！"涂晓雯带着张琨和王尧走进病房说道。"这是怎么回事？"唐子华环顾四周："刘馨呢？""哼，"涂晓雯气愤地说道，"那个口是心非的贱人，别跟我提她！"唐子华一脸疑惑，他极力想知道这件事情："到底发生了什么事情？"

"还能发生什么，平时就会说为了喜欢的人可以办到一切，可以付出任何东西，以为这就是爱情了，关键时候却诸多借口推三阻四，一会我们的关系没有到那个程度，一会在那里拒绝承担责任，居然还想着要逃跑了。"涂晓雯愤愤说道。

"逃跑？"唐子华心中一惊，怔住了。"可不是，"张琨接过话茬，"在你受伤之后，她表现得非常淡定，还跑到角落打电话，回来之后对你的伤情不闻不问，一副只想着事情快点了结的样子，璇璇看不过去，和她吵起来，之后不久，刘馨就离开了，而琳子一直留在这里。"唐子华听到这里，低下头，看着身旁的陈琳珊。

或许是太过担心，陈琳珊从梦中突然惊醒，神情慌乱地看着唐子华："你没事了！"她的表情中透露出喜悦，本想拥抱唐子华，但她没有，"我去给你买点吃的吧，刚刚做完手术，一定很虚弱！"说到这里，她站起身，离开了病房。

"你晚上做噩梦，她担心你害怕，就一直拉着你，从那时起，她就没有睡过，我们三个换班休息，中间多次让她稍微休息一会，她没有答应，就这样陪着你，守护你，也就刚刚才睡下。"张琨靠在墙角，默默说着。

"这是手术报告，你仔细看看吧！"涂晓雯将手术报告扔到唐子华身边，唐子华接过报告看着，签字栏中陈琳珊的名字与关系栏里的配偶关系让唐子华百感交集。

王尧看着他："琳子这么写，已经完全表明了你在她心中的地位，按照道理来说，刘馨是这个签字的，但是她关键时刻离开了你，不管她平时怎么说爱你，但是患难之际，看得出一个人的心。"正在这时，唐子华的电话响起，正是刘馨打来，涂晓雯冷笑一声："又来装腔作势，自己想清楚一些，接下来该怎么做，自己看着办吧。"

当唐子华接通电话后，那头，刘馨的声音传来了："子华，真的不好意思，我本来想着今天去照顾你的，但是早上我大伯心脏病发，现在在医院急救，我这会手机也快没电了，就先打个电话给你，等这边情况稍微稳定了，我就过去看你。"

"好厉害的借口！"待到唐子华挂断电话，涂晓雯冷冷说道，"你根本无法推辞！强行让她过来，她来了，就是多么爱你，百忙之中抽出空闲，不来，也情有可原，大伯心脏病发，关心家人，强求的话就成了不懂事不近人情了。"

"哎，说不定是真的呢！"王尧还是从好的方面出发想问题，却瞬间被张琨阻挡住了："真的？早不病晚不病，偏偏是在这个时候，还是心脏病，确实比较怀疑！"唐子华沉默不语，而在此时，他的脑海中浮现出一个问题："涂晓雯，我问你，如果你谈恋爱了，今天的这种情况发生了，你会怎么做？"

"我?"涂晓雯说道,"那还用说,我在那边又帮不上忙,这边需要有人来照顾,我必然是先照顾好男朋友这边,然后抽时间过去看看我大伯的情况,只能这样两头跑。"涂晓雯的话说到这里,反而更加加深了唐子华心中的疑问。

他再次拨通刘馨的手机号,想寻求最后的确认,而得到的,却是关机的答复。"哇,好巧,居然刚刚打完电话,手机就没电了,小说都没有这么巧的剧情了!"涂晓雯阴阳怪气地说着,同一时刻,唐子华扔下手机,有气无力地躺在床上,双眼呆滞地望着天花板。

"我希望这些猜测是错的,但是我找不出更好的理由,去掩饰或者说服自己,所有的迹象只能表明这样的情况。"张琨喃喃念道,王尧跟着说:"还有,以前你太玩世不恭了,女孩怎么会喜欢你!""哎,瞎说什么!"涂晓雯注意到唐子华一脸抑郁的表情,有些不满意他的话,"怎么到现在说话还是不看情况。"

而在此时,陈琳珊走进来,看到在床上的唐子华:"没事吧?是不是哪里难受?""多劝劝他,让他和正常人一样吧!"王尧继续说着。陈琳珊冷言质问:"你说这话什么意思?他有什么不正常了?像你一样循规蹈矩,他心中的梦想能实现吗?"

王尧刚想解释,陈琳珊继续说:"站的位置和经历的事情不一样,你根本无法体会,没经历过就没有资格评价别人的一切,懂吗?"张琨悄悄对王尧说:"大哥,你长点心吧,别再多生事端了!"说着,将王尧推出。

涂晓雯看到这里,轻声说道:"我不多说什么了,总之,你自己要看清楚一切,别让自己做错了选择。""我……"唐子华张开嘴说,却还是被涂晓雯打断:"你不必回答我,我也没有必要听,按照你所想的去做，别让自己后悔，也别让身边的人伤心。"唐子华转过头看着陈琳珊，没有再言语，而涂晓雯冲陈琳珊使了个眼色，离开了病房。

"以后别再这样直接，也不知道你怎么管理的，这样会让人感觉不舒服的！"公司走廊，涂晓雯边走边提醒王尧，医院里他的表现，足够让人揪心的。"怎么精神这么差！"顾乐佳突然出现在两人中间，着实吓着他们了。

"昨天我在公司陪这个呆子，没去参加子华的生日聚会，情况怎么样，是不是很有意思。"顾乐佳继续追问。涂晓雯有气无力地说："别提了，从昨晚到今天，都是在忙碌中度过的。"顾乐佳不理解，张望着后面："奇怪了，为什么没见主角出场。"

"他有事，来不了了！"涂晓雯赶忙说道，"事情还挺重要的，临时的，最近这段时间可能都需要大家来帮忙了！"话说到这里，王尧瞪大了眼睛："发生了些事情！"顾乐佳茫然了，涂晓雯着急起来，暗地里掐着他以示提醒，王尧拍掉她的手："干吗，这是事实，没什么掩饰的。"

涂晓雯没来得及组织，王尧继续说："他住院了，最近是来不了了！""什么！"顾乐佳和谭中傲开始紧张了。"头部重伤，昨晚紧急手术，现在还在观察期！"王尧老实地讲述着，涂晓雯一把拦下："没事，你们就听他瞎说，伤的是琳子，子华在那照顾着。"

说到这里，他按着王尧的嘴："听着，现在给你两个选择，要不然闭上你的嘴，再不然我敲掉你的牙，让你不能说话。""为什么不能说？"王尧继续追问，涂晓雯说道："你现在说出去只会让大家手足无措，整个公司陷入群龙无首的混乱，以后他们怎么上班工作？"

说到这里，涂晓雯拍着手，让人们各自回到自己的岗位上。

"绝对出事了。"涂晓雯刚走，顾乐佳对谭中傲说道，"王尧的话总是被涂晓雯打断。""你觉得有问题？"顾乐佳点头："极有可能王尧说的是真话，只是出事的人不是琳子，而是子华。""她为什么说假话？"谭中傲思索起来，"难道就怕我们听了会产生恐慌？大家这么好的关系，难道不应该知道吗？"

"就我们几个而已，你别忘了咱们每个人手下还有多少员工，这话骗不了我们，但是能让这些人稳定住，避免出现什么差错。"顾乐佳悄声说道，"我还是要去具体问问，有时间也好帮她！"说到这里，顾乐佳已经站起身，向涂晓雯那边走去。

已经累了一晚上的涂晓雯，此时正在自己的小空间里发呆，自从入主霁月之后，涂晓雯俨然被赋予更大的使命和责任，而昨晚的事情，也足足让她感到紧张和不安。"这是给你的！"随着顾乐佳的声音传来，一杯热茶放到她眼前。

"怎么，很累啊？"顾乐佳轻声说，"昨晚到底发生什么事情了？是不是唐子华出事了？"涂晓雯张望四周，发觉没人存在，默默点头将昨夜到今早的故事完完整整地讲述了一遍，"事情就是这样，我不想让员工们担心，所以才对你们说他出差的。"

顾乐佳理解地说："谁也没有想到，短短几个小时的时间，他经历了一次生死，见证了一次世态炎凉，不过唯一让人值得欣慰的是，琳子在关键时刻的表现。""这是好事，我只希望最近这段时间能够平平安安度过。"涂晓雯还是表示出自己的期望。

万幸的是，涂晓雯所担心的事情并未发生，这段日子里，青霜并未出现巨大的波动。这一日，顾乐佳刚刚安排好本周的计划，却听到外面一声怒吼，顾乐佳急忙赶出，发现刘馨坐在地上，她的身边，谭中傲喘着粗气站在旁边，手指在不断发抖。

"你们就是这样对待我的！"见到顾乐佳的出现，刘馨理直气壮地站起来，"你来得正好，这就是你们公司的员工，这样强行欺负我一个弱女子！"顾乐佳看了她一眼："我觉得你来得不是时候，说吧，来这里干什么！"

"我是来讨要工资的！"刘馨说道，"你们都欠了我一个月的工资，不发也就算了，连通知都没有，算是个什么啊！"顾乐佳说道："工资，你入职了吗？""怎么没有！"刘馨辩解道，"当初我进入公司，那不就是入职吗？子华不也隆重介绍过。"

"你把那称为入职？"顾乐佳冷笑着，"对，他是跟我们几个介绍过，但角色不是让你进驻，而是你是他女朋友。还有，就算你入职了，请问，你的工作量在哪？""我归唐子华直属管理，他没给我安排工作，我怎么做事？"刘馨将顾乐佳顶了回去。

"哦，"从办公室走出的涂晓雯慢慢说道，"对于这件事情，那真是你们之间的事情，我们掺和不上，何况你的工作量我们也不知道是什么。""这段时间我一直在医院照顾他，这是我最近的情况记录，每一天都在他身边，几点几分陪着，他情况怎么样我都记录着。"刘馨说到这里，从包中拿出一个小本来。"这个……"这一瞬间，难住了顾乐佳和涂晓雯。

"她在说谎！"陈琳珊推门进来，"是谁在事发当天突然离开的，是谁在第二天说自己大伯心脏病发，要去照顾，之后电话再也没了音讯，对这里不闻不问，现在倒好，为了钱又跑回来了，还有脸说自己无时无刻不在照顾他！"

"你有什么证据证明自己在那里。"刘馨反问她,陈琳珊笑了:"我不需要证据,我也不需要证明我在那里,因为我没有心思留下我在那里的证明,只要能照顾好他,比什么都好。""我们是个讲证据的时代,你没有证据就是在撒谎。"刘馨指着她说道。

陈琳珊摇头说道:"我有没有撒谎,不需要向你证明,你也没有必要向我说明。仅凭你手上这个本子,可见你平时的力气都放到哪里了,口口声声说喜欢对方,但是最后还是在算计对方,一边说别人怎么样不好,一边在做那些事情,可见你是多么虚伪。"

"但是公司欠我钱是真的,何况是唐子华答应的!"刘馨继续说道,陈琳珊无奈地摇头:"你有没有问过其他股东。""这难道不是唐子华一个人的吗?"刘馨显然有些措手不及。顾乐佳说道:"青霜创立之初,是两个股东,只是……"

"那好,我们把另一个股东叫出来,请他来评判!"刘馨说道,"已经在这里了。"陈琳珊抢过话,"思盈姐已经将她的股份划拨到我的名下,我就是青霜的第二大股东。""什么!"顾乐佳惊讶地看着陈琳珊,"这是真的?"

"是真的,"唐子华缓慢地走进办公室,"我前几天才看过了,是思盈的笔记,琳子现在的确是青霜的第二大股东!""我可从来没有认同你在青霜是入职的,而且也没有书面的合同,所以,我认为你所谓的工作,是无效的,也没有法律效应,你的要求也会被视为无理取闹。"陈琳珊对着她说着。刘馨见到这般情况,愤然离开。

6

唐子华的办公室里,他双眼紧闭,手托头,不说一句话。"怎么,还在懊悔着?"陈琳珊拿着茶杯,走到他身前。"我这一个错误的选择,造成了多大的损失,这一次,我真的不知道该说什么,也不知道该怎么面对下去了!"唐子华痛苦地说着。

"嗯,有些事情没你想象的那么难!"陈琳珊说道,"至少你还活着,至少你看到问题了。"唐子华不说话,陈琳珊静静地看着他:"以前我总是畏首畏尾,担心犯错,犯了错就会被别人骂,就会觉得自己一无是处,从来没有真正地做出一件自己应该做的事情。"

"后来呢?"唐子华开口问道,陈琳珊说:"后来,我遇到你们了,尤其是你,做事情从来不考虑后果,只顾向前拼,有些时候,可以牺牲掉一切,我曾经问过思盈姐,她告诉我,有些事情我们无法逃避,只有继续向前,那些是必须要经历的事情,遇到的挫折越大,扛过来了,才能够有更好的心态和状态,才能完成自己的目标。"

"挫折越大，心态越好，成就越大，她是这么说的。"唐子华说到这里，叹息起来，"可惜，到了现在，我都不知道为什么这样，其实那天我看着天花板，已经茫然，我不知道为什么要做这么多事情，仅仅就为了大梦？"

"那就为了我，为了思盈姐。"陈琳珊说道，"思盈姐把你的梦想当作她最有意义的事情，我把为你实现这个梦想看作是我最快乐的事情，还有这里的其他人，他们都是因为有一个坚定的信念才一直追随你，他们坚信，自己今天的努力能够创造出美好的未来，不要让我们失望。"

"我会的！"唐子华缓缓说道，"有些事情我们无法逃避，逼迫自己才会激发出更大的能力，我们不应该为此失去动力，也不应该在这个时候迷茫。"唐子华回过头去，看着陈琳珊，而她在这时候，脸色有些不太好看。

陈琳珊将一个信封递给他，唐子华接过信封问道："这是什么？""录取通知书。"陈琳珊说道，"其实从刘馨出现之后，我已经决定了，要完成我自己的心愿，到国外留学，在这里耽误了这么久，也该继续完成自己的想法了。"

"还有这个，也是给你的！"陈琳珊缓缓将文件递给唐子华，"思盈姐把股份转给我，我知道，这是她对我的信任，但是我今天还是要将它交还给你。""这是为什么？"唐子华问道，陈琳珊说道："我只是做了我该做的，剩下的，我也应该做我该做的。"说到这里，她站起身走到了外面。

而在此时，涂晓雯等人早已在门口围观了半天。"傻啊，人家把话都放到这里了，还不表示一下！""琳子！"在一声呼唤后，唐子华抢身上前,"我……你刚才也说过,有些事情只是关系,而不是职业,我……"

陈琳珊微笑:"子华,你的心意我理解,只是,我真的很想休息,我累了,你的心里只有思盈姐,存在着她的影子,刘馨因为和她长得比较相近,你就可以毫无底线地放纵,现在你对我的示好,我不能分清楚到底是爱情,还是感激,也可能是一种纯粹的找乐子,即便我知道你不会是最后一种情况,但是我还想请你仔细思考。"

等待是漫长的,对陈琳珊来说也是如此,她缓缓站起身,但不知怎么,自己腹部一阵疼痛,脸上表现出难以隐藏的痛苦,只是唐子华低头思索着接下来该如何表达,并未注意到陈琳珊。随着涂晓雯等人的惊呼声,陈琳珊两眼翻白,应声倒地。唐子华大惊失色,急忙抱起陈琳珊,余下的人也慌乱一团,跟着一同走出。

"不可以,你千万不能出事!"一路上,唐子华一直喃喃念道,时间好像再次回到了过去,回到了刘思盈倒下的那个瞬间,周围的声音已经消失,除了一些基本的呼唤之外,脑子里再无别的事情,此时此刻,他感到的是自己鼻子的酸楚。

赵蕊和魏絮儿急匆匆地赶到医院,看着在门口焦急等待的唐子华问道:"她人呢,琳子现在情况怎么样?"涂晓雯走上前,瞟了一眼在旁边懊悔的唐子华:"还在里面诊断治疗,还没有结果,我们都在等待。"

过了一会,医生从里面走出来:"病人最近有没有吃错东西?""为什么这么问?"一同前来的魏絮儿问道。"我们怀疑她服用过量的砷,导致中毒现象!"医生说到这里,在场的所有人都倒吸一口凉气。

"砷……中毒？怎么会！"唐子华站起身，"她这几天一直都在医院陪着我，我们吃的喝的都一样，要是出事，我也应该……但是为什么仅仅是她！"看着唐子华慌乱的表情，众人都陷入了思索。"她今天回到公司后，有没有人注意她到过哪里？"赵蕊问着。涂晓雯回忆起来："找你的时候，我看她手上拿着茶杯，应该刚从茶水间出来的。"

"茶水间，在我们回来的时间里，有谁去过那里！"唐子华急声说道。"不是吧！"一直在旁边站着的顾乐佳惊声呼喊，引起了别人的注意，"刘馨快离开的时候，说要到那里接一杯水，除了她之外，没有别人了！"

"哥，"周奕璇不知什么时候，将电话打了过来，"是不是琳子姐出事了？"唐子华默默点头："怀疑是中毒，现在还在里面，情况不明。""那就没错了！"周奕璇的这声叹息，让唐子华感到诧异。

"怎么解释？"唐子华问，周奕璇说道："我以前给你说过陈少军那边的可疑动向吗？那个人我打听到了，就在今天，我听说已经将提前带的东西投放下去了，应该很快就能见到结果；说来也巧，我在倒水的时候，发现那个人就是刘馨。"

"刘馨！"唐子华一怔，"她来了，青霜显得躁动不安，内部的矛盾层出不穷，我的亲信也被疏远。""甚至我怀疑你受伤住院，也是她一手安排的。"周奕璇缓缓说道，"我现在还在上班，不能跟你多说，不然会被怀疑的。"

不知过了多久，陈琳珊缓缓地清醒了。颜晓梦关心地说："琳子，你总算醒了！"陈琳珊坐起身来说："嗯，身上的骨头都要散了，子华呢？"涂晓雯说道："他一直陪着你，看你好转之后就一直在阳台那发愣,刚才发生了很多事情,医生说你中毒比较深,病情目前只能抑制,要根治还需要些时间。"说着,她将发生的一切都告诉了陈琳珊。

"这样啊!"陈琳珊点着头,涂晓雯关切地问:"琳子,你……"她轻拍着自己的额头说:"有件事你不知道吧,跟着唐子华这样的人,其实我早习惯这样的意外出现,这次能苏醒过来,生死之事也想通透了不少,只是听到这个消息,心里或多或少有些难过。"说到这里,她释怀一笑:"好了,先不要管我,还是想办法让子华高兴吧。"

阳台上的唐子华,出神地向远方望去,天边的云渐渐被风吹散,消失得无影无踪。"子华!"陈琳珊轻声叫道,而唐子华却没有反应,"唐子华!"他仍没有应答。陈琳珊有些生气了,她走到唐子华身后,一掌打在他的头上。"疼!"唐子华按着头,转身说道。陈琳珊指着他说:"知道疼就早些回答我。"唐子华看着陈琳珊,心中甚是杂乱,一时间竟没有了话语。

"算了,越看越有气!"陈琳珊叹了一声,"也不知怎么,遇上个你,本来脾气好好的,却让人总以为我爱生气,简直是破坏我的形象。""我……""算了,"陈琳珊打断了唐子华,"我知道你在想什么,你在想当初如果不认识刘馨,也就不会出现我和她的对立,如果没有这样的对立,也就没有刘馨下毒的事情,不会有今天的局面。"

唐子华微微点着头,这时,陈琳珊走向他的身前,依偎在他怀中:"别这样想好吗,以前我认为后悔的事情不会发生在我身上,认为只要做了,就不会后悔,为了这个,我什么都不怕。直到现在,我才明白人的力量有多渺小，无论如何也都无法改变。即使你改变了过程，也改不了结局。"

唐子华将她揽在怀中："别再说了，是我的错，我曾经答应你要好好照顾你，现在却……"陈琳珊捂住他的嘴："你不用自责，答应我，跟我去一个地方，即使我的毒没法清除，让我平静地过完这最后的日子，行吗？不要让我带着遗憾而走。"唐子华紧紧地搂过她："好，我答应你。"陈琳珊笑道："好了，都二十好几的人了，还和孩子一样。"

走廊里，唐子华看了一眼正躺在床上安详熟睡的陈琳珊，对赵蕊说道："姐，你怕过吗？""怎么了？"赵蕊不禁问道。唐子华缓缓答道："以前，我根本不怕任何事，什么事情都敢去拼搏。但现在，我怕了，我怕失去希望，更怕失去了琳子。我不知道为什么，渐渐胆小了，害怕了，这种无奈，我真的不想再继续了。"

赵蕊应道："我知道了，你只要问问自己的心，按照自己的心走，相信这次，琳子她一定会没事的。""只是，"唐子华迟疑了一下，"砷中毒，而且还是大量的，我不知道在琳子身上残留了多少，即便是血液透析，也还是有风险的，看着她这样一天天衰弱，我真想代替她受罪。"

"陈少军，他为了针对我，开始了这场敌对活动，只是为什么，要殃及无辜！"唐子华默默说道，却再次陷入了沉思。"不行，"没过多久，唐子华再次说道，"管不了那么多，我明天就去找少军，哪怕求着他，我也要让他住手，不能因为我一个害了别人。"

深夜里，唐子华带着陈琳珊，将车慢慢行驶在路上，只是车厢里异常寂静，陈琳珊指着一处广场："就是这里了。""这里！"唐子华有些惊讶，陈琳珊嘴角微笑："我想好了，从哪里开始，就应该从哪里结束。"

唐子华一脸紧张，看着陈琳珊，就在这时，陈琳珊双眼紧闭："我真没用，早知道……我就该直接离开的……可我还是忍不住，想来这里……"唐子华听到这话，急切地说："离开？你要去哪？……干吗不跟我说？我们一起去。"

"还记得这里吗？我第一次遇到你，就是在这里。""记得，那年，你是个小姑娘。"唐子华默默说着，"那天我遇到你，就觉得很亲切，我从没有像那天一样，好像找到了一些目标，那些……都还像是昨天的情景，可仔细想想，原来已经过了那么久啊，发生了好多好多事……"唐子华惊声说道："我不明白，不是说好了吗？要开心快乐地生活下去，怎么你又要走？"

陈琳珊无奈地说道："我听见了……你和姐姐的话……"唐子华心中不禁一惊："那是……"陈琳珊打断了唐子华："不要瞒我……也别安慰我好吗？"陈琳珊停顿了一下，又继续说道："其实……你和姐姐，你们不用这样痛苦……只要我把自己杀了，所有的一切不都结束了？"唐子华有些急了："琳子！你在乱说什么！这……这怎么可以？"

陈琳珊看着窗外的月色，喃喃自语道："我只想找个地方，静静了结自己的性命。日子久了，你和大家会慢慢把我忘记的，忘记了，就不会再伤心。"唐子华听着陈琳珊的话语，心中有如刀割一般："别说了！你跟我回去，好好休息，别再想这些！"

陈琳珊用她那忧郁的眼神看着自己心爱的人说道："可是，人一旦要死了，反而会多很多牵挂，想起从前的事。第一次见思盈姐，

— 118 —

我想世上怎么会有这样完美的人，只可惜有些时候是个任性的大小姐，把人耍得团团转……在前些天你受伤的时候，我那时慌了，幸亏周奕璇出面，才把事情解决了，但那次，真的很伤自尊。"想到这里，陈琳珊的脸上露出一丝淡淡微笑："可有些事情，就算开始的时候乱七八糟，最后却变成了无论如何也不想忘掉的回忆……"唐子华一直没有说话，在一旁静静地注视着陈琳珊，心却疼得更加厉害了。

突然，陈琳珊释怀地笑道："出来这么久了，不晓得朋友们有没有盼我回去？这些……我通通舍不得、放不下。子华，我是不是太贪心了？"唐子华摇了摇头，说道："你舍不得的话，为什么还要说死？"陈琳珊无奈地说道："正因为舍不得，才只能这样。子华，我不像你和表姐，那么有能力，我还有什么其他的办法能保护自己想保护的人呢？"

唐子华连连摇头："不对！是我要保护你，要是做不到，我就太没用了……"陈琳珊看着自己所爱的人痛苦的样子，说道："你知道我最放不下的，是什么吗？"说着，她用右手掩着半边脸，继续说道："从前，表姐从北京回来，我来这里找她了，没想到遇见一个人，也是我日后的学长，他看着挺顺眼，却又不懂得保护自己，总是被人捉弄……而那一天，他刚刚失恋。"唐子华听到这里，心中不禁一惊。

陈琳珊继续说道："我那时就觉得，这真是个傻子，呆呆的，痴痴的，怕是被人卖了都不知道。和他一起，起初就只是觉得好玩，虽然他常常做出些吓到人的事，后来，我因为自己的原因，心情有些郁闷，于是我在过年的时候到他家住了几天。那些天是我这一辈子最开心的时候,虽然在我们相遇后他仍然到处惹事,每次在一起都会发生意想不到的事情,都由我去找他,甚至爱人的离去,出现了心理障碍,都是让我收拾烂摊。渐渐地,我越来越把他放在心上,总想着……要是哪一天没有了我,谁来照顾他,他那么呆,一定会被人骗、被人欺负……"

"琳子……"唐子华看着他,却不知该如何是好。陈琳珊长叹了一口气,缓缓说道:"其实,那都是些借口,他已经比以前好多了,已经能够保护自己,是我……是我自己离不开他……"唐子华心中一怔:"琳子……"陈琳珊摇着头说道:"子华,你不要担心,只要我死了,他和刘馨就认为没有针对报复的对象了,也就不会再害别人了。"

"这样解决不了问题!""如果以你的死亡来解决这样的纷争,我们又怎么安心?我想不只哥哥不会答应,我也不会。"周奕璇不知从哪里走出,看着沉默不语的陈琳珊:"我并不是有意偷听,只是因为你的事情心烦,路过这里,没想会遇到。"

陈琳珊仍没有说话。周奕璇说道:"你有没有想过,即使你的死能够平息他们的一时之气,但陈少军定会因为哥哥未来的事情再次出面,刘馨也会对别人使用同样的方法,若干年后,仍会继续如今的景象,悲剧仍会继续。消极的沉默是没有意义的,倒不如去面对一次。"

唐子华看着天边:"已经没有时间了,明天,我明天就去找他,不然琳子会时时生活在危险中,到那时一切都晚了。琳子,你和璇璇回去休息,等着我回来。""不,"陈琳珊说道,"我告诉你,到哪都要在一起!""这……"唐子华看着她。周奕璇说道:"我赞同哥哥，毕竟现在的情况，只有你安心休息，哥哥才能想办法解决。"

次日一早，唐子华便向陈少军的公司走去，只是到了楼下，唐子华停下了脚步。"怎么了？"周奕璇不禁问道，唐子华迟疑了一下："我……不知道该怎么做，这毕竟太被动了。"周奕璇说道："当断不断，反受其乱，我知道你念旧情，但是对方不这么想。"她看着周围，"我不能跟你多说了，我先走！"说完，周奕璇已经离开。

陈少军这边，正早早地在办公室听取吴泽的汇报，钱文伟却走了进来："唐子华来了，要见陈总。"吴泽冷笑着："他来干什么，不见！"陈少军挡住了他："还是见见吧，我是很乐意见他的。"吴泽听到这里，怏怏走出。

唐子华刚一走进办公室，陈少军问道："老同学啊，你平时无事不登三宝殿的，这次来我这里，绝对是难得一见。"唐子华也笑了："是啊，我这不是专程来和你聊聊。"陈少军皱着眉头："和我聊？咱们没什么好聊的吧。"

唐子华点头："有，我想请你帮个忙，别再这样折腾下去了。"陈少军说道："我没有听懂！能不能重复一遍？"唐子华说道："别再这么折腾下去了，放了琳子。""你在说什么？"陈少军问道，唐子华笑了一下："大家都知道你我之间的事情，我想，琳子被人投毒的事情你也有所耳闻，我们之间的事情我们解决，只是，别针对无辜。"

"无辜？"陈少军语气有些高，"思盈才叫无辜，她辛辛苦苦帮你，辛辛苦苦和你创下基业，辛辛苦苦为你出谋划策，你在台前戳着，她在幕后承受着，一个贤良淑德、人见人爱的好女孩，但最后落得什么结果？你在这之后怎么对她的？瞬间遗忘，你对得起思盈的在天之灵吗？"

"她的离世，我后悔过，也自责过，如果我当时在意她的细节变化，或许悲剧是不会发生的。"唐子华默默说道，"今天来这里，我是想请你看在思盈的面子上，别再为难别人，行吗？""莫名其妙！"陈少军冷冷地说，随即离开办公室。

因为对唐子华的担心，因为对陈琳珊的在意，周奕璇悄悄将唐子华拉到一个庙里，即便唐子华对求神之事完全不信，但是此时，他情愿有鬼神存在，以期望庇佑陈琳珊能渡过难关。周奕璇拿着一炷香，走到唐子华面前："就当是为了琳子姐吧！"唐子华没有答复。

"诸位神明，请你们保佑琳子姐平安无事。"周奕璇跪在所有神像前，轻声念道，"子华哥为了我付出了太多，为了保护身边的人，他情愿放弃一切，我请求你们，不要再这么让他难过，璇璇拜托各位了，他是个好人！"

唐子华也走上前来，双膝跪在地上，他紧闭着双眼，口中默默地念道："各位神明，请你们保佑琳子平安，只要她可以逃过此劫，我愿意付出任何代价。"说罢，又磕了三个响头，才缓缓站起身来，微笑着对周奕璇说道："璇璇，我不是个好人。"

"哥！"周奕璇惊讶地问，"你为什么这样说呢？"唐子华静静说道："其实……我本打算处理完这件事情之后，就送你去英国。""啊！"周奕璇不敢相信自己，"你从来没有打算留我？"唐子华惭愧地点了点头。"那现在呢？"

"我不知道！"唐子华的话语缓慢而迟疑，"我不能再失去一个至亲了，小时候我就对你说过，我会照顾你，把你当自己家人一样，我会让你过上公主般的生活，我很想说，我可以做到。""现在呢？"

周奕璇缓缓问道。

唐子华一阵沉默："我害怕，陈少军，我怕他对你造成威胁！当听到你到他那边上班的时候，我既高兴又害怕，高兴你有自己的主见，但是担心你的安全。""哥！"周奕璇摇着头打断他的话，"你考虑得太多，其实有些根本没有必要，我们所有人最希望看到的，就是你也快乐！"

回到医院，面对所有人的目光和期待，唐子华感到了巨大的压力，涂晓雯走上前来："怎么，是不是……"唐子华看着陈琳珊，狠狠地扇了自己一个耳光："我真没用，连琳子都保护不了，还有什么资格回来。"

陈琳珊摇头说道："子华，你不用担心，既然事已至此，只要尽了力，什么都无所谓。"说到这里，她伤心地走到窗前，凝望着外边的夜景："这景色真美，忙碌了这么多年，一直都没有注意，原来这平凡的才是最美的，不知以后还有没有机会看到。"

唐子华缓缓走上前："琳子，不要为这些事情担心，我……我一定会找出……""算了，子华，"陈琳珊说道，"我说过了，我和你的一切都是缘分，也是一场梦，此时，梦也该醒了。"说到这里，陈琳珊的声音哽咽了，窗外的景色也开始模糊不清了。

夜已经深邃，初春的天气虽然温暖，但在晚上却也冷冷瑟瑟，看着熟睡中的陈琳珊，脑海中回忆起他们初见的那个瞬间，回想起陈琳珊对自己的提醒，经历种种事情之后，唐子华突然明白自己的心中所属，自己这一辈子应该担负的重担，自己应该接下去做的事情。想到这里，他认真地注视着这个姑娘，泪水从眼角静静划过。

"你让我买的东西！"涂晓雯悄悄将一个盒子递给他，唐子华打开盒子，那是一个做工精致的铂金戒指，上面镶刻着星星点点的钻石，一颗比较大的钻石在灯光的照射下显现精美的颜色，里面却用一行娟秀的小篆书刻着陈琳珊的名字与爱意。

"真确定好了？不再反悔？"涂晓雯疑问起来。唐子华没有怀疑自己："真的，这是我应该做的。"涂晓雯说道："其实我有些不明白，你对琳子究竟是什么样的感情，是实实在在的爱情，还是为了报恩的感情，或者是兄妹之间不能摧毁的亲情，还是对她的怜悯，抑或是亏欠产生的愧疚？"

"在以前，我认为自己爱着思盈，我们彼此爱慕喜欢，就已经足够，她离开的时候，告诉我真正的爱是放手，我当时不能理解，也曾经误以为自己做到了，只是等到受伤那天，我在医院，昏迷中好像看到了思盈，她一直注视着我，为我无法扔掉的回忆感到痛心。

只要回忆还存在，就意味着还痛苦一天，那时候很矛盾，开心却又痛苦，两种矛盾的感情并存，我不想丢掉那段美好的记忆，但也必须丢掉在那之后的所有痛苦，那段时间，我才意识到自己还在那个情绪中，直到后来，琳子让我看到，也让我明白，回忆过去，倒不如承认它，正视它，为了将来的一切，为了更好地生活。"

"因为这个，你选择了琳子？"涂晓雯不解地问了一句，瞬间，整个房间的气氛有些改变。唐子华将她带到稍远的地方，悄悄说道："其实我也很自私，但是我更能确定我现在心里的感觉，我现在的选择，即便她可能会出事，即便她可能遇到各种危险，我都不会后悔。"

"至于我的感情出发点，我最近也好好回忆一次，我们的感情随着时间逐渐迸发，逐渐深化，我必须要承认，她的确是我喜欢的人，喜欢的不是她为我做的事情，也不是她的外貌，而是那颗纯真的心。"床上，陈琳珊已经流下了眼泪。

次日，唐子华手捧鲜花，手持戒指推开房门，在众人的注视下，他单膝跪下，对着陈琳珊说道："琳子，五年前，我们相识，就在那不经意的瞬间，我们从陌路走来，一直到了今天。曾经，你说我的故事，你是一个小人物，但是直到今天，我才发现每件事情都有你的身影，因为有你的陪伴，我才重新站起来，没有你的存在，也不会有现在的我。

我知道你对我的担心，我知道你心中所想的事情，有些事情我们不能控制，我们都在失败中成长，或许明天，我们便是末日，但是在那一刻，我希望能够牵着你的手，继续向下走去，因为你的存在，给了我最大的勇气。"

陈琳珊有些吃惊，她呆呆地看着唐子华，而旁边的人已经开始轻声细语，目光还紧紧盯着她。唐子华好像看出了陈琳珊的疑虑："不要在乎别人的眼光和想法，不要考虑别人的认识，凭着自己的感觉触碰，不论你的选择是什么，我仍会在这里。"

"子华，"陈琳珊缓缓说道，"我还没有想好，这事情对我来说太突然了！"听到这句话，所有人情绪瞬间跌落下来。陈琳珊看了一眼旁边的人："说真的，你能为我这么做，我很高兴，也很感动，但是太过突然，我根本没有办法去接受。"

"为什么？"唐子华不解，陈琳珊沉默下来："是，我必须承认，我喜欢你，也很想和你在一起，但不是现在，不是现在这样的情况，我不能在这么短的时间内做出这样一个重大的决定，尤其是一个可以改变我未来人生的决定。"

"但是……"唐子华刚说出的话被陈琳姗阻止:"有些时候,我们明明遇到了想要的选择,却又不得不回避。"陈琳姗苦笑了起来,"这是不是造化弄人,相守的时候就注定会分离,即便这个结局很完美,也逃离不了命中注定的事情。"

"不,不是这样的!"唐子华摇头说,"事情没有你想象的悲观,你身上的毒还是可以清除的。"陈琳姗摸着他送给自己的戒指:"毒是可以清除,但是有些事情不能,我现在不能给你一个稳定的保证,也不能给你一个相守终生的承诺,让我怎么答应?"

"毕竟还有爱。"唐子华闭着眼睛,心口感到一阵疼痛。陈琳姗颤抖着肩膀:"我们……还是冷静一下吧。"唐子华并没多说,只是频频点头,转身向外走去。"哎,这是我见过的最烂的故事。"旁边观望的王尧冒出了这句话,让张琨斜眼看了半天,他随即走出,追着唐子华去了。

"姐,我这么做是不是有些残忍?"陈琳姗看着赵蕊,心中带着些许不安和愧疚。赵蕊没有说话,陈琳姗暗自叹息:"说来确实有些,之前思盈姐对他这样刺激了一次,现在又是我,我真的不知道他能不能承受得起。"

魏絮儿接过话来:"其实我一直在想,子华对感情究竟是怎样的认识,对刘思盈和对你,究竟是什么?报恩?还是爱情?或是愧疚?有人说感情是模糊的,也是清晰的。""不管怎么样,我们已经结束了。"陈琳姗低下头,"剩下的时间,就让我安静地度过吧!"魏絮儿本想说些什么,却被赵蕊挡住,就在她准备离开的时候,却听到了陈琳姗的呼唤:"姐,我有件事情,想托你办!"

"你们这就算结束了?"楼下酒吧里,张琨走到唐子华身边说着。

— 126 —

唐子华叹息一声："都结束了，不用再折腾下去了，有时候我真的不明白她怎么想的。""谈何容易。"张琨说道，"我很理解你现在的心情，但是有必要做得这么决绝吗？为什么非要在这个时候提出来！""琳子她拒绝我的求婚了！"唐子华痛苦地说道。

"但是她没有说自己不喜欢你啊！"顾乐佳不知从哪而来，身后是周奕璇、涂晓雯和谭中傲。"这就说明她还是喜欢和你在一起的感觉的。"顾乐佳继续说道，谭中傲上前补充："还有，你为什么急着了断，难道你们俩连一天都待不下去？"

唐子华摇头否定，涂晓雯说道："她之所以不答应，是担心自己，也是不确定这份感情的真伪，你还在这里待着，如果真是最后的时间，以后你还要后悔一次？你真的要接受这么烂的结局？""该做的都做了，既然她愿意，我为什么不成全她！"唐子华显然开始沉沦下去了。

"话不能这么说，"顾乐佳说道，"我刚才也说了，她也没有说不喜欢你，如果改变不了最后的结局，就应该享受中间的过程，珍重存在的每一天。""对，"唐子华好像有所感触，"这不是我想要的结局，即便我知道自己会死，但是我会珍惜每个下一秒，而不是坐在这里害怕担心。"

没有了周围人群的围观，没有了别出心裁的点缀，没有提前预备的庆祝，有所醒悟的唐子华再次来到陈琳珊的房间，却看不到陈琳珊的身影，床铺已经收拾干净，衣物也早已消失，一封书信留在了床上，引起了他的注意。

"对不起，原谅我的不辞而别，我知道，我看到你就一定走不了了，因为我真的舍不得你，我不知道我的离去会为我带来什么，但是我知道你为我所付出的一切，这些回忆已经可以充实我余下的生活，感谢你对我的付出，我真的不知道该如何报答，该如何取舍，爱情最美的，不一定是终点，旅途一起走过，也已不负人生。

原谅我的天真，原谅我的固执，在这个世界上，在茫茫人海中，能够认识你，爱上你，知道你也爱着我，我已经很满足。思盈姐教会了我放弃才是爱，只是我没有想到，自己重复了这样的路，剩下的时间，我无法陪伴。原谅我，爱你的，你永远的未婚妻，陈琳珊。"

唐子华看到这里，扔下信向家里走去，只留下涂晓雯一人在这里。家里，熟悉的环境，熟悉的布置，没有发现一丝陈琳珊的印记。偌大的房间里，没有留下她的只言片语，只有曾经，那送给她的钥匙，静静地躺在桌上。

"你怎么了？"一阵声音出现，"思盈，是你吗？"唐子华四处寻找，而在自己身边，他找到了刘思盈的身影："为什么会这么伤心？""没有，"唐子华轻轻擦拭着自己的眼泪，"我这是激动的。""是吗？"刘思盈眼睛一转，瞟到了唐子华手中的信，"你跟琳子，是什么情况？"

"我们……"唐子华将信封藏到一边，却不知该怎么解释。刘思盈笑着："决断果敢的唐子华，现在也犹豫了！""没有，"唐子华摇着头，低沉着声音，"思盈，我想你。""谢谢你这么说，"刘思盈依旧保持原来的姿态，"但是，你不用骗我！因为，我来自你的内心。"

"我一直在想你，每天，我都提醒自己，你怎么才出现。"唐子华带有些抱怨，走上前抚摸着她的面孔。"你变了，比以前更好，也比以前更开心了。"刘思盈缓缓说着。"但是我还是想着你！"唐子华打断她，"能回来，和我一起吗？"

刘思盈摇着头："不，我只能看着你，祝福你，你不需要我了。"唐子华拦住她："怎么可能，你一直很重要。"刘思盈低下头："自从陈琳珊闯入你的世界之后，你就逐渐地开始改变，比以前更开心，也比以前更有担当，这是我愿意看到的，也是希望的，所以，我要走了。"

唐子华一脸惊愕地劝阻着她："思盈，你别走。"刘思盈笑着："我知道，你真心爱过我，这已经足够。琳子，她是个好姑娘，用你一生的力量去保护她，别辜负了她，也不要让我失望，我会永远祝福你们，子华，你要幸福。"说到此处，她的身影逐渐隐退偌大的房间里，只剩下他一个人孤零零的身影。

三天之后，原本作为庆祝的聚会仍然如期举行，只是，再次少了陈琳珊的身影，只留下形单影只的唐子华，还有那孤独的惆怅。在涂晓雯和赵蕊的催促下，在所有人的注视和期待下，唐子华站上台，默默地做着自己的发言：

"我们，今天站在这里，或许是为了庆祝，我们有很多理由让自己开心，有很多理由让自己失落，人生中有很多理由，让自己可以放弃，让自己可以追逐，我们有权利选择放弃或是坚持，但是数年之后，当我们回过头来，我们是否会感到后悔？

或许会，我会后悔，如果当初没有那个错误的选择，可能今天的一切，都不是现在这样，但是我们没有那么多如果，有的只是现在永远不能再倒退的时间。梦想，是这一辈子最应该坚持的东西，没有它，人类就不能发展，没有它，微软就不能成为帝国，没有它，世界将会缺乏新意，没有了梦想，我们就没有存在的价值。

只是，价值的存在又依靠什么来衡量？物质？金钱？别人的羡慕？抑或是等量的交换？还是别人对自己的认可？有时候，我们舍弃了别人认为无比珍贵的，得到了他人早已拥有的，有时候，我们拥有了别人所羡慕的，却在羡慕对方的东西。

感情，或许就是这样，当你拥有它的时候，从来不珍惜，认为总有一天会去补偿，去回报，总想着明天会有时间，总想着会给对方完美的一切，但是最后，我们忽略了过程，只为了那个子虚乌有的存在。

曾经，我拥有爱情却视而不见，我拥有时间却浑然不觉，我拥有选择却无法选择，现在我才明白这些的意义，以及后悔的感觉。曾经丢弃的东西，却是我前进的动力与驱使，如果现在能够选择，我愿意重拾那些故事，如果现在能够改变，那就让一切都发生改变吧！"

"想找她，就快一点！"不知何时，赵蕊在他走下台的时候说道。"人都走了，我还能怎么找？"唐子华心灰意冷地说着。赵蕊摇着头："事实上，她还没走，飞机是今天下午三点起飞，还有一个半小时。""我……"唐子华一时间没有主意。就在这时，涂晓雯走上前来："是谁刚才说追悔的，是谁刚才在上面感慨的，怎么，现在到了可以落实的时候，又犹豫不决了？"

说到这里，涂晓雯拿出一封书信，放到唐子华的面前："这封信是琳子整理思盈的遗物时发现的，里面记载了很多，是思盈拜托琳子照顾你，因为她知道自己撑不过那么大的压力，也知道琳子对你的爱慕，更知道你会消极下去。于是乎，她选择了死亡。"

看着唐子华犹豫的样子，周奕璇着急起来："你还在犹豫什么？

当年发生的事情现在还需要再发生一次？赶紧去啊，给琳子姐一个完美的结束。别再给自己制造遗憾。"

唐子华看着手机，不知道何去何从。"还犹豫？"涂晓雯开始催促，"再犹豫她可就真的走了！你就只剩下悔恨和伤心，你愿意在这种生活中挣扎吗？""你喜欢她就去追啊，瞎担心什么，车我都给你弄过来了！"赵蕊凑上前拍着他，一脸焦急的表情。看着人们的表情，唐子华紧握拳头，迈开步伐，开车向机场而去。

大厅里，唐子华不断地穿梭在人群中，不断寻找着，希望能看到那个熟悉的身影，希望能看到曾经存在的面容，希望能够看到他心底最珍贵的人，希望能够挽回那段即将失去的感情。人群的身影，他已经忘记，脑海中，只有那段曾经想过的，却又一直无法言表的话语，还有那种深深的感情。

"我曾经以为，我们是很好的朋友，我曾经认为，我和她相遇是一个巧合，我曾经以为，我欠她的是一份可以偿还的命债，但是现在，我却发现我欠她的是一份永远不能偿还的情债，没有她，就没有我。"唐子华的脑海中，这样的意识不断加强。

偌大机场，看不到陈琳珊的身影，只是听到那班飞机起飞的声音，唐子华立即瘫软下来，跪趴在地上，此时此刻，他已毫无力气，也毫无精神，眼睛里，除了悔恨，再也不知道还有些什么，没有了她，就什么也不存在了。

身后，传来一阵皮靴的声音，一个人，正默默站在那里，注视着他……

7

时间一再过去,顾乐佳看着窗外那些稀松的人影,看着坠落的秋叶,不禁感慨时间的飞逝,一眨眼,已经两年,一眨眼,有些人已经离开,唯一让她欣慰的,是依旧在自己对面的谭中傲,还有那目不转睛盯着自己的平板电脑的态度。

"你都不看我一眼!"顾乐佳表达着自己的不满,双眼闪烁着光芒。"唐子华给我的任务!"谭中傲很不经意,双眼迟钝。顾乐佳拍着桌子:"你是不是不想过来吃饭?""怎么会?"谭中傲没有抬头,"你也知道唐子华现在什么样子,王尧那副德行能拿得起事吗,什么重担当然是我和涂晓雯来挑了,你看看她说过什么!"

"我不管,涂晓雯人家好歹是副总,职位所在,你不一样,你是部门负责人,怎么能去管这么大一摊子。"顾乐佳很显然不愿意。"好了好了,这段时间我们忙没关系,等唐子华正常了,我补偿给你!""真是的!"顾乐佳将左手托腮,右手搅拌着杯中的咖啡,"真不知道他什么时候会好！"

一阵铃声传出，谭中傲接起电话，传来了涂晓雯的声音："不打扰你们吧？"谭中傲看看顾乐佳，笑了："你说呢，我们正在这边如胶似漆，你要不要过来观摩。"这时，顾乐佳凑到电话旁边，细细偷听。涂晓雯嗔道："算了，我没有那个兴趣。""我受不住了！"顾乐佳摇了摇头，一把夺过电话，"涂晓雯，他现在完全扑到工作上了，我要告状，说老板对我们进行最大剥削！"

"不对啊，"涂晓雯说道，"我记得公司一直允许你们办公室恋情，怎么会剥削你们？闲话少说，你们等会到我这边来，有件事情和你们商量。"顾乐佳笑道："怎么，唐子华回来了？""是啊是啊，刚回来就开始安排工作，可能会打扰你们两个的订婚仪式！"涂晓雯抱歉起来，面对这样的情况，顾乐佳也没有什么办法拒绝，只能答应。

看着车窗外的景色，唐子华不禁感慨，熟悉的景色，却遇不到熟悉的人，那个熟悉的广场上，一对小情侣幸福地拥抱着，女孩犹如当年怀里的陈琳珊一样幸福，只是那种幸福，却在瞬间成为幻想，再也没有出现过。

没过一会，他的电话响了起来："晓雯，准备得怎么样了？""我正要告诉你，一切顺利，工作小组已经就位，你只管喊开始吧。"电话那头的涂晓雯平静地说。

唐子华乐了："我就知道，有你办事绝对没有问题，没辜负我当年的眼光。"涂晓雯仍旧保持微弱却不乱的声音："行了，看你高兴的，现在在开车吗？"唐子华应了一声，涂晓雯的语气变了："给你说过多少次，开车时注意，你不怕路上危险啊！""没事，啊！"电话中唐子华的语气有些紧张，就这样中断了。"喂！"涂晓雯紧张起来，再次拨打着唐子华的电话，却始终无法接通。

车里，唐子华的电话一直响个不停。"没事……用点力气，过一会就好了！"驾驶座上的唐子华一脸痛苦的表情，不断地让双脚用力，这一次惊吓，直到现在也惊魂未定。过了一会，唐子华用他颤抖的手接起电话："喂……"电话那头，涂晓雯担心地喊着："你个闯祸的，总算接电话了。"

他走下车子打量起来："幸好，只是蹭了一下！""我说你怎么开车的？"车上冲下一个一身笔挺西装的男子，咆哮着向唐子华走来。唐子华摘下墨镜，靠在车前擦拭着眼镜："西装男，我还想问问你呢，你会开车吗？没看见路标？是你没视力看不到还是不认字？"

"你怎么说话的！"西装男怒喊，唐子华一脸不在乎："我这么说话了，你自己看着办吧！""彦磊，走了，别在这里浪费时间！"车内一个头戴草帽，脖间挂着一件并不常见的小纪念金币的妙龄女子呼喊着。

唐子华瞟了一眼，嘴角露出了微笑，戴上墨镜，一副满不在意的样子走向车前。"你想干什么！"西装男紧张起来。"和你没关系，给我闪开！"唐子华推开他阻挡的手，满脸诡异笑容地说："这么巧，我当是谁呢，原来是你。"面对女子的不解，唐子华无奈地摘下墨镜："这下看到没有，我，唐子华！"

"哎呀！"女子一身惊叫，"都这么大了！"唐子华嘴巴微张，呆了一下："注意，我也比你小不了几岁，干吗一见面就损我！""刘朦，这是……"西装男看两人聊得火热，走到两人身边，"你没事吧，这事情我来处理！"刘朦挡住了他："不用，我小时候的朋友！"

唐子华鄙视地瞟了一眼:"你老公?""想哪去了,先不说了,我们有事先去处理,以后有机会再说吧!"刘朦看了看表,催促着西装男。

"西装男。"看着车子离开,唐子华带着鄙视的语气摇头,就在这时,身后被人拍了一下:"你怎么跑来了!""我刚才听你电话突然断线,担心你硬撑,赶过来看看,没事吧,看你脸色不太好看?"涂晓雯说道。"没事,"唐子华淡淡地说,"可能被吓着了。"涂晓雯点头回答:"没事就好,刚好我也饿了,咱们就在这附近吃饭吧,顺便把工作向你汇报一下!"

"你不讹我一顿饭是不是心里不舒服?"还未等他多说,涂晓雯已经打断了他的话。"是啊是啊,这你也是知道的,前面就有一家烤鸭店,去那里吧!"和唐子华相处久了,涂晓雯知道这样的抱怨只是唐子华随口说说,也算是他已经答应的信号。

餐厅里,唐子华看着眼前开心的涂晓雯,心中百感纠结,在他的心中,安静得连呼吸都能听得清楚。"还没有找到她?"涂晓雯不动声色,却说出了这样的话,他万万没有想到,涂晓雯说出这样的话。"我想再出去一阵子。"

唐子华不知如何措辞,涂晓雯笑了:"要去就去吧,这边不用担心,我们几个在这里帮你看着,不会有大问题的。""晓雯!"唐子华双眼紧盯涂晓雯,"有你在真好!""打住吧!"涂晓雯拦住唐子华,"当时不同往日,我有男朋友了,这样的话还是少说,免得引起误会。"唐子华尴尬地笑着,微微抽了一下自己的嘴。

陈少军的办公室外,钱文伟在那里小声讨论,吴泽走到跟前问道:"你们又在说什么,还真么神秘的。"钱文伟拉过他:"知道吗，公司正准备扩展业务，按照规定，必须要由副总级别的人员管理，我看非你莫属了。"

吴泽笑了起来："瞎说什么！"钱文伟说道："这不是假话，我们还指望吴总到时候多多提拔我们这些兄弟了。""行了，看你事多的，少不了大家的好处。"吴泽拍了一下他，随即靠在门边，希望能听到一些消息。

办公室里，周奕璇看着审批材料的陈少军，不禁说道："陈总，还有什么指示和安排吗？"陈少军合起材料："这段时间辛苦你了，这个是你应得的！"说到这里，陈少军从抽屉里取出一张信，放到她面前。

"升职推荐信啊！"周奕璇不知所措地看着陈少军。"没错。"陈少军说道，"这两年你兢兢业业，不得不承认，你是一个好下属，领导只说半句话你就能理解，但这样的人不一定是好领导，从现在开始，你要由一个只听半句话的人，变成一个只说半句话的人。"

"真的？"周奕璇先是激动，随后放下已经拿起的推荐信，"陈总，能告诉我理由吗？""你这两年来的功劳我都清楚，同时我们需要扩展业务，我相信公司的员工不希望由一个秘书来主持负责这件事情，所以，你应该有一个适合的身份，恭喜你，现在是我公司的副总了。"陈少军说到这里，侧着头对她表示认可。

周奕璇还是表示出自己的担心："如果真这么做，吴泽那边该怎么交代，毕竟他和您的关系……"陈少军拦住她："吴泽虽然是我表弟，我也承认他这些年的功劳，告诉他计划让他执行，他不会出错，但是让他独自谋划事情带领团队，他还不是那块料。"

此时此刻，吴泽正抚摸着那个空闲已久的副总座位，满怀期望地等候着陈少军的出现，宣布自己上任的决定。当门打开的瞬间，他的眼睛中充满了希望，也充满了对自己的认可。

陈少军招呼着大家："这几天，我或多或少听到有人在说新增加副总人选的事情，不错，我们决定开展新业务，所以需要一名得力的人员来担任这个角色，下面，由我为大家介绍一下新任命的副总，周奕璇。"陈少军话音刚落，吴泽的表情有些挂不住，他抽动着脸上的肌肉，注视起周围的人们。

周奕璇拍着手说道："各位，其实我还是一个初学者，在未来的日子里，你们的经验和能力，都是我应该学习的，如果我有什么不对的地方，也希望大家能够提出。"人群中，有的感到不解，有的议论纷纷，有的更是开始八卦传闻。

"怎么，对我的任命不满？"陈少军瞟了一眼员工，带着强硬的口气质问，看着静悄悄的情景，他继续说道："既然这样，我就宣布下一条命令，周奕璇出任副总，你们必须配合，听明白了吗？"这一时刻，下面的钱文伟沉默不语。

"拉我到这里做什么！"吴泽对将他拉到角落的钱文伟说道，钱文伟张望四周："你就这么甘心？"吴泽冷笑着："你说副总的事情？陈总既然这么安排，必然有他的用意。""但是……"钱文伟话还没说完，就被吴泽拦下："事情已经成这样了，还是先别过多参与，好好地做自己本分的事情吧！"

看着吴泽的态度，钱文伟不知该如何行止，他的眼中，或许会将这个黄毛丫头恨死，他径直走到陈少军的办公室，对陈少军说道："陈总，你不能给周奕璇这么高的职位。"陈少军抬起头看了他一眼，脸色平静："为什么？"

钱文伟想了一想:"她的关系背景原因。""哦?"陈少军表示疑问,却没有更多表态。钱文伟继续说道:"她是唐子华的妹妹,到这里来十有八九是他的间谍。"陈少军听到这里,却开始发笑:"是吴泽让你这么说的?"

"不,这是我看到的。"钱文伟坚定起来,陈少军愣了一下:"我知道了,你出去吧。""陈总!"钱文伟刚要说些什么,却看到陈少军挥手示意他离去。"这怎么可能,为什么他不相信我!"钱文伟一阵纳闷,但还是快快走出。"下班之后,餐厅里找我。"钱文伟出来之后,悄悄走到周奕璇面前,吩咐了一声。

在将她约到餐厅的时候,自己的心中仍然不断盘算。而此时,周奕璇也走过来,坐到他对面:"有什么事情就快点说,我没时间和你浪费。"

钱文伟说道:"你最好注意一些,这个职位不是你能担任的,早点下来对自己安全,你的底细我知道得一清二楚,只要我稍微放出风声,后果你知道的。"

"是吗?"周奕璇冷笑一声,"放出我什么消息?""你和唐子华的关系!"钱文伟提高了语气,"我想你知道后果的,也明白其中的利害关系。"周奕璇微微点头:"是啊,所以你也更应该清楚自己现在的处境吧?"

"处境?"钱文伟不解,"我有什么可担心的?"周奕璇笑道:"你没发现吗?别人都是左右逢源,但是你自己却左右为难,不论站在哪里,都找不到自己的位置,也总是在琢磨那些可能不属于你的东西,小心最后人财两空,什么也得不到。"

"你!"钱文伟有些生气,却再次被周奕璇阻止:"别生气,生气了只会让你更暴躁,领导自然有领导的用人方法,能让我来担任副总,必然也是他的考虑,现在,陈少军信任的是我,你的所有举动,在他那里的反馈只会是为了功利,最后只会徒劳。劝你还是安安稳稳地做好自己的事情吧。"

夜里,涂晓雯站在阳台上,看着外面漆黑的夜色,长舒一口气。"一个人在阳台干什么?"顾乐佳从身后拍着她的肩膀,嬉笑着走来。涂晓雯笑道:"没事,只是很久没有看夜景了,觉得很久没有欣赏和放松了!""是啊!"顾乐佳叹道,"一眨眼都两年了,这两年发生了多少事情。"

涂晓雯只是看着星空,嘴角微笑,顾乐佳指着她说道:"嘴角漏出甜甜的微笑,是不是又在想他了?""瞎说什么!"涂晓雯在回避这个问题,却让顾乐佳紧逼一步:"行了,再装下去可就没意思了,我可一眼看出来你心里的想法,大家都是成年人,有什么刻意隐瞒的。"

"差不多行了。"谭中傲从一边走来,"帮子华搬个新家,你们两个倒在这里享受着,大晚上的打算住这里?"顾乐佳急忙说:"算了,不管怎么说,金窝银窝不如自己的狗窝。"谭中傲微微一笑,看着涂晓雯:"你呢?"涂晓雯说道:"这里还有些要收拾的,你们先走吧。""也好。"谭中傲点头,带着顾乐佳离开。

人走了没多久,涂晓雯环顾四周,拨通了电话:"你真决定这么做了?这无疑是一场大的赌博!"电话那边,唐子华点头应道:"我当然知道,这是一次豪赌,而且我们是釜底抽薪,但凡有别的办法,我是绝对不会这样做的,所以,你可要想好了,这次你不用陪在我身边冒险。"

涂晓雯笑了："行了吧，没有我，你能行吗？"唐子华也是一阵傻笑："还是关系好啊，这么多年也只有你这样跟着我折腾。"涂晓雯看着他："行了，废话还是少说一些，我先把我所知道的告诉你，避免慌乱。"

时间就这样一分一秒过去，两人的电话一直到日出时分还未挂断，看着东方茫茫发白的天空，涂晓雯才恍然大悟："天都亮了！赶紧睡吧，别到时候弄得挺帅一小伙，变成了一灰头土脸大叔！""你也别笑话我，自己差不了多少。"电话那头，唐子华依旧逗着她。

此时此刻，门铃响起，"先不多说了，有人敲门。"涂晓雯挂断电话打开房门，外面出现的人让她呆住："琳子，你怎么突然回来了？"陈琳珊笑了，她拖着行李箱走入屋内："我是专程回来的，子华呢？"涂晓雯叹息道："刚出门没几天，我一会给他打个电话通知一声，让他回来。"

陈琳珊看着涂晓雯，呆愣了一下："你们……是不是在一起了？"涂晓雯急忙挥手解释："不是，你别误会，他这不是没在，所以我就过来帮忙搬东西，因为太晚了才没回去！"听到这话，陈琳珊表情逐渐舒缓了。

"对了，你还真是厉害，唐子华刚搬家没几天，这里要多难找有多难找，我们费了好大劲才找到，你一下就走对了。"涂晓雯漫不经心地说。"哪里，运气好吧！"陈琳珊尴尬地笑着，眼神也多了一些飘忽不定。

过了一会，涂晓雯拿着电话，嘴角露出微笑："你们两个真挺不凑巧的，他刚离开，你就回来了。""他没说什么时候回来？"陈琳珊着急问道。涂晓雯两手一摊，坐在沙发上："你懂得，他这人总是说风就是雨，不过应该就在这几天吧！""没关系！"陈琳珊静静地说着，"我想看看大家，很久没见面了。""当然，大家也很想念你！"涂晓雯说着，就招呼着她向楼下走去。

单位里，顾乐佳蹦蹦跳跳来到正在说话的谭中傲身边，双手蒙住他的眼睛。"干什么啊！"谭中傲无奈地说，"你没看到我正和颜晓梦说事情吗？"颜晓梦看着这对恋人："有两年多没和大家见面了，还希望你们能够多多指点了，不过办公室恋情，这里真没关系？"

"适可而止，毕竟是办公地点，不影响工作就好了！"谭中傲默默说道。"这是我第十八次听到同样的话！"顾乐佳一脸无奈的表情，使得颜晓梦不解："以前还有谁说过？""她啊！"顾乐佳得意地指着刚从外面走进来的涂晓雯。

"你们来得早啊！"涂晓雯挥手向各位问候，走到顾乐佳身边，"有新同事来了，也不提前告诉我？"顾乐佳回击道："你来迟了，所以待会才打算告诉你……"

"那我呢？是不是也要介绍一下？"门口传来陈琳珊的声音，让顾乐佳有些发呆，她缓缓转过头来："啊！琳子，你……你回来了……你不知道唐子华找你找得多辛苦！"涂晓雯呵呵走到陈琳珊的面前："琳子想通了，她要和我们一起生活，也为追随找他的人。""你们这一言一语的，很容易把琳子吓着！"张琨从办公室走出来，开心地说，"别理会他们，刚回来不让人家休息一下吗，太没有人性了。"说着，他便安排着陈琳珊的位置。

"看看人家，刚一回来就是专人接待，什么时候我能享受到这样的待遇？"顾乐佳看着张琨和陈琳珊离开的身影，不禁叹息起来。涂晓雯戳着她："我是不知道什么时候你能享受到，但是我知道你什么

— 141 —

时候享受不到!""啊!"顾乐佳转身问道,"为什么?"涂晓雯指着不远处一直张望陈琳珊的谭中傲:"那就是原因了!"

说到这里,顾乐佳的怒气已经显现在脸上,她冲到谭中傲身边,一把揪起他的耳朵:"干什么?人家琳子刚回来你就看个没完,什么时候多了这个心眼了?学着当花花公子!"谭中傲叫喊着挣脱顾乐佳:"听我说,我看陈琳珊有些不对劲!"

"什么不对劲,她多个胳膊还是少条腿?别给自己找借口了!"面对谭中傲的解释,顾乐佳根本没有搭理。"别争执了!"涂晓雯见两人没有办法休止,上前劝道,"够了,好好地干什么要吵架呢,我们先听听他是怎么说的!"

"谁爱听谁听!"顾乐佳扔下这么一句话,气冲冲地走开。"你别蛮不讲理好不好!"谭中傲发出无奈的抗议,坐在椅子上喘着粗气。涂晓雯安慰道:"别生气了,毕竟乐佳还小,有时间再和她解释!""她的脾气你我都清楚,我怕她小孩子脾气出来,没法收场!"谭中傲摊开双手,语气变得有些急躁。

涂晓雯急忙按住他:"干什么,怎么解决是你的事情,我就是一帮忙的,不和你说了。"看着已经冷静的谭中傲,涂晓雯松开了手,开始收拾自己的头发。

"刚才拉架都把你头发弄乱了,一会怎么去见彦磊!对了,这次谁主动的?"谭中傲有气无力地说着。"他啊,"涂晓雯静静说道,"我是不会有很明显的表示,要不然太没形象了!""祝你好运了!"谭中傲摆了摆手,瘫坐在椅子上,没有动弹。

"去死去死!"顾乐佳冲进休息室,冲着门前的植物拳打脚踢。一旁路过的颜晓梦倒没有着急,送走前来谈话的商户便走上前来:

"怎么了?"顾乐佳没有答话,仍然揪扯着树叶。"适可而止,这是公司财产,不是你的谭中傲。"

"别提他,烦着呢!"顾乐佳没有好气地说。"到底发生什么事情?"颜晓梦转过身,余光仍然盯着自己要保护的植物。"晓梦,你别问好吗?这好歹也算是我们自己的事情吧!"顾乐佳不愿意回答,走到一旁,呆呆看向远方。

看着张琨为自己安排的事情,陈琳珊说道:"真谢谢你了!"张琨乐了:"这有什么谢的,你走之后这里人员变动很大,你还是先适应一下,之后我再给你安排!"陈琳珊点头应了一声。张琨笑了:"行了,一会有人来谈点事情,我不招呼你了。"

待到张琨走后,她悠闲地溜出,问涂晓雯:"能不能把我们目前的工作给我说说呢?"涂晓雯呆了一下,张大嘴看着眼前的陈琳珊,不知该怎么回答。陈琳珊无奈地摇着头:"是不是我不应该问?还是我问错人了?"

涂晓雯说道:"琳子你忘了,青霜的结构组成是由思盈拟定的,未来规划是唐子华起草的,当时你也在场,这才两年的时间,不应该忘记吧?"陈琳珊笑了一下:"时间久了,还真得记不清出多少事情,何况我这么久没有回来,不是很了解目前的情况。"涂晓雯叹息一声:"我们目前也就刚刚稳固而已,路还长着呢。"

"还有呢?"陈琳珊很喜欢追问下去,涂晓雯叹息一声:"别提了,他把事情搞大了,什么网站媒体、广告宣传策划、影视拍摄都在进行,这两年部门合了分,分了合,不下六次,他美名其曰资源有效利用。"

"真的吗?"陈琳珊显得挺高兴。涂晓雯打量着她:"不是吧,以前你听到这样类似的话，就会微微一笑，今天反倒兴奋起来？你又不是第一天认识他。""我……我……我这不是长时间不见他，以为他变了！"陈琳珊解释起来，"现在看来他好像没有变！"

"他？"涂晓雯笑道，"根本不可能改变，要是改变了怎么能叫唐子华呢？奇怪了，这些你不都知道吗？"面对这样的问题，陈琳珊显得很尴尬："没办法，万事都有意外，我担心罢了。""那还是免了，没有这个必要！"涂晓雯宽慰着她，在她的心里，眼前的陈琳珊更像是个离家很久，正在熟悉一切的孩子。

"有什么消息呢？"餐厅里，吃着早饭的魏絮儿向对面坐着的赵蕊问道。赵蕊嘴角微笑："正在看，现在的媒体真是越来越无聊了，全是脑残的新闻！""这么无聊就别看了。"魏絮儿说着，夺过赵蕊手中的报纸，赵蕊无言以对，注视着魏絮儿。"别生气嘛！"魏絮儿安慰道，"我这也是为你好，不然被噎住了怎么办？对了，琳子还好吧？"

魏絮儿突然说出这样的话，让赵蕊没有想到，两年前的突然离开，让她与陈琳珊联系变得不甚密切，原因很简单，陈琳珊在回避，却又不想忘记。"对琳子来说，或许是一个期待，也可能是没有完成的休止符。"赵蕊静静地说着，却不忘提醒魏絮儿，"见到子华可千万不能说出来。"

"对了，我们这次送的资料我整理了一下，我发现最近有很多地产商和投资商也加入到文化产业里，不过大多数是以文化炒地皮和房价，这是趋势走向，陈少军也跟着加入进来，对唐子华来说很不利。"魏絮儿拿着资料，她对前景持有担心的态度。赵蕊接过材料，陷入沉思。

一个小小的咖啡吧里，张琨坐在桌前，表情中带有紧张地不时张望窗外，看到周奕璇到来，急忙挥手示意。"这么张扬，不怕别人知道！"周奕璇轻声叮嘱，"找我有什么事？"张琨嬉笑地倒好茶："那个……我还真不知道该怎么说……"

周奕璇看着他："要不你先想想怎么措辞，然后再告诉我。"张琨看着桌上酒杯里的酒，拿起来狠狠喝了一口："我是想和你说，我喜欢你。"周奕璇一听，愣在那里没有说话，张琨继续说道："见你第一面时，我只知道你是个外向大大咧咧的人，但是子华住院的时候，我看到你对亲人的关心，那种奋不顾身的感觉，让我重新开始认识你。"

"所以你追求我？"周奕璇笑起来，倒使得张琨尴尬地坐着："我知道你条件好，我也知道我的情况，如果你……""我哥常说，你喜欢逗女孩，也会招花引蝶。"周奕璇默默说着，张琨急忙说道："我知道，我以前确实花心，现在回想起来，我真得挺后悔的，耽误了几年大好青春。"

周奕璇笑了一下："但是我哥也说了，你这个朋友值得交，表面上是有些花心，但是在关键时刻，你是那个能在他身前担当的人。"张琨听到这里，摸着后脑勺，憨憨笑着："他真这么说了？"周奕璇点着头："我对你的情况还是比较了解的，但是你对我的情况了解多少？"

张琨摇头："我只知道，你叫唐子华哥，家庭条件也是不错的，其他的并不知情。"周奕璇侧着脑袋："你对我没有多少了解，就要追我？"听到这话，张琨撇着嘴，一副失落的表情，"不好意思，打扰你这么长时间。"他站起身，在给周奕璇道歉后，向门外走去。

"想不想听听我的故事?"身后传来周奕璇的声音,张琨回过头,开心地说:"当然想!"周奕璇捧起手中的茶,看着窗外:"我是在单亲家庭长大的,父亲早在十四年前就去世了,也是在那时候,因为缺乏安全感,我性格开始变得古怪,身上也经常有和别人打架的伤疤,甚至一度让自己沉沦堕落。"

"那段时间,世界是遗弃我的,至少当时我是这么想的。"周奕璇说着,"'你看到的是阳光,收获的绝对也是阳光,看到的是不幸,生活中将会充满不幸。'这是他告诉我的,也只有他,会在我故意刁难他的时候,在我身边不离不弃,用尽全力护着我。

我还记得那时候,思盈姐还在,他为了我,还和思盈姐吵过一次,那是他们之间唯一的一次争吵,严重到已经出现分手的情况。"

周奕璇嘴角微翘,"没有我哥,就没有我,两年前在医院的时候,我真的很害怕,因为我可能要再次失去一个亲人。"

"那时候你情绪激动,我只以为你情绪激动,关心唐子华。"张琨小心翼翼地说着。周奕璇回答道:"其实,我们早就是兄妹了,从他照顾我的第一天起,他就是我哥,在别人眼中,我是富家女,不愁吃穿,在他眼中,我只是他妹妹。"

听到这里,张琨缓缓拉着她的手:"我知道,他爱护你,所以才会和钱文伟争执、吵翻,你也一样,所以才选择了到陈少军这边帮他打探消息,你们彼此都希望为对方多付出一些,甚至从来不顾及自己的未来。"

"未来?"周奕璇不禁苦笑,"也是,我们的未来,真的挺遥远的,这个世界,又有谁能让我们相信?又怎么能保证,那些人不是为了其他目的而来?刘馨的事情,钱文伟的事情,那也只不过是两年前发生的。"

"我可以理解,"张琨说道,"在现在的社会中,处在你们这种位置,许多人有着种种目的想接近你们,让你们逐渐对爱情缺少安全感,刘馨这么做过,钱文伟也曾想过要这样,因为这个社会,因为巨大的利益诱惑,让人们不得不去提,但是还是有人会真心付出。"

"是啊,就像琳子姐那样!"周奕璇叹息一声,"明明可以享受到好日子,明明两个人是彼此相爱的,却想要确定究竟是不是爱情而远离,在别人眼中,她是个笨蛋,不知道为什么,我偏偏喜欢这样的笨蛋。"

"我也是这样的,虽然面包要有,但是也需要用真心才能换来真情,我知道,我说的话你可能会怀疑,但是我可以用行动来证明。"

"神经病,我没说答应你。"周奕璇蔑视着他,张琨一愣,正要张口,却听到随即而来的后半句,"至少需要观察一段期限。"

"在想什么?"魏絮儿不禁叹息一声,将咖啡放在赵蕊身前,"从早饭开始沉思,有那个必要吗?"赵蕊随意翻阅桌前的材料:"我也不想,但是青霜和我们属于合作公司,万一他们亏损,也会给我们造成不小的影响,所以还是有必要提醒他的。"

"我觉得,担心事情的发生还不如去阻止,这样更好。"魏絮儿简简单单地说。"说得轻松,真有那么容易就完成吗?但是子华的性格,他要是认定的事情,是很难被改变的。""我知道,"魏絮儿笑了,"所以想个办法,让他有所了解!"

"既然这样,我给他打电话问问!顺便看看他是不是找到琳子了?"说着,赵蕊拨通电话。魏絮儿摇摆着手:"琳子她今天早上就回来了,刚才我从青霜回来是看到她了,不过很奇怪,她竟然没有认出我!"

"如果不是因为天天和你见面,我也认不出你!"赵蕊故意捉弄起她。"我变化有那么大吗?"因为爱美的心态,魏絮儿担心起来。看着她紧张的样子,赵蕊拿着电话笑道:"当然,越变越美了!不过说真的,平时她都是到我这里,为什么这次直接去他那里。"

"我有一个好消息和坏消息,先听哪个?"赵蕊的话语让唐子华惊讶了,十秒钟后才传来他的声音:"坏消息吧!"赵蕊淡淡地说道:"根据我们的了解,最近陈少军可能要开始进军文化产业,而且是以地产项目走的,目前发展情况很好,我分析可能会挤占你的市场!"

"我早就料到了,好事情是什么?"唐子华那边的声音很是平静。"琳子回来了,现在在你们青霜。"听到赵蕊这句话的唐子华惊愕了,他手拿电话,两眼目不转睛向前看去,口中喃喃自语:"这才是真的坏消息!""什么?"赵蕊不敢相信自己的耳朵,电话那边,唐子华一直沉静。

"怎么?是不是出现事情了?"赵蕊的神情让魏絮儿担心,赵蕊皱着眉头:"不知道他怎么想的,突然没有音讯,现在电话也没法接通。"魏絮儿解释起来:"或许他电话关机有事!别着急!"赵蕊喃喃念道:"他的电话从来没关过!"

周奕璇站在陈少军的办公室外,心中充满了疑虑,她不知道陈少军为何这样做,也不知道陈少军以后的计划,"陈总,我……"再敲开门后,缓缓问道,"能告诉我任命我的原因吗?我觉得这并不是所谓的赏罚制度。"

"说得对!"陈少军点头应道,"我知道你会在这几天过来找我,方便解开你心中的疑惑。看看这个。"说到这里，陈少军将一份报纸放到周奕璇面前，"由于目前西部城市处于大发展阶段，为了扩大城市规模和经济效应，我们将自己定义为文化中心，因为我们有着悠久的文化和传统，所以大规模地发展文化产业，是一种必然的趋势，因为这个趋势的存在，也就变得很有利益价值。对我们来说，道理也是一样的。""您的意思是让我们发展文化产业？"周奕璇迎合一句，"但是我们不具备这样的链条。"

"没有产业链就做不起来吗！"陈少军看了一眼她，"我所要的不是这样，试想一下，如果我们在历史文物附近有地，然后抛出文化概念，利用我们已经存在的资金和招商的方法打造项目，让地价升值，时机差不多的时候，趁机出售转让，这样不就获利更多？"

周奕璇若有所思，在她的脑海中，不断地将这个思维与大梦计划进行比较。"陈总，这样对未来的城市发展是否有影响？"周奕璇还是将这句话说了出来。陈少军表情冷静："现在我们这座城市，就像是一匹老马，如果说它还有一些价值，那就是这里面的文化，如果不能让这匹老马重回青春，那最好的就是发挥它的价值，将它卖掉。"

"但是这样我们千百年的历史和这座古城可就……"周奕璇还是有些着急，却被陈少军打断："我知道你的心情，也知道这座城市的意义，但是想一想，历代王朝都对这座城市进行过改建，但是最后，不都被这座城市包容，这就是厚重。我们，只是在和前人做同样的事情。"

看着周奕璇的样子，陈少军随即宽慰起来："我们处在是一个发展中的城市，而目前，因为发展，房子也是人们必需的生活用品，文化产业只是个概念，其实质内容在于背后隐藏的经济利益，这是我们商人应该做的事情。但是这件事情非你莫属，去吧，我相信你的能力。"

看着陈少军的表情，听着陈少军的言论，周奕璇惊呆了，她万万没有料到，自己的上司会有这样的认识，虽然她不知道什么是文化产业，但是她心里切实地了解，只要这套方案实施下去，会有多少人因为房子问题奔波忙碌，又会对这座历史名城造成多大的影响。

她不敢想象，未来多年后，曾经那些儿时的回忆会否存在，那千百年的印记是否依旧，那个梦，那个永远不熄灭的大梦，是否还会存在，是否会因此胎死腹中，但无论如何，她已经是这个项目的负责人，她曾经千方百计想帮助实现的梦想，却要眼睁睁看着，甚至被自己毁灭，这对自己来说，是多大的一个讽刺。

8

青霜的下午，还是和往日一样，躁动中带着些欢乐，涂晓雯坐在电脑前，正和唐子华视频着。"最近过得不好？怎么一下瘦成这样？"唐子华看着有些憔悴的涂晓雯说。涂晓雯没好气地说："你还好意思问，你的工作都是我来做，赶紧回来，我也就解放了。"

"再等等，我在这边遇到点事情，正在处理！"唐子华静静说道。"让我说，你最好早点回来，说不定会有好事。"涂晓雯笑着，悄悄说，"琳子回来了。"

"她在哪？"唐子华瞪大眼睛追问，"看你急的，她回来找的我，都回来有两天了，你这两天电话一直关机，好不容易有机会了，赶紧通知你。"涂晓雯偷笑着，"不骗你，快点回来吧。"就在这时，唐子华已经下了线。

此时，办公室外面突然炸出一声喧闹，涂晓雯一阵惊讶，冲到外面，却看到谭中傲单膝跪地，手中捧着一枚戒指正对顾乐佳求婚：

"小乐，我不浪漫，不会照顾人，不懂得你的心思，没有多少钱，死板，这些年你却和我在一起，不论什么情况，不论多少困难，唐子华羡慕我们……"

"老兄，说主题，这都是铺垫！"张琨有些着急，从嘴里轻声挤出一句，或许谭中傲听到了，他深吸一口气："我想让这里的所有人羡慕我们，你嫁给我吧！"看着周围人的起哄，顾乐佳因为害羞脸红起来。

张琨看到这里，悄悄走到顾乐佳的身后，暗暗将她向前推了一把，顾乐佳重心不稳，径直向谭中傲扑来，这一跌，却正好落在他的怀中，周围人更加兴奋。顾乐佳张望着四周，轻轻敲打着谭中傲的肩膀。"干得挺漂亮啊。"颜晓梦悄悄对张琨说了一句，"谭中傲该请你吃饭了！""说什么？"张琨故作不知，"我就是看热闹而已！"

"好吧，好吧！"颜晓梦会心一笑："我什么都没看见。"涂晓雯走到二人身前："就这么准备正式二人生活了？"谭中傲点头说道："是的，我已经想好了，只要小乐答应，明天我就带她去婚纱店看婚纱，当然，如果你有时间，也欢迎一起去吧！"

"我应该有些时间。"涂晓雯点头应道，而张琨则凑过来："我说，有时间也顺便捎带个我吧。""你？"涂晓雯皱着眉头，"你又不结婚，去干什么！"张琨斜眼看了她一眼："谁告诉你的，我现在找到了。""又是哪个临时的？"谭中傲问道。

"说什么呢！"张琨回应，"我现在不说，明天给你们一个惊喜！""好吧，都敬请期待吧，我再回去问问张彦磊，如果他也能去就更好了！"涂晓雯说道。一旁的颜晓梦回想起来："婚纱一定要精心挑选，我哥和嫂子结婚的时候，婚纱前前后后试了很多，前前后后折腾了近半个月时间。"

"看起来的确比较麻烦，但也是女人一辈子最美的时候，当然要精挑细选了。"涂晓雯回应着，随即向陈琳珊问道："你要不要一起，也可以给你自己提前订制。""啊？"陈琳珊说道，"还是改天吧，我有些事情要帮忙处理一下。"

婚纱店里，谭中傲陪着顾乐佳正在欢欣雀跃地尝试着每一个婚纱造型，这一次，他打破以往的习惯，亲自为自己心爱的人挑选每一件婚纱，为她装扮出最好看的造型，而这一切，都被不远处的涂晓雯和颜晓梦看在眼里。

"希望他们一辈子都会这样！"涂晓雯发出一句感慨，"你不是也差不多。"颜晓梦补充一句，四周张望起来："还说两个人过来，怎么就变成一个了！""还说，"涂晓雯叹息一声，"本来说得好好地，结果他们老板临时派他出去了。""我见过两次，不是挺风光的人么。"谭中傲说道。涂晓雯更是摇头："算了，先不管这事情了，帮小乐看婚纱才是重点。"

婚纱的种类繁多，有着千种款式，也正因为这样，在店的那头，一个熟悉的身影正悠悠漫步，嘴角微笑着看着不同款式的婚纱。"琳子！"涂晓雯一声惊呼："你不是有事吗？"陈琳珊看着她们两个："我这是心血来潮，过来走走，你们……"

"你们看，这套不错吧！"顾乐佳从后面开心地走出，对着他们喊着，看到陈琳珊后，声音更大了，"琳子，你回来了，快帮我看看，给一些意见了！"

陈琳珊看了一下："你这款很有意大利风格，不过我建议裙子改用鱼尾裙可以更好地展露你的身形。""不错啊，你还去过意大利？"

涂晓雯一阵惊讶，陈琳珊得意起来："嗯，我这两年有一半的时间都在意大利进修啊！"

就在这时，张琨从外面冒冒失失地杀进来："你们知道我看到什么了？就在那里……"说到这里，他瞟了一眼涂晓雯，变得一言不发。"怎么了说话啊！"张琨的突然终止，让她很上火，"到底有什么好事情，说出来听听！"

张琨的嘴巴开始打架："刚才我在厕所，发现两只猫在那里乱搞，另一只猫看了一眼，大概没有承受住，吐了！"涂晓雯翻着白眼："这点小事你也值得大惊小怪！对了，你不是说今天给我们一个惊喜吗？在哪？"张琨抿着嘴，看了一眼涂晓雯。

"不好意思，我来晚了！"周奕璇的声音让所有人都惊讶起来。"我的天，琳子在这里和我们遇到已经算惊喜了，没想到还有更让人想不到的！"涂晓雯感叹起来。"我还是在观察期，没有最终下结论。"周奕璇微笑着说道。

"好了，该说的都说完了，这伴郎伴娘团也算都有了吧！"张琨赶紧说着，他生怕在这个时候别人对自己的评论让气氛尴尬，急匆匆地向周奕璇使了个眼色。周奕璇会心一笑，对涂晓雯说道："晓雯姐，最近感情路发展得不错，那是不是也要挑选一下。"涂晓雯点着头，和周奕璇等人一同离去。

"是不是有什么话不能当涂晓雯的面说呢？"待到众人走后，陈琳珊关切地问。"你看出来了！"张琨静静说道。陈琳珊笑了："刚才说话的时候，你一直注视她的表情，现在又让璇璇把她带着一起试衣服，很明显是有事。"张琨苦笑着："还是什么都瞒不过你，我在过来的路上，看到涂晓雯的男朋友搂着一个女孩，两人显得很亲密。"

"这件事情还有别人知道吗？"陈琳珊细心问道，张琨摇头："目前就我们三个，别人都不知情！"陈琳珊点头："很好，先封锁消息，我现在出去一趟，你帮我给他们道个别！"说到这里，陈琳珊已然离去，看着急匆匆而走的陈琳珊，涂晓雯甚是不解："怎么回事，刚来又走了？"张琨笑道："她昨天不是说了吗，今天有事情要忙，过来一趟已经不容易了！"

机场里，陈琳珊紧张地看着周围，对涂晓雯说道："他就快回来了，我怎么有些紧张！"涂晓雯宽慰着她："这很正常，所谓小别胜新婚，何况你们有两年没见面了，这心情我懂得！"

"不好意思，迟了一点！"唐子华从通道走出，看到她身后的陈琳珊，随即迎着她走来，默默说道，"怎么？外面疯够了，舍得回来见我。"陈琳珊呆滞地看了看他，没说出话来。

"不会这么激动吧？话都不会说了。"唐子华微微一笑，"算了，给一个热烈的拥抱！"话音刚落，还未等陈琳珊考虑，便已搂住陈琳珊："这两年你让我找得好苦，我不会再让你溜掉的。"陈琳珊还是不语，表情带着一些害羞。

"琳子，说话啊！"涂晓雯看到这里，不断地提醒着。陈琳珊用那颤抖的声音回答："这两年，你真的一直都在找我？"唐子华微笑着点头，涂晓雯上前说道："是啊，两年来，每一个地方几乎都有他的足迹，都是为了找你。"陈琳珊听到这里，缓缓说道："傻瓜，你这样是为了什么，其实我一直在你身边，从未走远！"

"这下你们团聚了。"看着面前的两人，涂晓雯欣慰说道："不错吧，这应该是一个完美的故事，我不打扰了！""你去哪里？"唐子华搂着陈琳珊问道。"还用说吗？"涂晓雯自嘲起来："当然是找彦磊了，晚上我请你们吃饭，帮我把把关！"

"我看我还是走吧！"餐桌前，张彦磊不断站起，一次次被涂晓雯按下，这时的天，已经深邃地让人心里发颤，萨克斯的旋律充斥其中，简单的绿树植物，完全包围着两人。"你干什么，让你见唐子华，又不是见我爹妈！用得着紧张吗？"涂晓雯不满地嘟囔。张彦磊心里没有底："可他是你的上司，而且我听别人说过，他脾气可不是多好，万一有什么事情，我不遭殃呀！"

"出息！"涂晓雯撅着嘴鄙视起来，"平时见你不是挺风光的吗，怎么现在人还没到，就和老鼠见了猫一样。告诉你，他今天刚回来，拿出平时的样子，别给我丢人！"张彦磊点了点头："这几点了？怎么还没有出现？"涂晓雯看了看表，笑道："别着急，他是不会差一分钟的。"

"嗨，各位朋友，你们好啊！"不知怎么的，唐子华带着极具夸张的动作大声喊道，"还是那么地准时，我就这么出现了！"张彦磊听到这样的声音，悄悄对涂晓雯说道："他没事吧？怎么觉得有些别扭？"涂晓雯摇起头来："别提了，今天心上人回来了，正得意忘形，习惯就好！"

"哎！"唐子华刚刚走进，一脸惊愕的表情，嘴巴大张，手指直指张彦磊，一声惊呼，"西装男，怎么是你！"张彦磊和涂晓雯惊讶地瞅着他。"他没事吧？"面对已经定格的唐子华，张彦磊问道。"这也算是夸张的表情？"涂晓雯双手摊开，眼神中透漏出不可思议。

唐子华挠了挠后脑，走到张彦磊面前，嘴唇紧闭，难过的表情加上不断摇晃的食指，半天不说一句话。"你这表演可真够夸张的！快点坐吧，再不然菜我们吃完了。"涂晓雯瞅着他，摇了摇头，"我不是邀请琳子了嘛,怎么只有你一个?"唐子华无奈地笑了:"她来不了了,说什么同学有事情需要她帮忙!"

"同学?"涂晓雯惊奇地说,"她出去两年,还有同学在这里?""天知道!"唐子华撇着嘴回答,"是不是你惹她了,才在一起不到一天,就闹别扭了!"涂晓雯有些八卦了。"瞎说什么!"唐子华并不太愿意提及此事,扭头看着旁边。

此时,张彦磊的双眼从未离开唐子华,这让他有些不太自然:"喂,别看着我了,是不是有什么事情?"说着,他推着涂晓雯说道:"瞎愣着干什么?帮我到楼下挑一条项链,我找了半天都没找到,刚才听服务人员说下面有。"

"还说没有吵架!"涂晓雯有些不高兴,"以后对人家好些!"唐子华点头答应:"知道了,你的话我什么时候没听过!"虽然涂晓雯有些不太乐意,却仍抵不过唐子华死皮赖脸的乞求,最终还是答应了。她刚一离开,唐子华的脸色不再玩世不恭,一脸严肃地看着张彦磊:"说,那天怎么回事?"

"你说什么?"张彦磊瞅着他问道,唐子华瞟了一眼他:"不要明知故问,还是自己说说吧,你和刘朦之间的关系吧!""那就是一普通朋友,那天顺道坐个顺风车,谁想会和你撞车!"张彦磊满不在乎地回应他。

唐子华深吸一口气,凑到桌前:"听着,我不是那种只相信表面的人,我告诉你,涂晓雯是我从小到大最好的朋友,最信任的人,就像我亲妹妹一样,我不管你之前怎么样,但是如果以后再让我知道这样的事情,我绝对会采取必要行动的。"

"能告诉我你的必要行动是什么吗?"张彦磊看着唐子华,眼神中充满的不是恐惧,而是孤僻的冷傲,这样的眼神,也只有在陈少军和唐子华身上有过,那眼神充满了敌对和不屑,充满了种种不信任。"到时候你会知道的!"唐子华缓缓说道,"如果你想知道的话,就尽管去做。"

"你要的项链!"涂晓雯拿着一条项链走上来,打断了两人的对话。唐子华接过项链,对她说道:"这么好的项链,自然需要好的配饰,如果一块好玉落到不识货的流氓手中,那可是遭殃了!"涂晓雯拍着他:"别没正经了,赶紧想办法哄琳子高兴吧。"

一大清早,涂晓雯将一个信封递给顾乐佳,悄悄地说:"昨晚唐子华给的。""给我的啊?"顾乐佳指着自己准备拆开的信封,却被涂晓雯拦下:"一会再看。"

她刚说着,一把拦住走过的陈琳珊,将她拉到一边小声地说:"昨晚过得怎么样?"陈琳珊不禁叹息一声:"哎,别提了,我昨天在家等了半天,一直到我睡着都没见他回来,早上醒来发现他睡到客厅里。""不会还没和解吧?"涂晓雯斜着脑袋看着她。"和解?"陈琳珊有些不太明白,"要不然子华怎么会睡沙发呢?"涂晓雯半开玩笑地说着。陈琳珊摇头否定:"这也想知道原因。""难道子华没把项链送给她?"涂晓雯心中喃喃念道,一时间不知该如何向陈琳珊解释,她看着唐子华的办公室,又想起了昨天的事情。

"你倒是说句话!"涂晓雯走到唐子华的办公室里问道,"给个意见了!""什么意见?"唐子华转着身子问道。"别演戏了,你今天躲不过去,说!"涂晓雯的态度一再强硬。唐子华叹息一声:"你真的确定这个西装男……张彦磊是你喜欢的?""如果没有意外,非他不嫁!"涂晓雯怀揣着希望。唐子华凝视着她:"你还是先自己考虑一下,我希望这次我判断错了!""还用说,一定是的!"看着涂晓雯充满信心的眼神,他突然感到,一个前所未有的大事正向自己扑来。

办公区传来顾乐佳开心的呼喊:"真的吗?帮我看看,我不是在做梦吧?""真的!"面对她充满期许的眸子,谭中傲冷静地应道,"唐子华已经下了批文了,策划部由你分管,你可以完成你的心愿了!""啊!我爱死你了!"顾乐佳抱着他一阵乱跳。

"你确定?"顾乐佳在谭中傲的办公桌前开心地呼喊。"真的!"谭中傲冷静地应道,"涂晓雯给我带来的最新消息,你得到大家的肯定,决定晋升你为副总监!""啊!我爱死你了!"顾乐佳抱着他一阵乱跳。

"哎呀!"一个声音传了过来,"你看着点儿!"顾乐佳这才发觉自己把人撞了,急忙上前道歉,却在抬头的一瞬间将脸拉了下来:"真是稀客,我当是谁这么大口气,原来是死了两年的刘馨诈尸了!""你会不会说话!"刘馨看着顾乐佳急忙喊道。

"刘馨是谁?"一旁的颜晓梦不禁问着,却被顾乐佳听到了,她清着嗓子,对旁边的员工们说道:"我想最近两年来的同事们并不了解这个人,她叫刘馨,以前呢,是咱们公司的,当然,也是老板唐子华的前女友——之一。"

她故意拖着长音,注视着四周的动静,颜晓梦打断了她:"等等,你说唐子华和她……不可能,子华以前喜欢的是刘思盈,后来喜欢陈琳珊,怎么有她什么事?"说到这里,员工们已经开始议论纷纷,对老板的感情问题,员工们始终保持着兴趣。

"她自己封的呗。"顾乐佳轻蔑地嘲笑着刘馨,"后来老板因为她受伤住院,她当天就跑了,还失去了联系,直到子华出院回公司,她又重新杀回来要给她赔偿,然后丢人丢大了,失踪了两年,怎么,现在又回来了?"

刘馨看着她:"听着,我今天来不是和你谈这些的,我是有事情找你们老板。""找我们老板。"顾乐佳大声对员工们说道,"她想找老板,你够资格吗?""你又有什么资格跟我说话!"刘馨回应着她。"那你又是什么样的资格?"身后传来一个人的声音。

"外面又炸锅了?"办公室里的唐子华听到外面的声音,不禁问起涂晓雯。"估计顾乐佳看到了那份批文了。"涂晓雯看了一眼外面,语气都变了,"天啊,你看谁来了!"唐子华向外面看了一眼,惊讶地喃喃自语:"她跑来这里是找打吗!"说到这里,他扔下手头的一切向外冲去。

"你别冲动!"涂晓雯拦着唐子华,"我冲动吗?"唐子华甩开她的手,"我只是想知道她有什么脸跑到我这里来。"说到这里,他转身说道:"听着,你把我们害得还不够,还想继续伤害我?还是琳子?还是过来炫耀自己的?"

"几年过去了,你怎么还这样?"刘馨笑起来,唐子华冷笑一声:"是啊,我也纳闷,为什么我一见你就满脑子充血,想要替琳子报仇呢!""就凭你?"刘馨露出轻蔑的表情,"两年的时间里,你怎么还是这样,就这么小的规模,根本没法和现在我们公司比。"

"又在哪学的不要脸技术,过来试试手?"唐子华默默说着,他转过身,"刘馨,两年了,你也没怎么变,一样的爱慕虚荣,一样的贪婪,是不是最近又换了几任男朋友,被几个男人玩腻了?想让这里人踢你屁股了?"

　　员工们惊讶了,他们没有想到,平时斯斯文文的唐子华,今天会爆发出这样的毒舌。"散了吧!"涂晓雯赶紧让人们离开,同时暗示着唐子华。唐子华深吸一口气,看着发呆中的刘馨:"听着,我没心思和你在这里胡搅蛮缠,现在你最好立即从我这里消失。"

　　"消消气吧!"让所有人没有想到的是,待刘馨刚走,陈琳珊在这时候站出来劝说,"别生这么大气了,毕竟都是过去的事情。""在我这里就不能!"唐子华大喊一声,"两年来,我忘不了她是怎么害你的,也忘不了她是怎么对青霜的。"

　　"就算是这样,你今天能不能听我一次?"陈琳珊有些着急,"两年了,你知道我在外面是什么样吗?为什么不想着现在和我好好地在一起,却要纠结过去的事情?"唐子华冷冷地看了她一眼:"别的可以,但是这件事,我还真要做到底!"

　　"快看快看,吵架了!"大厅的顾乐佳戳着谭中傲说道,谭中傲显得不是很关心:"拜托,他们两个吵架会有人管!"话音刚落,涂晓雯和王尧已经冲上前死命拉开两人:"干什么?刚见面几天就争吵,还是因为这样一个烂人,不值得,不然以后怎么办!"

　　"事先说明!我没有错!"唐子华一脸正经,口中喃喃自语,"早知道我不回来了!""别瞎说!"王尧劝解道,"我说你们两个都互相珍惜一下好吗,当年来之不易的感情,可不能在瞬间毁掉!""我倒是想保持,但是有些人不认同!"唐子华甩出这样一句话。

　　"别以为只有你一个人付出。"陈琳珊冷冷地说道,"有些事情完全没有必要去纠结,有必要为了这些事情争论吗?你的梦想就是这些吗?""这是我的事情,至于你怎么认为,随你!"唐子华冷冷地回复着，陈琳珊眼角沁着泪光："如果是这样，那真太伤心了。"说着，她不顾涂晓雯的呼喊，向外走去。

"何必这样呢？你们真的应该考虑一下！"涂晓雯走回来劝说，却听到唐子华的回答："是该考虑我今天晚上住哪。""什么？"王尧一阵惊讶。唐子华继续说道："麻烦你们谁转告一下陈琳珊，让她今晚自己在家吃夜宵，我不伺候了！"

"子华，你和琳子何必闹僵呢，大家有话好好说！"涂晓雯极力劝解着。唐子华冷冷说道："涂晓雯，有些事情你最好不要插手，那样会惹人烦的！"

"你说什么？"涂晓雯一阵惊讶，表情不是很自然。唐子华依旧冷酷："我劝你先想想自己的事情，别再烦我！""去你的！"涂晓雯一个耳光扇在唐子华脸上，"少在这里教训别人！"唐子华摸着自己的脸，默默说道："麻烦，遇到大事了！"

"彦磊，我从来没有见过他这么失去理性，竟然连我也骂！"涂晓雯在张彦磊身边抱怨着。张彦磊只是静静地倾听，半天才说道："每个人都有犯错误的时候，或许这也是他的一个错误。""你怎么为他辩解？"涂晓雯一脸不悦，"他可是对你没什么好感！""随他去吧！"张彦磊说道，"你对我有好感不就行了！"

"晓雯姐姐，"陈琳珊一阵悠扬的声音，打断了他们两个的谈话。陈琳珊尴尬地说："不好意思，打扰你们，今天的事情，我想请你谅解子华。""别啊！"涂晓雯走上前去，"你在这时候不能对他心软，一定要采取强势态度。""这是小乐教的？"陈琳珊笑了，"能不能找一个地方单独谈话？"

"有什么事情非要单独说？"涂晓雯瞟了一眼张彦磊问道。陈琳珊眉头紧皱："今天你为我们的事情，我真的谢谢你，不过那时子华也正在气头，你也是知道的，可能今天让他想起以前的事情，脑子一热，行为也就偏激了，对你说的……"

"没关系！"涂晓雯未等她说完，抓住她的手，"我们只是偶尔争论一下，发完脾气就没事了，如果他没有那脾气，也镇压不住办公室的那些小猴，习惯了就好了。""我明白，"陈琳珊默默说道，"但是我总有种不好的感觉。"

次日清晨，谭中傲走到顾乐佳旁边，轻轻戳着她的背："涂晓雯怎么了？到现在都没有汇报工作。""刚才听琳子说子华早上出去后到现在都没回来，来单位的时候一身香水味，要知道，他是受不住香水的味道的。"顾乐佳叹息了一声。谭中傲提高了警惕："难道他……""声音那么大干什么，你想……"顾乐佳尖声的叫喊让她察觉到不妙，又压低了声音，"我们要阻止唐子华犯错误。"谭中傲摇起头："我担心他已经犯了。"

就在这时，涂晓雯再也无法忍受下去，拍着桌子冲入唐子华办公室："说，昨天晚上你是不是做了对不起琳子的事情！"唐子华看着账目，并没有在意涂晓雯的话题："来得刚好，你看看这个账目，目前我们的效益还算不错，有几个风投正在对我们进行评估，未来还是很明朗的！"

"我在和你说正事！别岔开话题！"涂晓雯很气愤，"我也是很认真的，不过我现在还不会让他这么做。"唐子华的假正经让涂晓雯无法接受："你是不是移情别恋，喜欢别的女孩？""我？"唐子华惊讶地指着自己。

"别装了，"涂晓雯很生气，"我真不知道，琳子对你那么好，你凭什么对不起她?"唐子华显得一脸无辜:"你从哪听来的消息?她那个脾气让人怎么接受?""这么说你打算分手了?"涂晓雯气愤地质问起来。唐子华却显得冷静:"是啊,大家都是成年人了,没有感觉了,也没有在一起的基本条件了,不分手干什么!"

"你到底在犯什么浑!"涂晓雯还是不依不饶,"琳子对大家的态度是有目共睹的,你们就不能成熟一些,求同存异吗?"唐子华默默说道:"最近大梦计划的第二步正在实施,资金问题已经让我很难受,我不想在这个时候出差错,别让我分心好吗?"

就在这时,周奕璇走进办公室,看着两人的表情:"怎么了?""你问他自己!"涂晓雯叹息着走了。"哥,发生什么事情了?"周奕璇向前走来问着。"你跑这里干什么?不上班吗?"唐子华合上本子。"休息一天,也顺便过来跟你说些事情。"就在这时,她注意到哥哥的脸色不是很好看,"怎么了?是不是谁惹你了?"

"你最好不要在这里出现。"唐子华张望着四周,悄声叮嘱。周奕璇点头,从包里拿出一沓文件:"这是陈少军准备的新思路方向,他任命我为副总,全权负责这些事情。"唐子华接过文件,仔细阅读起来,没多一会,唐子华已经浑身发抖。

"哥,"周奕璇还是有些不放心,"这个计划,是不是会造成严重后果?""怎么这么说?"唐子华依旧低头看着。"我感觉这个方法就是杀鸡取卵,钱是赚到了,但是未来后续发展都没有了,没有具体的实体作为支持,很难进行下去。"周奕璇回答着。

"没错,这个做法的确像你所说的。"唐子华说道,"杀鸡取卵。""有什么办法能够阻止?"周奕璇问道。"办法倒是有,但是需要时间和经济。"唐子华慢慢说道,"我们可以先从一些比较能引起人关注的事情入手,陈少军做的是文化表面,那我们就从内在进行。"

"比如?"周奕璇问着他,唐子华轻声咳嗽了一下:"璇璇,其实文化传媒公司并不是做活动或者承包项目来赚钱的,而是依靠更深层次的东西。"唐子华说到这里,指着桌前的一个剧本:"这就是它的核心,你有了剧本,就可以将它变成任何形式,小说也好,漫画也罢,动画片或是电影都可以。"

"你是不是想说,传媒的内在核心是媒介传播,而不是表面活动经济?"周奕璇好像有所了解。"没错,我们搭建的平台,就可以供我们以任何的形式来展示,但是目前这个大环境,却还停留在经济的表层现象,其原因是由于表层赚钱容易,就是所谓的快钱,而要达到深层,则需要五年以上的时间。"唐子华仔细解释着其中的细节。

"哥,我知道我们是刚上轨道,如果我给你一单生意,是不是能够更快地让那天早些到来?"周奕璇看着唐子华说,唐子华蓦然点头:"当然,这是一定的。""打开看看吧!"周奕璇从包里抽出一份文件,"这是我从陈少军那边截获的,目前除我之外没人知道,我想这单项目的价值,足够在没有任何其他项目的情况下,供青霜维持三年,也应该足够解决你的资金链问题吧?"

唐子华看得两眼放光:"何止,至少能节约我三年的时间!"周奕璇叹息一声:"我在想,陈少军接下这单生意,是可以做得不错,但是对未来的价值,远远没有这边这么大,所以,宝剑赠英雄了。""你还真敢这么做。"唐子华嘴角微翘,"我也这么堂而皇之地接受了。"周奕璇点头:"谁都想好好为自己的公司出力,只是陈少军这样的做法，真的太让人……失望。"

"作为一个商人，他这么做没问题。"唐子华的话让周奕璇感到吃惊，她没想到两个人会保持一致。"商人的第一目标就是赚钱，让利润达到最大化，为了这个目的，可以采用任何手段，何况政府也需要发展经济，因为经济与人民的生活质量和繁荣程度息息相关，因此，最快的赚钱方法，就是地皮交易，而陈少军的做法，显然是可取的。"

周奕璇有些担心："但长期这样发展下去，所有的文化都会成为一片废墟，只有华丽的外表，没有内在的东西，假和尚，假道士，假景点催动着周边房地产的发展，只会让原本百年清誉沦为后世唾骂，这也是你想看到的？"

"那正是我目前需要的。"唐子华的脸上露出一些笑容。"什么？"周奕璇更是不明白了。唐子华站起身："目前的文化产业，其实都处在一个初级阶段，人们都为了一些经济利益，甘愿成为产业链中一个可有可无的环节，随时可能被替换掉，因此，对整个行业来说，是坏事，但对我们而言，或许是件好事。"

周奕璇眉头紧锁，思索着唐子华的话。唐子华欣慰起来："我们现在处在一个危机情况，因为陈少军会用这样的方法迅速超过我们，他们在里面可以吃肉，而我们只能喝汤，这是不好的，但是外表的浮华最终无法抵挡内在的质量，等到那天的时候，我们只需要厚积薄发。"

"那时候，青霜就是这样的老大，是这个意思吧？"周奕璇回应着，唐子华点着头："没错，现在唯一要做的是坚持，以不变应万变，只要我们能好好地发展下去，相信会有机会的。"

"那倒是，不过现在的情况真不好说，据我所知，陈少军最近从北京请来了一批动漫的高手，想要……"周奕璇说着。"这个我知道，"唐子华冷冷说着，"他会高薪聘请一些顶级行业人员和我们竞争，用这种方式逼迫我亏损或者转行，典型的陈少军做法。"

沉寂了一会后，突然，他对周奕璇说道："听着，我现在需要你帮我去办一件事情。现在，你到絮儿以前住的地方。""为……为什么？"周奕璇还不是很了解。唐子华推搡着她，将一团小纸条塞在她手中："别问那么多，中间谁问也别提起，到了之后会有答案！"

周奕璇答应了一声，立即起身离开。看着她离开的身影，唐子华看到了一种可能，可以一改目前青霜那点滴积累资金的被动，他明白，这个决定也许会打赢漂亮的翻身仗，但肯定会伤害一些人，一些在这段时间里，始终坚定地站在自己身边的人。他的电话响起来，脸上露出了一丝笑容，一声亲爱的从他的嘴里蹦了出来，也同样进入了周奕璇的耳朵。

"说得怎么样了？"顾乐佳拦下涂晓雯，"究竟是不是真的？"涂晓雯没有说话，只是呆呆点着头。"感觉他最近有些奇怪，原来是这个原因！"顾乐佳很自信地说着。"你看出来了？"谭中傲悄声问道。"当然，看他回来这几天的表现，完全就是一反差，以前对我们都多好的，不发脾气不冒火，就是嘴毒一点。看看现在，一天到晚不说话地板着脸，给谁看啊！"

周奕璇刚走出几步，被顾乐佳一把拉住："璇璇，你察觉他有什么不对劲的吗？"周奕璇环顾四周："是很不对劲，他今天一直赶我走，还对着电话里喊什么亲爱的，以前从没这样！""你也知道了？"涂晓雯嘟着嘴，"他还真有胆子说出！"

周奕璇应声说道:"我也感到很奇怪,不过,那是他自己的事情!""你还想得真通透!"顾乐佳强挤出笑容,瞟着谭中傲:"他要是敢这么做,我废了他!"谭中傲听后,赶忙摇头否定。"先不说了,我要走了。"周奕璇摇手挥别,立即向外走去。

顾乐佳坐在餐厅的桌前,看着呆呆的谭中傲:"你觉得这个张彦磊会怎样?"谭中傲倒是很冷淡:"天知道,只要别像唐子华那样花心就行!""但是到现在这个时候,为什么还没有来?"顾乐佳的话让谭中傲无法回答。

"什么?"楼下,涂晓雯讲着电话,语气比较失望,"你又不能来?""是啊,你也知道,我这边很忙的!"电话里,张彦磊解释道。涂晓雯失望地转过身:"我知道,那我不打扰你了!"说到这里,她转过身,叹息起来。

"行了行了,有什么事情以后说好吗?"一阵熟悉的声音传入她的耳朵,"子华?"涂晓雯一阵惊讶,"他……不是和琳子闹别扭,怎么会这么高兴地和别人打电话?"由于怀疑的心情速起,使得她的脚步悄悄跟着唐子华。

"我知道了,你只管安心地去吧,一切我都会处理好的!"一个电话刚结束,另一个电话就响起来,不过这次,唐子华的语气不是很好。"你自己考虑,虽然咱们关系不错,但是你也是成年人,也该掂量一下孰轻孰重,这件事情可小可大,全在你们的一念之差,我不希望影响到以后!"唐子华明显不愉快。

刘媵挂断了电话,抱头叹息。"别管他!"此时,她身边的张彦磊凑过来,"唐子华太过紧张,我会做好的!"刘媵推开他:"也不是,我觉得是时候考虑我们的事情!""考虑什么?"张彦磊故作不

— 168 —

解。刘朦转身说道："张彦磊，我们不可能长期这样，就算骗得过一时，也骗不过一世，何况我这样跟你在一起，完全……"说到这里，她渐渐不说话了。

"涂晓雯？"张彦磊呼唤起来，"她，是很好，可是不适合我，我们也不可能在一起！""那为什么……"刘朦不禁呼喊，张彦磊摇头笑道："这就是个简单的利用，她有唐子华这样一个靠山，关系网也不错，和她在一起可以少奋斗一段时间。"

"那我们呢？"刘朦明显不悦，"也是逢场作戏？就这样随随便便的？""瞎说什么！"张彦磊肯定地回答，"我这不是想办法让我们过上更好的日子嘛，只要我能拿到那份计划，就可以借机会投奔其他公司，然后就可以衣食无忧了，如果我现在不利用这么好的资源，浪费了多可惜。"他一边说着，一边挑起刘朦的下巴："最终，和你在一起的人，一定是我！"

涂晓雯一直看着前方不停张望的唐子华，心中盘算起最近的事情。"喂！"不知何时，王尧出现在这里，惊讶地发现躲在花坛边的涂晓雯，由于注意力过于集中在唐子华身上，涂晓雯忘记了身后的呼喊。王尧叹息一声，跟上前拍着她后脑："喂，好奇心强到开始偷窥了？"涂晓雯看着他那太过明显的目标，一把将他按在地上："小点声！"

"怎么？做了什么亏心事，要躲躲藏藏！"王尧趴在地上，至于发生了什么，他完全不知道。"别问那么多！"涂晓雯一边说着，一边探出脑袋张望。在好奇心的驱使下，王尧也探出了头，却见到唐子华搂着一个衣着时尚，年纪约二十二三岁的女子走进酒店。

"他……他……这怎么……情人……"王尧明显结巴起来，涂晓雯拍着他:"你没看错,我也正在纳闷赶紧看看情况,谁想到你跑来了!"王尧打了自己脸一下:"好了,是我多事,耽误了重要信息!"

"得了,这下安宁了,他们失踪了!"涂晓雯气愤地说道,"你是来干什么的,真太是时候了。""我过来吃饭的!"王尧说道,"谁能想到在这里遇见你!""吃饭!"涂晓雯听到这里,才猛然反应过来自己在这里约了顾乐佳和谭中傲。她急急忙忙地奔向楼上。

9

  一桌佳肴,一瓶美酒,微弱的灯光,映着唐子华的脸,昏暗的灯光下,手中的两只酒杯,轻轻递给正对面那在烛光照耀下的美女,修长的手指,清澈的眸子,乌黑光亮的长发,完全出现在唐子华的眼中。美人羞涩起来,凑到他的脸前:"我们认识以来,你是第一次这么陪我!"

  唐子华看着身边的美人,一脸愧疚:"这两年来,你一直在帮我,我却没有能够回报,四年中,你为了救我,几次遇到危险,我却一直没能让你幸福,也不能让你开心。现在还连累你躲藏,不能出现在大家的视线中。这样还算是对你好吗?"灯光的黑暗,让他看不清楚美女的表情,客厅里一阵安静。

  半晌,他才听到释怀的声音:"傻瓜,为了自己深爱的人付出再大的心血,也不会觉得累,只会觉得我们同甘共苦,这才是最高兴的!"唐子华怔了一下,紧紧抓住她:"有你,我会面对一切。"对面，没有声音。

"别，千万别激动！"次日一早，顾乐佳劝说涂晓雯，"不怕他开除你？现在找工作这么难……"涂晓雯伸出右手阻止："我还真不信，凭姐姐一身本事，闯荡也不是问题，我足以甩掉竞争对手八条马路！""是啊！"谭中傲从旁走过，冷冷插话，"别人在青藏高原，你尸陈黄浦江了！""你！"涂晓雯指着他，脸已经发红。"注意，他来了！"顾乐佳悄悄吩咐一句，走回桌前。

"都在！"唐子华简单地说了一句，整理起自己的衣服。"你回来！"涂晓雯一把抓过他，"昨天你跑哪疯了？一晚上不在家！""你觉得我这身衣服怎么样？"唐子华拽起衣服，像孩子一样。"我和你说正经事情，我昨晚看到了，你对得起琳子吗？"唐子华瞪大了眼睛："你都看见了？"

涂晓雯上前狠狠地掐着他："你怎么能这样，一次又一次对不起她，她在你心里到底是什么？"唐子华沉默不语，涂晓雯愤怒道："你现在就跟我走，把事情说清楚！"唐子华拉住她的手："你干什么？我解释什么事情？""你还装是吗？"涂晓雯愤怒地指着他，语无伦次，"唐子华，以前你的事情被人揭穿了，就会假装下去，现在是不是也来这一套？告诉你，我和你一起长大的，你什么样我不知道？"

"嗯，很像样子！"唐子华点着头，"下次把这样的精神用到你该注意的事情上。""你！"涂晓雯显然很不高兴，唐子华整理自己的衣服："这些我个人的私事你先别管，马上通知谭中傲的技术部门开会，我有安排！"

"在最近这一年里，我们保持着原有的势头，同时也遭遇过不少的打击，由于目前行业的形势，各个公司以试图赚快钱的方式竞争，对我们造成了不小的影响……"听着台上唐子华的长篇大论，下面的顾乐佳悄悄嘟囔着："你说他会受早上情绪的影响吗？"

谭中傲摇头："不知道，他有时候很容易情绪化，这么急着找我们开会，估计是有大事情要发生了。""谭中傲，"唐子华叫着他的名字，"我需要你做出一个有关古建的样片。"谭中傲默默点头："行，你给我半个月的时间。"

"你最多只有十天。"唐子华冷冰冰地答复着。"十天！"顾乐佳有些不满意，"这不是逼着你做不可能完成的事情吗！"谭中傲安抚着她，立即对唐子华说道："这次为什么这么着急？我需要了解情况。"

"因为这个。"唐子华从桌前拿出一份项目资料，"各位，这个项目的数额非常大，而且时间也很紧凑，但是这有可能改变我们的未来，可能让我们不再像如今这样被动，我希望各位在最近几天能够将力量用到一起，一起克服这个困难。"

说到这里，唐子华环视周围，瞟了一眼顾乐佳："因为条件限制，小乐，你必须在两天之内向我提交策划方案，我们要尽快地为技术部争取时间。"顾乐佳有些怯怕，毕竟她是第一次在策划的岗位上执行："明白了，我会尽力的。""这个很重要，有必要的话公司会提供支持的。"唐子华稳定着顾乐佳的心。

待到人走之后，顾乐佳走到唐子华身边："真这么着急啊？"唐子华看着她："是啊，这个月底开始投标，关系重大，内部审核需要确认审核一遍。""但是我……"顾乐佳有些不知该怎么说，"你不怕我把事情弄砸了？"

"听着，"唐子华一脸严肃，"策划要时刻对自己提出几个问题，第一，对方想要什么；第二，你要做什么；第三，为什么这么做，抓住这三个问题，只要能够讲解清楚，基本核心是跑不了的。""但是……"顾乐佳还是有些不太放心，唐子华拍着她的肩膀："放心大胆地做，相信你自己。"

陈少军看着吴泽送来的资料，仔细询问着："最近外面情况如何？有没有什么动静？"吴泽自己有些担心，犹豫了一阵后："没有，不过唐子华动作比较大，短短的时间里规模也已经起来，最近招收人员的数量也开始加大。"

"正常情况，这是他计划的一部分，按照常理，他该开始转型让自己扩大了。"陈少军很冷静地分析着。"迅速的扩大规模会导致短时间内入不敷出，如果没有明显起色，他会考虑接下来的做法了，毕竟资金会是个大问题。"

门外，周奕璇走入："陈总，开发区那边已经基本同意了，这是他们给出的意见和整理的修改方案，需要您签字确认一下。"陈少军接过文件，看了一眼周奕璇："辛苦了，你这么好的姑娘，怎么连男朋友也没有？""您怎么看出来的？"周奕璇一脸惊愕和害羞。

"别的姑娘在下班之后都会积极地打扮收拾，然后迅速下楼，门外也有一群男孩在等着，绝对不会耽误太久的时间，至于落下的工作，也自然会延后到第二天。"陈少军仔细分析着，"但是你每次下班之后也不着急，每次都是非要把手里的事情处理完才走。"

周奕璇乐了："我不喜欢把事情拖得靠后，因为每一天都有新的目标和任务，完成了目标和任务除了能让自己满足，更是对生命的充实。"陈少军笑了一下："你这话让我想起了一个人，她也像你这么有思想。"说到这里,他在文件上签下名字,递还给周奕璇。

此时,周奕璇的电话响起来,在接过电话之后,她便向外走去,却被钱文伟拦住:"你又要出去了?"周奕璇鄙视着看了他一眼:"我需要向你请假吗?""你不在公司上班,一天到晚往外面跑,不会是通风报信吧?"钱文伟的话刺激着周奕璇,满脸愤怒地盯着他。

"我听说周奕璇最近工作态度变得有些不太正常,她每天只身到外面,基本一天在公司停留两三个小时。"办公室里,吴泽对陈少军说着。陈少军有些轻蔑地笑道:"她是公司的高层,整天坐班那是中层的职责,只要她能把我要的事情办好,什么形式还重要吗?"

"但是……"吴泽刚要说话,被陈少军打断:"没有什么多余的,我虽然和唐子华很多观点是矛盾对立的,但是这点我很认同,只要最后结果是我想要的,过程如何也不会在乎。"

"神经病!"周奕璇在车上骂道,"一个叛徒,还有脸说我,论职位我比他高,有什么资格说我。""论情形你们差不多,你不也给唐子华提供消息吗?"张琨回复着。周奕璇拍打着他:"我是身在曹营心在汉,我……"

周奕璇停止了话语,一声不响地看着右侧广场。"怎么了?"张琨捂着自己被撞到的额头。正在这时,周奕璇打开车门跳下车:"你把车开走,我有事情,回来再和你解释。""又是这样,突发奇想!"张琨无奈地摇着头,将车开走。

拥挤的人群里,周奕璇走在其中,一直来到街边的咖啡馆里,"东西都在这里。"刘馨的声音传入周奕璇的耳中,而对面,钱文伟正在不断翻看着文件。"他们后天就要去接洽,这是他们准备的资料方案,内线费了不少功夫拿到的,我们必须抢在他们前面。"周奕璇一怔："他们……怎么在一起！"

钱文伟得意地说道："唐子华怎么都没有想到自己最信任的人会是我们的人。""感情，永远是靠不住的，人和人在一起，只有目的和利益存在。"刘馨嘲笑起来，"这个简单的道理，唐子华居然不了解，真是可笑至极。"

周奕璇听到这里，不禁一惊，急忙站起身向外走去。"那个人我好像在哪见过！"刘馨看着背影说道，随即站起身来。而在此时，张琨一只手捂住周奕璇的嘴，将她拉向最深处的格档里。"我看你是多想了！"钱文伟呵呵一笑，并没有在意。

"你怎么跟来了？"深处的格档里，周奕璇看着眼前的张琨，张琨略带气愤："还说，我不拉你过来，你现在已经被发现了。""吓死我了知道吗！"周奕璇警惕地说着，"刘馨和钱文伟在一起，我觉得会有什么事情发生。""什么事情？"张琨问道，周奕璇转着眼珠子："跟我走。"

两人驱车行进了许久，来到了一处公寓门前，看着她叫门，张琨还是不太理解："你带我到这里干什么？"周奕璇转过头："我哥跟我叮嘱过，如果有什么不明白就过来，有时候我真不明白，这是青霜的事情，为什么要让我找魏絮儿，难道会有什么帮助？"

屋内，魏絮儿打坐在沙发上对二人说道："刚才你们说的情况我已经了解了。""如果说最信任的人背叛我哥，现在他身边最信任的人，就是陈琳珊和涂晓雯。"周奕璇说道："涂晓雯前几天和我哥争吵过，当时还打了我哥一巴掌。""这么说两个人因为这样而导致关系裂痕，刘馨在此时乘虚而入，盗取了项目的相关资料。"张琨在一旁说道。

"不会的！"周奕璇说道，"我哥和涂晓雯以前也没有少吵过，两个人不会因为这样的问题而出现裂痕的。"周奕璇点头说道："但是总不会是琳子姐吧！但是有什么理由呢？"张琨说道："我想这事情我知道，据说唐子华在外面有女人，还被涂晓雯和王尧看到了。"

魏絮儿有些惊讶："什么？你们确定那人是谁吗？"张琨摇头说道："没有，王尧告诉我当时只看到了那女人的背影，涂晓雯去问唐子华那人是谁，是否对得起琳子的时候，两个人起了争执。"魏絮儿默默说道："照你们说的，因为子华外面有女人，琳子因爱成恨，要毁了唐子华所有的事情。"

"怎么会这样！"周奕璇拍着脑袋，"那我们该怎么办？"周奕璇显然有些接受不了，仍然念叨不停，从小到大，唐子华就如同精神领袖一样指引着她的行动，如今，这个精神的象征在她面前垮塌了，"为什么我哥会变成这样？以前他眼里揉不进沙子，也看不惯那些出轨的人，但是他现在……"

"你相信他吗？"魏絮儿问道，张琨回答道："他以前是让人能够完全相信的，忠诚和诺言是他最重要的……""你相信他吗！"魏絮儿再次问道，周奕璇点头，却没有说话。"听着，子华没有变，他曾经有的，现在依旧存在，他没有放弃他的爱情，也没有放弃他所追求的事业和信仰。"周奕璇听到这里，嘴角微瘪，却没有一声答复。

送走了周奕璇二人，魏絮儿回过头来，敲开屋内的门："你为了子华这么牺牲，值得吗？""值得，因为我爱他，也信任他。"微弱的灯光中，映射着陈琳珊坚定的目光。"两年意大利学习算是毁了。"魏絮儿无奈地说。

一大早,周奕璇走到青霜的大门口,却发现涂晓雯等人脸色沉重。"怎么了?"周奕璇关切地问道。"那单生意出现问题了。"涂晓雯悄悄说道,"我们今天去开会商谈,结果发现吴泽出现在那里,而且他们的方案和我们的一模一样。""我哥他怎么样?"周奕璇担心起来,涂晓雯指着办公室:"他回来后就一直在自己办公室待着,你去看看他吧。"

"哥,我来了!"周奕璇小心翼翼地走进唐子华的办公室,此时,唐子华正在自己桌前,手中拿着一张照片发呆。"你来了,"唐子华将照片扣下,招呼着她。"事情我已经听说了,"周奕璇缓缓叹息,将那天她所见到的情况告诉了唐子华。

"因此,我觉得刘馨那天给钱文伟的,应该就是被外泄的资料,但是怎么到她手上的?"周奕璇说道。"管他的!"唐子华大大咧咧地说,"有追究方案怎么到她手上的精力,倒不如想想下来该怎么补救才是真的。"

"哥!"周奕璇愣住了,依照唐子华往常的性格,他一定会追究到底,一种坚决复仇的气势会凸显而出,但是现在,却觉得他根本无所谓。周奕璇呼喊一声,正欲问个究竟,却想到了两天前魏絮儿的话,又一次停止了。

夜色里,唐子华来到魏絮儿的家中,轻轻地敲着房门,"回来了!"陈琳珊开门迎着唐子华,闻到唐子华一股酒味,"是不是又喝酒了?"唐子华默默点头,一把搂住她:"陪我说说话好吗?"陈琳珊默默点头:"是不是遇到什么事情了?"

唐子华并未说明,他只是坐在那里:"琳子,最近发生了很多事情。""我知道,璇璇已经告诉我了。"陈琳珊缓缓说道,唐子华微微点头:"为了梦想,为了能够让大家带着梦想走下去,我可能会做出一些牺牲,大家可能不会理解,也可能无法接受,而且还要让你这样陪着,没有给你需要的承诺,没有给你众星捧月的仪式,我真的……"

"这些都不重要。"陈琳珊打断他,"不论如何,我都会支持你。为了一个喜欢的人,一个知道爱着你的人,再大的牺牲又算得了什么。Se non avete mai traite, lo farò vita dipendente e la norte。"唐子华轻抚着爱人,深吸一口气:"这世界,有你足矣。"

会场上,唐子华右手托腮,愁眉紧锁。此时此刻,他的心情非常复杂,周围的人们眼睛齐刷刷看着他。"怎么不说了?"唐子华回过神问道,"该你说话了!"涂晓雯瞪着他,嘴里默默挤出一句。

唐子华有些恍惚,站起身深吸一口气:"各位同事,青霜是我们打造出来的,这几年,我们在座的各位都很辛苦,你们是青霜的创始人,也是我的恩人,目前公司出现了一系列的问题,使得整体无法统一有效地管理,所以,我做出了以下决定……"

"感觉不太妙。"顾乐佳悄悄说道。谭中傲说道:"是啊,我也觉得奇怪,权力下放是基本策略,而且也挺好的,这怎么就不适应了。这里面一定有问题。"此时,唐子华在台上念着一些人的名字,突然说道:"刚才我念名字的人,从今天起,不再是青霜的成员。"

"什么?"谭中傲惊坐起,"你为什么要这么做!"唐子华将报表推向他身前:"不好意思,还有一件事情我忘了说了,青霜的所有股份现在已经完全归我个人所有,也就是说,你们不听是不行的!"顾乐佳也是不理解:"唐子华,你能告诉我为什么要这么做吗?这些年大家做得不好吗?还是兔死狗烹鸟尽弓藏?"

唐子华漫不经心地说道："那些没有才能的人，我干什么要留下，收下管理权也是为了精简团队。"涂晓雯已经走到他的身前，指着他说道："你是不是真下决心了？""是的！"唐子华没有抬头看她，涂晓雯气愤地说道："告诉你，别以为自己有多了不起，我们决定离开这里，带着这些同事们重新开疆拓土。"

此时，办公室内的气氛足可以让人窒息。"好了，"唐子华的话语打破了僵局："这不是很好吗，你们可以自起炉灶了嘛！"谭中傲紧盯着他，恶狠狠地说道："好，路是你选择的，你也必须会承担后果，你就自生自灭吧。"

办公室内，一切都变得凝重起来，涂晓雯等人离开青霜已有十数分钟了，唐子华看着屋内死寂一般的冷清，他推开门，缓缓地向大厅走去，此时的大厅已经空无一人，想必是早已离开，桌上，只有一个录音笔孤零零地放着。

"子华，我们都没有想到，仅仅两年时间，你会变成这样，你不再是从前那个淡泊名利的唐子华，你变得世俗，追求利益，不再为了理想而去奋斗，和陈少军已经没有什么太大的分别，我不知道跟着这样的人能够完成哪个梦想，我不知道你是否还在支持，既然你已经做出了选择，我们也会将一切交给你，在此，祝你能完成心愿。"

听到这里，唐子华坐在椅子上，没有说一句话，在他的脑海里，过往的一切都历历在目，每一个桌子都有他们的回忆，每一个物体都是一段记忆，只是现在，这些人已经离开，远远地离开了他。

颜晓梦来到他的身边："大家都已经走了，现在这里除了你和我，没有别人了。"唐子华看了她一眼："说实话，我不知道自己所做的事情是否正确，你为什么还支持我？"颜晓梦叹息一声："琳子为什么那么坚定？思盈姐到死都是那么坚定地相信你，她们在乎过对错吗？"

"你的信念，就是我的坚持。"耳边，再次响起刘思盈的话，"这是你决定要走的未来的道路，别后悔，别放弃，用你的心去选择，无论如何，我都在你身边。过去的辉煌证明不了什么，因为它总会离开，坚持自己，就算是离开，也没有遗憾。"

唐子华默默念着："过去的事情，总会告别，只需要坚持自己，没有遗憾地离开。""但是这次的事情，他们已经误解了。"颜晓梦着急地说着，唐子华回答道："思盈曾经说过，事情没有尽善尽美的，只能在某一个时刻，做出最合适的判断。"

"但是……"颜晓梦还是想让他思考一下，"但是什么？"唐子华却一口回绝，"当初你来的时候我就告诉过你，有些事情我过后会告诉你原因，但不是现在。""好吧！"颜晓梦说道，"我已经按照你的意思，把青霜的财务做得很好，看上去有很大的潜力，只是我不知道你能不能舍得。"唐子华苦笑一声，没有回答。

"我们发现唐子华那边情况很特殊！"吴泽向陈少军汇报着，"按照常理说，他已经亏空了，但是不知道怎么回事，他的动静越来越大，发展势头也是很猛，只是……""只是什么？"陈少军问道。"刚刚收到不太确切的消息，谭中傲、涂晓雯和顾乐佳带着一批员工出走了。"吴泽说道，"这样对我们有些不利。""追踪他们，想尽一切办法让他们加入我们。"陈少军沉稳地说道。

"这可能吗？"吴泽还是表示怀疑，"他们几个是唐子华的左右手，也是多年的亲密好友。""正因如此，他们才可能会来这里。"

陈少军缓缓说道,"与其有个强大的对手,倒不如把对手变成队友。"

"陈总,唐子华来了,他说有事找你!"门禁电话里向陈少军报告着。

没过多久,唐子华走进办公室:"上次我来这里,是为了陈琳珊的事情,想不到一转眼就两年了!"陈少军点头说道:"没错,我们向来如此,你这次过来不是为了怀旧吧?""当然!"唐子华说道,"这次我是想和你谈合作的。"

"不应该啊!"陈少军故意问道,"我们两个可是同行,所谓同行是冤家,何况还有那么多账没有算,为什么无缘无故找我合作?是不是出现什么情况了?""说实话吧,我最近正在进行一个项目,只是因为资金短缺,所以想和你谈谈。"唐子华说道。

陈少军思索一会:"你现在放弃追寻你那遥不可及的梦,凭你的情况,倒不如我替你把它实现了,这样如何?""你应该知道,"唐子华缓缓说道,"青霜是我和思盈的心血,我怎么会放弃!""这说的也有道理,"陈少军叹息一声,"倒不如我收购了,这也算是怀念的一种方法吧。"

"陈总,这……"吴泽有些着急,他正要提醒,却听到陈少军继续说:"不过我有个条件,你依旧留在那里,听候我的指挥。"唐子华举起茶杯,深深地思考着,这一分钟,如同一天一样漫长。"好,我答应你。"

"好了,你可以说说最近的情况!"唐子华刚一走,陈少军便呼唤着办公室内躲在暗阁里面的陈琳琅,他坐在椅子上正对她,"我让你调查的事情怎么样了?他这次有什么行动目的?"陈琳琅低头:"不好意思,目前为止我没有调查到任何事情!我怎么也没有想到,我瞒过所有人的眼睛,就在要成功的时候,杀出一个女的,让唐子华对她神魂颠倒,到那里这么多天,我很少见他。"

"陈琳琅!"陈少军拍着桌子大喊着,"你还想不想夺回当年失去的东西,你妹妹夺走了父母的爱,伤害了你的心,你忘记了?"陈琳琅目光冷凝:"没有,当年如果不是她自己逃出来,我也不至于沦落在街上受苦!"

陈少军说道:"是啊,我让你假扮成陈琳珊的样子,就是为了让你刺探情报,打败唐子华,才能报复你妹妹,等到她一无所有的时候,你所希望的都会出现!"陈琳琅愣了一下:"您放心吧陈总,我会完成你交代的事情!"

涂晓雯行走在街上,向身旁的顾乐佳诉说自己的怒火,半个小时的痛骂不带一点重复。"好啊,当初说什么一起打天下,现在刚刚富裕,开始找情人,冷落了琳子不说,还开始搞独裁统治,当初是谁说要共同守卫,共同追梦的!"

顾乐佳皱着眉头:"没关系,他头脑一时发热而已,不要因为这件事烦恼!""烦恼?"涂晓雯的语速快起来,"我干什么为他烦恼,我只是替琳子感到不值,当初信誓旦旦海誓山盟的,现在还在外面找情人,她根本不应该回来,这些男人真不知道怎么想的!"

"喂!"一旁的谭中傲叫喊起来,"别一棍子打死一船人,我对小乐可是真心真意的!"涂晓雯叹息一声:"我现在只想抓住我的那个张彦磊,免得出现……"话刚说到一半,涂晓雯呆滞着望着前方,脸色甚是难看。"怎么了?"顾乐佳走过来看去,没说一句话。右前方,张彦磊右手搂住刘朦的细腰,指指点点地向前走,完全没有注意到这边。

谭中傲上前挡住二人的视线："你看错了，说不定是他妹妹。"涂晓雯推开谭中傲，冲到二人身前，扬起手一巴掌打在张彦磊的脸上："你不是说在看书吗？她是书吗？这是大街还是图书馆？""你能不能安静一些！"张彦磊强拽她，"这么多人在大街上，你不觉得丢脸吗？"她又一巴掌打在张彦磊的脸上："你还和我说丢脸，我瞎了眼睛，怎么和你在一起！"

"够了！"张彦磊一声怒吼，一巴掌扇在涂晓雯脸上，涂晓雯捂着脸，他又一挥手，直奔涂晓雯。"住手！"顾乐佳上前阻止，谭中傲则抢先一步，死死地将张彦磊按在地上。涂晓雯看到这里，感觉天旋地转，摇摇晃晃地行走着。

"放开他！"一旁的刘朦拍打谭中傲的手臂，显得很是在意。"我们快点看看涂晓雯……"在顾乐佳的劝说下，谭中傲松开手，随她一起追赶涂晓雯。终于，在没有人际的街道角落，发现了正在哭泣的涂晓雯。

"没事吧？"顾乐佳看着她，蹲下身子。"走开！"涂晓雯推开她，"你们早就知道这一切，但还是瞒着我，为什么让我最后一个知道？""我们一直都想帮你，都在暗示你，包括子华。"顾乐佳静静地说道。

涂晓雯啜泣着："提他干什么！""他在意你这个朋友！"谭中傲插上来说。"朋友？他也和那个人做出一样的事情，这也算是朋友？"涂晓雯还没说完，顾乐佳紧握着她的手："有些事情，我们没有最后的答案，只有等到时机成熟，才会知道答案！"

"哎哟，你们都在啊！"不知何时，传来钱文伟的声音，"心情不太好啊！"钱文伟看了一眼伤心的涂晓雯，随即坐在旁边。"有什么事，要说就快点，绕弯子我们没有那时间。"钱文伟说道："是这样的，我们陈总得知唐子华刚刚让你们丢了工作，知道各位是有大才华的，所以想请大家与我们陈总一起奋斗了。"

顾乐佳听到这里，冷笑了一声："也就是说让我们一起对抗唐子华了？"钱文伟笑道："如果你们有这个想法，我想会有机会的。毕竟他这次如此对不起你们，所以我们……"

"唐子华可以对不起我们，但是我们不会做对不起朋友的事。"一旁的谭中傲回绝，"没错，"顾乐佳也跟上前去，"我们只是不会在一起合作，但是我们的关系建立在长期的生活中，我们就是一个整体，没有人能够毁掉这样的感情。"

钱文伟看到这里，走到涂晓雯身边："我知道你说话的分量是很重的，看看你的周围，都充满了欺骗和肮脏，有什么能让你相信的？那个被摧残的梦？还是这种欺骗中维持的感情？这个世界，除了利益，还有什么是更能追求的？"

"是，你说得对！"涂晓雯点头说道，"你在说什么！"顾乐佳惊讶地看着她。"我周围的人欺骗我，这样的感情的确是用谎言来维持的，但是他们都想让我开心快乐，而不是意志消沉，在一切解释清楚之后，只会让我们的感情更牢靠，因为我们心中有彼此。所以，你还是回去吧。"

听到这里，钱文伟的表情由以前的兴奋开始变得难看。看着离开的钱文伟，顾乐佳欣慰地说："晓雯，谢谢你的理解。"涂晓雯说道："我只是珍惜我们之间的感情，我也希望唐子华能给我一个合理解释，在这段时间，我会等待的。"

"真的走那步棋了？"陈琳珊看着唐子华，着急地说道，"怎么这么快，完全和当初设想不符合！节奏都乱了！"唐子华叹息一声，双手抱头："我也知道，只是形势紧迫，我没有办法，财政已经完全支持不住了！"

"也是，除了这样，我们完全没有办法！"陈琳珊也是无可奈何。唐子华一脸失望："你给我出的什么主意，我现在真的很难演下去！"陈琳珊长舒一口气："你不是要当专业演员吗？现在是个机会！""说得轻巧！"唐子华埋怨一句，"到现在你还开我玩笑，不然你试试！""我才不试，"陈琳珊摇头拒绝，"别忘了，我不方便出面！"

"不管怎么说，这件事情只有我们几个人知道内幕，要找一个人帮助他们才行。"魏絮儿放下手中的盘子，诚恳地向两人说。"说过了，我不去！"还未等回答，陈琳珊先把自己否决了。正在两人叹息之间，陈琳珊的鬼点子又浮现出来："我是不能出面，但有人可以正大光明地出现！""你是说……"唐子华指着她，陈琳珊点头应道："表姐，除了她，没有人更适合了！"

太阳在不经意间已经落山，留下的只有淡淡红色。酒吧内，周奕璇看着身边正在叹气的谭中傲和张琨等人，轻轻地撞了撞颜晓梦，又冲她使了使眼色。僵局终于被颜晓梦打破了："大家不要想那些不高兴的事情了。"王尧淡淡地品尝了一口酒，说道："真是想不通，子华为什么会变成这样。""行了吧，"张琨不禁劝道："他性情时好时坏，这又不是什么稀奇事，何况他的风格是那种为达目的不择手段，你们说对吗？"

"这……"颜晓梦迟疑地看着身边的人们,半天没有说出一句话来。顾乐佳有些急了,她急声说道:"我觉得事情不可能像你们想的那样,他一定有事情瞒着我们。"颜晓梦也点头应道:"我同意她的看法,我们应该再看看他的动作。"

张琨瞟了她一眼:"还有什么,情人小三呗!"周奕璇气愤了,她拍着桌子喊道:"我认识他的时间不比你们短,我相信他很专一,是那种为了目标坚决直追的人,当年对刘思盈是这样,现在对陈琳珊也是这样!""对!"张琨说道,"所以刘思盈死后没多久,他和陈琳珊在一起了,现在只不过重复当年的老路!"

正在这时,门口传来赵蕊的呼喊声,颜晓梦看到这里,微笑地向她挥了挥手,转眼之间,赵蕊便已走到了他们的身边。"不好意思,打扰你们了。"赵蕊笑了笑,坐下说道,"你们谁知道子华为什么要这么做?"王尧摇了摇头,问道:"你知道?"

"这是当然。"赵蕊拿出一份文件摆在了桌上:"你们看完这份报表可就明白了。"众人相互看了看对方,缓缓拿起报表,仔细地翻阅着。赵蕊轻轻说道:"我让魏絮儿查了一下报表,发现账面的资金只剩十万,目前已经接近倒闭的边缘。"顾乐佳皱了皱眉,问道:"不可能啊,我上月查时,账面还有三百万,怎么突然之间少了这么多?"

赵蕊继续补充道:"那个是假的,其实青霜在前一个月已经没剩多少钱,你们看到的是他做出的假象。"谭中傲看看他们,说道:"为什么我们的资金只剩下这一点了?"此时,颜晓梦不禁拍着桌子对众人喊道:"你们不要再猜疑他了!"

众人惊讶地看着她，久久未说出话来。王尧走到她的身前，轻声问道："你怎么了？"颜晓梦说道："事情不是你们想的那样，他是为了我们着想，他……"说到这里，她微微停顿一下，约过一会，才继续说道，"今年年初，我们的发展过于快速，导致公司财务陷入混乱，可是谁也没有能力弥补，子华知道之后一直压住不发，自己独自承担。"

"我们都做了些什么？"王尧听着颜晓梦的话语，默默说道："真是笨，他为什么不通知我们？"赵蕊从包内取出一张支票，递到谭中傲的面前："子华特意让我将这五十万交给你，他说你们需要这笔钱。"

"这钱从哪来的？"顾乐佳问道，赵蕊说道："他把青霜卖给陈少军了，这些钱……""什么？"众人不禁高呼，"这是他和刘思盈的心血和回忆，怎么说卖就卖！"赵蕊冷静地说："也可能因为如此，陈少军才会收购。"

"我们把钱拿了，他怎么办，他那里更需要钱。"顾乐佳听到这，担心起来。赵蕊摇头说道："这一点他没有说过。""不行！"谭中傲气愤地叹道："我们不能扔下他不管，现在这消息尚未公布，我们应该回去帮他，不能让他独自承担。"说着，他站起身来，向外走去。

"涂晓雯！"街道上，身后的声音使得她停下脚步，转过身："琳子，有事情吗？"陈琳珊缓缓摇头："我从唐子华那边知道消息了，你没事吧？"涂晓雯轻蔑地笑了："你还不知道吗？你现在也和我一样，唐子华他也在外面有人！"

"哦？真的吗？"陈琳珊微微一笑，涂晓雯深深舒缓一声："我是认真的，我亲眼看见的！当时真的看到他和一个女的走到酒店里，你认为还有什么好事情？"陈琳珊点头应道："明白了，我回去和他说说！"

"你不生气？"涂晓雯惊讶地问，陈琳珊叹息起来："他一直都这样，我习惯了！"

涂晓雯叹息一声，泪水却在眼角打转，陈琳珊轻轻拍着她的肩膀："别伤心，子华一直在担心你，不管他有什么问题，也不会影响朋友之间的友情。""你今天来这里，是为这个？"涂晓雯已经蹲坐在地上痛哭，陈琳珊缓缓扶起她："没关系，总有一天会过去的！"

10

　　几日之后，雄风与青霜正式合并，陈少军看着台下的记者，高兴地说道："诚如大家所看到的，在不断地努力和实践中，众位寻求发展，追求自己的梦想，但是不断地壮大，是我们一直追求的，而今天，我们这个大家庭又迎来了一位新兄弟，那就是青霜传媒。"此时，周奕璇发现唐子华一脸喜悦，并没有半点忧伤。

　　台上的陈少军还继续说着："这是一个有拼劲的企业，能让他加入进来，我感到十分荣幸。借此机会我要郑重宣布，这一刻将会是青霜与雄风的历史性转变，我相信随着两家的合并，一定会出现前所未有的样貌！"

　　正在这时，台下的一位记者问道："先生，我想知道您为什么会在青霜发展壮大的时候选择与雄风合作，大伙都知道青霜注重的是内在文化建设，而雄风是产业投资搭建，若真归于雄风，曾经完成的努力是否舍得放弃？"

唐子华点了点头，缓缓说道："对于梦想，我们始终没有放弃，但是对于选择通往梦想的道路，我们有不同的选择，最终还是会殊途同归，基于条件的原因，青霜需要进行一次改革，也是为了将来更好的发展，暂时的放弃，并不代表永远的告别。"

"但是据小道消息说，青霜公司的涂晓雯、谭中傲和顾乐佳均被解雇，在此期间当初的三大精英丧失殆尽，而王尧等人也据传闻出现动摇，这么大的动荡，应该不会是空穴来风吧？"唐子华听到这里，不禁一愣，他看着台下的记者们。

"这当然是空穴来风！"台下传来谭中傲高亢的呼喊，人群中众人让开道路，谭中傲等人走上台前，"我很坚决地说，我们从未脱离青霜，青霜也没有解雇任何的员工，从前不会，现在不会，将来也不会！"

顾乐佳接过话筒："是的，我们从来没有离开过这里，这是我们的家园。我们需要发展，为了共同的利益，带着共同的梦想，我们走到一起，我们怀着精诚合作的心与雄风合作，这是一个双赢的局面！"

夜里，薄雾已经浸入了整个城市，在灯光的照耀下，显现出一种温馨的感情。茶秀中，顾乐佳看着对面坐着的唐子华，说道："赵蕊都告诉我了，为什么不告诉我青霜出现了财务危机，你也真是的，发生了这么大的事情，你为什么要一个人承担？"

唐子华拿起茶杯，一脸不在意的样子："没办法，青霜只剩了那么一点钱了，根本没有回天之力，倒不如把账面做好看，然后有些上市的可能，逼迫陈少军收购，这样也是让大家的损失降到最低，不过这次还多谢你们了，不然我还真的没法卖出股份。"

"对了，你为什么这么有把握让陈少军收购呢，万一他知道其中……"顾乐佳不禁问道，唐子华一脸淡然地品着茶的味道："因为这是青霜，里面有我的心血，也有思盈的，单这一个原因，他也会毫不犹豫地拿下的。"

"这么大的风险，为什么不让大家一起承担，也不告诉我们，你把我们当成什么了？"顾乐佳还是有些生气，唐子华笑了："正是因为风险大，所以我需要让你们摆脱出去，借机会重新发展，你们回来并不是一件非常好的事情。"

"好吧！"顾乐佳缓缓说道："事情既然已经清楚了，不如我们几个重新来过，你依旧带领我们。""不行。"唐子华立即否决，"现在青霜还有一个烂摊子，何况这样做目标太大，我不能这么过去，那样会引起陈少军的怀疑。"

顾乐佳一脸踌躇："那总要让我们帮一些忙才是啊！"唐子华思索了一下："这样你可能会和谭中傲短暂分开，因为他必须主持那边的事情。"顾乐佳思索了一段时间："没关系，我只当换一个工作方式。"唐子华乐了："既然这样，你、涂晓雯和王尧向我报道，我要让陈少军为我们花一些钱。"

次日一早，还未等员工上班，唐子华便已经来到青霜，他看着四周熟悉的布局，不禁暗笑："这是我最后一个月在这里了。"正在这时，员工们也都陆续地来到这里，开始了自己的日常工作，唯有涂晓雯迟迟未到。

颜晓梦拿着签到名单，不禁叹道："奇怪了，涂晓雯从来没有迟过，今天怎么没有了踪影。""是很奇怪，不知她有没有想通？"唐子华张望着，"是啊，我昨天告诉她让她早点过来，我和北京那边的客户谈好了，让谭中傲那边正在接触，就等她来了好过去面谈。"

颜晓梦笑了笑："你先把青霜这些事情处理好，至于涂晓雯她……已经来了！"说着，伸出手指着唐子华的身后。"什么啊？"唐子华回头看去，却见涂晓雯站在门前，手中抱着一本笔记，此时的她，眼神呆滞，毫无精神。

"怎么了？"一旁的顾乐佳担心起来，上前问道。涂晓雯看着她，开始啜泣："小乐，我还是放不开，我们在一起都多少时间了，为什么会……"顾乐佳听到这话，心头一惊，约过了几秒，她才轻轻抚摸着怀中的涂晓雯："没事的，张彦磊根本不值得你伤心，他算什么，一个男人而已。你这么优秀，聪明睿智，漂亮大气，这么好的条件，不必为他伤心难过。""可是我……我真的很爱他！"

唐子华看着涂晓雯："怎么了？"颜晓梦看了看他，便让刚刚走进的王尧扶着涂晓雯走到了会议室："我想这个事情你是知道的！也提醒过她，现在发生了！"唐子华听后，不禁长叹一声："真是没想到还是发生了，顾乐佳正在安慰她。""还有，一会雄风会派人来与我们一同工作，你和我接待一下吧。"唐子华说着，又望了望会议室，向前走去。

"涂晓雯，你没有事吧？"唐子华看着她问道。涂晓雯看着唐子华，无力地说道："你也和他一样，做出对不起琳子的事情。"唐子华笑了："是的，但是我站在一个朋友的角度，会一直帮助你的！"涂晓雯的眼神注视起这个人，蓦然间感到一种陌生。

她微张着嘴："子华，我想……""你不用说了！"唐子华打断了她的话语："多年的老同学了，我还不了解你，你不要和我去北京，一个人去外面散散心，我批准的。"涂晓雯看着唐子华问道：

"那北京的事情呢？"唐子华笑道："你放心，正好琳子要去北京，我会陪她一起，那里的事情我搞定。"

回到办公室，颜晓梦气愤地说道："真是的，涂晓雯怎么会遇到这种事情！"唐子华无奈地说道："行了，我们先让涂晓雯休息一段时间，不要让她再受打击了。""嗯。"颜晓梦应了一声，唐子华她说道："明天我就要去北京，青霜可就先交给你了。"

颜晓梦笑道："放心吧，有我在，就有青霜在。"唐子华摇了摇手："不，我们不能吊死在一棵树上，记住我的话，'随机应变'。"说完之后，唐子华便拿起衣服，对她说道："时候也差不多了，快和我走吧，不然那边的人可要等急了。"

与雄风相约的地点是在距青霜不远的酒店中，里面的包间清新雅致，在此地当属一流。但这里唐子华不会经常来的，与这种大酒店相比，他更喜欢简单的环境，四目相对的温馨与自然，这次，完全是为了接待来宾。

颜晓梦轻轻拍了拍正在身边阅读菜单的唐子华："子华，你说派来的人我们又不知道来历，会不会将青霜拖垮呢？"唐子华只是翻着菜单："拖垮了最好，这样半死不活才麻烦！""什么？"颜晓梦睁大了眼睛，有些不敢相信。唐子华说道："两个原因，一是可以让青霜的损失降到最少，使我们有能力重新站起来；二是为了私人恩怨，也当是为琳子报个仇。"

此时，唐子华的手机响起，是周奕璇发的信息，他看了一遍之后，嘴角露出一丝微笑："此次进驻的人员已经确定，是陈少军的表弟吴泽。""吴泽？"颜晓梦有些不太理解，"陈少军为什么要派他来？"唐子华冷笑一声："一定是吴泽强烈要求给他一次施展空间，不管是谁,都要好好招待!"

正在这时,吴泽穿着一身光鲜亮丽的衣服,左手揽着一妙龄女子的细腰,右手手指捏着一支雪茄走了进来,这雪茄劲味十足,呛得唐子华感到呼吸不畅,他缓了缓气:"首先,很高兴来到这里,其次,也欢迎加入青霜的行列中。"

吴泽笑道:"我也很高兴,能与一个精英团队合作,我感到很荣幸,今后我一定会好好向各位请教的。不过有一点我要说明,现在是雄风和青霜共同执政,大家同属于一个战斗序列,不应该再分彼此,应当共同承担。"

颜晓梦看着吴泽,怀疑地说道:"是吗,那是再好不过了,但愿我们合作愉快。"说到这里,她微微笑了笑,便坐在身边椅子上,吴泽尴尬地说道:"大家快点坐吧,相信下午还有很多事情。"唐子华也赞同道:"不错,我们的事情是很多,这顿饭后,我会去北京,这里的事情,就要交给你和晓梦共同打理了。"

说到这里,颜晓梦不经意间看到唐子华向她眨着眼睛。吴泽急忙应道:"你请放心,我们两个一定会相互合作,好好打理青霜一切事物。"唐子华笑了笑,不禁说道:"好了,那预祝我们合作顺利!"

夜色下,机场的人已经渐行渐远,唐子华拖着行李箱,缓缓走入机场的候机楼,四周环顾,一双纤细的手从后面蒙住他的眼睛:"你怎么才来啊!"唐子华摸到蒙着他眼的手,那熟悉的味道,熟悉的声音,他微微一笑,转身搂着身后的人。

此次出行,就如同唐子华所希望的,身边,是他最亲近最温馨的人,目标,也在一次次变革中变得更加清晰,更加清楚。未来,或许就应该如此坚持,这一刻,他别无所求,只希望能够永远如此,永远不被人打扰。

　　一大清晨，颜晓梦和顾乐佳正在商量着一些事情，此时，吴泽从二人身后走过："我们下一步的改组方案是什么？""啊？"顾乐佳一脸惊讶，"我们的方案早都已经通过了！""是吗？"吴泽缓缓说道，"立即把方案拿到我办公室，我要知道一切动向。"

　　看着吴泽离开的背影，顾乐佳叹息一声："这皇亲国戚能有什么作用？完全什么都不懂啊！"颜晓梦摇着头："人在屋檐下，不得不低头，子华让我们好好照顾青霜，必然有他的原因。"

　　在看完所有详细规划的方案后，吴泽一下将文件扔到一边："这是干什么？这样的东西能有效果吗？还有，现在的员工太过轻松，我发现还有上班闲聊玩耍的时间，公司里怎么会放置这样的娱乐设备？"颜晓梦说道："这已经在这里放了很长时间……"

　　"立即给我清除出去，还有，我们是企业，不是慈善机构，我不管以前是什么样子，但是现在，从今天起，能快的就不允许慢下来，我不想看到人们松松垮垮的样子。"吴泽对这样存在已久的气氛感到十分不满，对着颜晓梦训斥起来。

　　"还有，公司内部编纂的剧本以前是怎么做的？我现在需要详细确认。"颜晓梦听到这里，缓缓说道："剧本编写是策划部的事情，策划部为老板直属部门，我们也不太清楚具体的情况。""现在我是这里的领导，当然，这其中包括任何事情。"吴泽恶狠狠地回应着。

　　颜晓梦点着头，转身离开，却听到吴泽继续说道："对了，从账面上拿出二十万，现在的市场这么难做，需要去宣传宣传。"颜晓梦听到这里，从随身携带的本子里抽出一张条子，放到他面前。"这是什么？"吴泽不理解地看着她。

"根据本公司财务规定，公司财务支出必须由责任人签署，董事长审批通过才能由财务部支出，不然将视为个人支出费用，公司不承担任何责任。"

这一句话好像激怒了吴泽。他愤怒地说道："这是哪门子破规定，我说可以就一定可以。"颜晓梦看着他，缓缓说道："但愿吧，可是在目前而言，你需要尊重我们青霜的规定。"吴泽狠狠地点着头，右手的食指指着她："你等着吧！"说到这里，他便转过身，向回走去了。

恰巧，这一切被路过的顾乐佳看在眼中，她急忙走上前问道："这家伙也太放肆了，为什么还要再容忍他，依我看还不如给他点教训，让他明白青霜的规定。"颜晓梦急忙抓住她的手说道："没关系，那样只会多生事端，如今的青霜已经不再是当初。""这我不管，他有什么资格教训我们！"顾乐佳说到这里，便向外走去了。

在忙碌了一天后，谭中傲坐在书桌前伸着懒腰，一杯热茶放到自己的面前，他回过头看去，顾乐佳抿着嘴站在他身后："怎么了？是不是想我了？要给我说些话？"顾乐佳点头说道："当然，自从唐子华让你独自负责那部分的事情算起，这半个月很少看见你。"

谭中傲说道："是啊，偌大的办公室里，也就只有你一个人在那里，回想当初，真有种不是滋味。"顾乐佳说道："也是，我们本希望会带来好的开始，但是没想到成现在这样，真希望子华快点回来，好和他认真谈谈。"

谭中傲点头："是啊，子华对我信任，把这样一个工作交给我来处理，压力是挺大的，以前认为他什么都不管不顾，整天吃吃喝喝的，现在才知道，这个位子会有多大的压力。"顾乐佳点头说道：

"不过还好，你不是有我们的支持嘛，一切都会好起来的。"

一条短信过来，谭中傲看着手机对顾乐佳说道："刚才子华发来短信，新的企业将以工作室的名义存在，名字就是飞扬。"顾乐佳叹息一声："现在我只希望在接下来的道路中能够顺利进行下去，不要再出现任何意外了。"

次日一早，就听到办公室里吴泽的叫喊，顾乐佳看着颜晓梦，上前说道："他脑子有病吧，涂晓雯是批准的带薪休假，怎么还计较起来了。"颜晓梦摇着头："是王尧，他今天提出辞职了。""怎么会？"顾乐佳有些惊讶，"王尧那么老实的人，他辞职做什么？"

"这半个月来我们有过一天太平吗？"颜晓梦说道，"以前不管怎么苦，子华脾气怎么不好，但是都会为了大家去着想，现在呢？一个个人心惶惶。"

"我操你大爷！"从里面传出王尧的怒骂，"老子今天受够了。我真就不明白了，唐子华干吗找个像你这么白痴的人，还这么相信你，他是不是脑子被驴踢了！"吴泽说道："我告诉你，这是唐子华的命令，他让你们一定要听我的命令！"

"我不相信！我要告诉他这里的事情。"王尧气喘吁吁地，并且拨通了唐子华的电话，将事情进行阐述。电话那头，唐子华显得很平静："我的确要求吴泽全权出面，毕竟现在他们是大股东……""这么说是你干的，你这不是让青霜陷入万劫不复吗？"王尧还是心里不平衡。

"那也不是，至少还有吴泽！"唐子华如此平静的说法让王尧变得更加暴躁："好吧，既然你不批准我辞职，这半个月就算我给狗工作了，老子不伺候了！"在一阵摔门声中，王尧扯着自己的领带从里面走出。

"好了,我知道了,"街上涂晓雯回着电话,深吸一口气迈向前方,"不会让你失望!我已经看到他来了!"说着,她迎上前拍着王尧的肩膀:"别这样,不就是离职嘛,没什么大不了!""可是!"王尧不知该说什么,"大家这么困难才创立的基业,不能轻而易举地毁了!""行了,当作休息一段时间了,我请你吃饭!"涂晓雯打断了王尧。

即便是到了餐厅,王尧还是没有调整好自己的心态,坐在那里不断晃动自己的身子。"你吃假奶粉了?"不知怎么地,涂晓雯爆出这样一句,引得王尧怒视。"别太在意!"涂晓雯悠闲地说着,递过一杯茶水,"你看看,我们在这里山高皇帝远,谁也管不到,多舒服!"

"我都怀疑你是不是有良心。"王尧气愤地说道,"你和张彦磊分手,为什么到了这里变得淡定。""谁告诉你失恋一定是不淡定的?难道我现在这样子不是你们所希望的?"涂晓雯没有抬头,继续翻看手中的杂志。

"咱们都是从一家公司出来的,现在家里有难,你还这么安然地坐着。"王尧还是十分着急,"吴泽都把公司祸害成什么样子,你也不回去管管!"涂晓雯抬起头:"唐子华知道吗?""知道,"王尧说道,"但是他也显得不着急,让我别烦他!"涂晓雯乐了:"那就是了,他是当家的,他都不着急干吗让我着急!"

次日,顾乐佳看着一份报表问谭中傲:"这是怎么回事?"谭中傲接过来看了一眼:"哦,公司裁员,那很正常啊。"顾乐佳生气地说道:"我们大家千辛万苦打拼出来的天地,在经历了磨难后和陈少军合作，大家都盼星星盼月亮地希望这次改组会带来好的起色，而不是现在这样让大家丢了生活的保证。"

"市场规律优胜劣汰，这是自然法则。"谭中傲缓缓说道。"但是这样会让员工寒心的！"顾乐佳还是去争辩着。谭中傲叹息一声："现在的人们需要什么？大学时候人们经常说的是什么？""一份稳定的工作。"顾乐佳说道。

"没错，"谭中傲的声音开始向高走，"他们希望自己有一份稳定的工作，所以去考试，拼命地希望进入到体制内，这样足够有一份较为体面但工资不太高的工作，但是这一切的前提条件，是出卖了自己的梦想，杀死了自己用拼搏换来的东西，你大可以问问他们，是为了这个企业做出贡献才选择的吗？给你的回答基本都是因为稳定，可以每天浑浑噩噩地度过。"

谭中傲舒缓了一下："因为这样，他们对未来的职责明确，他们可以不用为自己的将来设计目标，因为有人已经设计好了，可以不必去闯荡，因为前人的经验就在那里，他们只需要坐享其成地等待着就足够了。但是我们是公司，是体制外，我们的目标就是为了利益，在这时我们不能用道德的标准来衡量，当他们的利益与公司的利益出现冲突后，必须放弃一个，此时，如果他们不寒心，我们就寒心了，因为我们是公司，不是慈善。"

顾乐佳深深吸一口气："记得曾经你给我说过，就算你累得半死，忙得疯狂，也不会让自己手下的兄弟吃苦受罪，那个时候我信任你，觉得你就是我身边的指路明灯，你也是这些兄弟的保护神，但是现在，那种感觉好像有些消失了，我不知道是不是我感觉出现了问题。"说到这里，她起身离开。

办公室里，颜晓梦走过来，紧张地问道："我刚才看到吴泽正在里面会见一个客人，情况有些不太对劲。"顾乐佳点头应道："那还用说，基本没什么好事！"颜晓梦看了一眼她："怎么，精神这么不好，昨晚出事了？""这个先不说，还是去看看吴泽的情况吧！"顾乐佳说着，向吴泽的办公室走去。

"现在完成已经不存在问题，只要等时机成熟了，我们就会拿到想要的一切！"一个熟悉的声音飘到顾乐佳的耳朵。"这声音好熟悉！"顾乐佳一声轻叹。"事情成功之后，这里就是你的了，好好干吧，彦磊！"吴泽开心地笑着，也鼓励着他。

正在这时，顾乐佳一脚踹开大门，冲上去一巴掌扇在张彦磊的脸上："贱人，你现在还想毁了这里！""小乐！"颜晓梦也冲进办公室，拦住顾乐佳，"呼吸，放轻松！你没看见老总和别人在谈事情，小心他开除你！"

顾乐佳挣开她，冲到吴泽面前："我告诉你，青霜是我们打拼出来的成果，我不允许有任何人破坏、毁灭这个家庭。"吴泽看着她："顾乐佳，我想你忘记了，现在的青霜是股份制，我持有大股份，也就是说这里是我的地方！"

"你！"顾乐佳怒目前视，颜晓梦看着两人僵持，赶忙插话："何必这样呢，我们先出去。"顾乐佳有些疯狂地指着张彦磊："张彦磊，你这个畜生，涂晓雯对你那么好，你为什么要离开她？"颜晓梦急忙拉着她向外走去。

"混账！真是混账！"顾乐佳咬着冰块，"我要扒了他的皮！""小乐，你没事吧？"颜晓梦有些担心。"没事！"顾乐佳挥着手，"我很好，只是想让他生物学和社会学的双重意义消失！"

— 201 —

"嗨！"身后传来一阵呼唤，二人回过头，陈琳珊站在她们身后。"你怎么回来了？"颜晓梦不禁问道，陈琳珊耸了耸肩："我们吵架了，所以提前回来！""啊？他人呢？"颜晓梦向她身后张望。陈琳珊淡淡一笑："他还在北京，不过千万不要告诉任何人，我想玩玩失踪！她怎么了？"陈琳珊注意到了桌前气愤咬冰块的顾乐佳。

"学老鼠在磨牙！"颜晓梦悄悄说着，引得陈琳珊一阵窃笑。"有什么生气的，大度一点！"陈琳珊落落大方坐在她的身边，"和别人生气会伤害自己的，你说对吗？""谁知道你怎么样的，子华都成这样了，你还能笑出。"顾乐佳把冰块咬得嘣嘣作响。

"好吧！当我没说。"陈琳珊急忙推辞，悄悄对涂晓雯吩咐，"青霜最近怎么样？""很差，"颜晓梦不加思索，"吴泽把这里搞得乌烟瘴气，以前的律条都被破坏了，华妙的生意单也被赵蕊取消了，一个月不到，准破产！""飞扬那边呢？"陈琳珊悄声继续追问。颜晓梦看了看身边的顾乐佳，"先把她送回去，路上我给你解释！"

夜已经深了，涂晓雯拿着手机，琢磨起唐子华发给自己的短信："他到底怎么想的？我们向他反映青霜的情况，他都置若罔闻！"想到这里，她拿起手机，按下唐子华的号码，却又犹豫，拨向陈琳珊的电话。

"琳子，你能告诉我子华这样的原因吗？"涂晓雯切入到主题。陈琳珊的语气有些闪烁："不好意思，这个事情我也不知道，或许你应该问问唐子华。""他？会告诉我一个准确答案？"涂晓雯一直保持固有的沉稳。

陈琳珊深深吸气："应该会吧，不要忘记，我现在没有和他在一起，我不能揣摩他的想法。"涂晓雯简简单单地点头："我知道了。"

电话里，陈琳珊有些不安，她迟疑一阵，在涂晓雯挂断的时候，发出了一些哭泣的声音。

"我……昨天怎么了！"一大早，王尧从梦中惊醒。却见涂晓雯冷静地说着："昨天你喝多了。""时运不济啊！"谭中傲叹息一声，"为什么我的人生如此悲剧？"涂晓雯摇了摇手："别这么说，没有人会永远走运，也没有人永远走背运。那些打苍蝇手拍在钉子上，吃馄饨吃出樟脑丸，吃烧饼吃出啤酒盖，拜佛上香的时候手机掉到功德箱拿不出来，那才叫时运不济！"

王尧没有回话，只是在诉说着自己的过去，而涂晓雯只是随口宽慰着，走到一边接通手中的电话。"哎！"王尧长叹一声："活得真累，我以前怎么不知道，原来过去的日子多美好，真后悔当初……"

话音未落，客厅里传来东西掉落在地上的声音，任凭王尧怎么呼喊，涂晓雯没有回答。"怎么回事？"他着急了，匆忙地走到客厅，眼前的景象让他傻眼了。手机散碎地铺满地板，涂晓雯瘫坐在地上，双眼泪流满面。

"怎么了？"王尧紧张起来，环顾四周。在他的呼喊下，涂晓雯从恍惚中清醒过来："大事不妙啊，我刚接到通知，唐子华在回去的路上遭遇车祸，目前还没有脱离危险！"这一个晴天霹雳震得二人无法应对，王尧结巴着说道："他……这次……是不……是开玩笑？以前……以前他也在医院，还动了手术，不也没事吗！""不管了，先回去看看！"涂晓雯紧张地说着，拉扯王尧。

医院里，人们带着沉重的心情，看着昏迷的唐子华，感到心中没了魂魄，陈琳珊靠在旁边，凝望着他。这时，刘馨走入众人视线，凑到窗口，顾乐佳一脸愤怒，魏絮儿等人挡住她的道路。"请让开，我只想见见子华。"刘馨很平静。

"你害了他一次不够，这次还想来害他？"顾乐佳冲出人群，刘馨眉头紧皱："那倒不是，毕竟我和他曾经也算喜欢过，现在我只想看看他的情况！""不行！"顾乐佳坚决否决。"让她进来吧！"陈琳珊的声音传出来，"我和你一起进去。"

病房内，再无他人，陈琳珊冷冷地注视刘馨，过了好一阵子，才缓缓说道："现在怎么办？""你在说什么？"刘馨不解地看着她，陈琳珊继续说道："不用装了，唐子华不会醒，我们可以直接说明，陈少军这次找我有什么安排？"

刘馨听到这里，轻声说道："陈总要求你借这个机会迅速接手唐子华在这边的一切，还有，弄清楚他的项目后逐步取代唐子华的地位。""这个我知道！"陈琳珊静静说道，"我会在适当的时候，将他除之后快，不会留有一点痕迹！"

深夜中，张琨和周奕璇看着唐子华，不禁再次感叹，短短时间里，却要经历这样无法预料的事情，而走廊里，一个幽暗恍惚的身影缓缓走来，"琳子姐！"周奕璇轻声呼唤，并站起身来。

她抚摸着唐子华的鬓角："当年，如果我没有离开，哪怕这样的情况还会出现，但是我不会像这样，看着一个人，却无法相守。""姐，你别伤心了！"周奕璇和张琨站在她的身后，陈琳珊回过头来："璇璇，没事的，我们经历了很多，这一次也会好的！"说到这里，她扑倒在床前。

就在这时，她感到有人的手抚摸着她的额头，"琳子！"唐子华艰难地发出声音，眼睛看了看周奕璇和张琨，"你们也来了！"

"哥！"周奕璇啜泣着，唐子华有气无力地说："璇璇，别这样，你都长大了，干吗还哭成这样，能看到你长大，很高兴了！"

"兄弟！"唐子华迟疑了一下，看着张琨，"不管怎样，飞扬一定要撑下去，我最大的遗憾，是没有和你们共同携手，见证我们的辉煌和梦想，现在全靠你了！琳子，麻烦你多帮着点她！"张琨含泪点头："放心，我会的！"

唐子华环视一周，看了看陈琳珊："到现在为止，最让我放心不下的还是你，你和你姐姐的恩怨，我怕会带给你……"陈琳珊摇头说道："我不怕，真的，我已经长大，已经可以照顾好自己。""答应我，要好好活下去。"唐子华吃力地说道，此时，陈琳珊拼命点头："我会的，就像你答应我的一样。"

听到这里，唐子华一脸内疚："不好意思！我没有完成对你的承诺！""不，你完成了！"陈琳珊安慰他，唐子华摇起头来："我想让你成为最美的新娘，可是我没有做到，还要让你躲躲藏藏，忍受委屈和唾骂，真是难为你了！我走了之后，你还是找个人家，好好生活吧。"

"你休想！"陈琳珊摇着头，话语中带着坚定，"唐子华，你想都别想，我要你，我这一辈子都跟定你了，不止我，还有我们的孩子！""什么？"唐子华吃惊地看着她，"我们的孩子？"陈琳珊流下泪水："就在前几天，我才知道的，本打算给你一个惊喜的！"

唐子华激动地看着她，带着些苦笑："命啊，我注定是对不起你们两个，不如……""你给我闭嘴，"陈琳珊说道，"我知道你想说什么，我告诉你，他是我们在一起的结晶，我会让他长大，会一个人将他抚养。"

"但是……"唐子华还要继续说下去,却被她再次打断。"以前,我什么都听你的,你总是认为没有足够的钱为我办一场体面的婚礼,这重要吗?"陈琳珊看着唐子华,"今天,我绝对不会听从,如果你愿意,今天,就是我们婚礼的日子。"

一旁的周奕璇和张琨,此时早已不知该说些什么,或许,带着祝福,也带着伤心,在一场注定没有幸福的爱情上,陈琳珊依旧如此执着。"不行,"唐子华迟疑一阵,拒绝起来,"我连戒指都没有,怎么能让你成为我的妻子!"

陈琳珊从兜里拿出一个盒子,缓缓打开,唐子华惊讶了:"这是……"陈琳珊噙着眼泪说道:"两年前,我生命垂危的时候,是你把戒指套在我的手上,虽然当时我们都放弃了彼此,可是这对戒指我还保留着,今天,让它们再一次见证吧!"说着,她将原本属于唐子华的戒指再一次戴在他的无名指上。

此时的唐子华,已经没什么力气,用颤抖的手抓住陈琳珊,将戒指向她的无名指送去。一旁的周奕璇,再也忍不住泪水,轻声哭泣起来,张琨轻轻将她搂住,没有说出话来。在戒指刚刚过陈琳珊骨节的一瞬间,唐子华的手已经坠落在床上,仪器开始发出急促的响声。"老公,我爱你!"陈琳珊的眼角,已经渗出泪水。

11

  那片墓地的小树林里，周奕璇静静地站在远方，因为自己的身份，她无法再向前一步。小雨淅淅沥沥落下，她紧紧地盯着，不远的地方，涂晓雯抚摸着墓碑，发出一声叹息，在她的身边，谭中傲和顾乐佳站立一旁，默默哀悼。

  人已离散，物是人非，当所有的一切都画上终结的时候，周奕璇靠近墓碑："哥，我怎么都没想到，最后的结局会是这样，我不知道有什么理由可以再继续停留在陈少军身边，没有了梦的目标，接下来我该何去何从？"

  不知何时，张琨靠近她的身边："为了你自己的梦想。"周奕璇站起身来："张琨……""也可以说延续我们大家的梦想。"张琨缓缓说道，"现在的我们，已经失去了领袖，他们已经开始涣散，对未来失去了动力，他们需要一个人，重新带领他们继续前进。"此时，周奕璇仍然一脸凝重，没有说话。

此时此刻，赵蕊来到二人的身边："请恕我直言，目前青霜的局面我们实在无法再进行下去。"张琨有些着急："姐，这时候提出，有些不太合适吧！"赵蕊叹息一声："真抱歉给你带来不好的消息，但是我今天早上得知，你们的投资商即将要求将项目资金撤出。"

"我知道，青霜之前发展过于急速，就像一场豪赌一样，连续开展了几个项目，资金链一旦撤出，那无疑是无底洞一般，再无回天之力。"周奕璇默默说道，"您说的是这个意思吧！"

赵蕊点头说道："之前大家对唐子华很有信心，但是随着这个突发事件，都变得极为保守了。""那我们不能白白等死啊！这是子华的心血。"张琨上前说道。周奕璇很是冷静，她对赵蕊说道："多谢你的提醒，我们会注意到的。"

面对如此困难的情景，面对如此这般无奈的境地，周奕璇已经毫无对策，她不明白为何当初的繁荣昌盛会变得这样凄凄惨惨。"难道真是因为陈少军的打压造成的？"这样的一个问题不断在她的脑海中环绕，不断地质疑自己。

夜色的笼罩下，周奕璇一个人孤独地走在这条道路上，能陪伴她的，也只有投射出的影子，此时的她，没有一丝心情关注周边的事物，在她的心中，自己，可能早已沦为帮凶。

"这么晚的天，注意别着凉了！"身后，传来了陈琳珊的声音，当她回头看去，张琨也在旁边。"你们……"周奕璇指着二人问道。"有些事情，别想一个人扛！"张琨慢慢说道，而陈琳珊也上前，"你为大家已经分担的够多了，也应该让大家出一些力才对。"

"但是……"周奕璇还是犹豫不决，她过多的思考源于自己对未来的茫然，"目前的情况，可能马上会面临清盘结算，你们再插入进来，这不是陷入泥沼吗？我绝对不会让你们冒这个风险的。""但是我们已经这么做了。"张琨用自己坚定的目光看着她，"现在再也不能后退了。"

"这个，你们看看吧！"不知何时，陈琳珊突然出现在王尧的身边，将一张纸条递给他。"这是什么？"王尧接过纸条，好奇地问着，"为什么要开媒体发布会？"陈琳珊并未做过多解释："别问那么多，按照纸条上的做吧，会有结果的。""真的吗？"王尧表示怀疑，"好好地不去做大，而是这样整臭自己。"陈琳珊回过头看了他一眼，王尧立即闭上了嘴。

在青霜原有的办公室里，陈少军观察着唐子华的一切，不禁欣慰起来，吴泽有些不太明白："陈总，为什么您要收购这里，这里并没有多少有价值的东西。"陈少军没有搭理他，只是抚摸着四周的一切："你不懂，这里包含了记忆。"

"什么记忆，竟然这么重要！"钱文伟也是不太明白。"他没告诉过你吗？"陈少军怀疑地问道，钱文伟有些生气："他从来没有信任过我，又怎么会告诉我心里的事情！"

陈少军不禁微笑："青霜除了现在的人员之外，还有一个创始人，她就是刘思盈，在这里，每一朵花，每一株草，每一棵树，每一个地方，都有她的印记，都有她的回忆，回忆，有时候可能比金钱更珍贵，收购这里，也是如此。现如今，唐子华和刘思盈都不在了，而这里，也将会是一个更大的天地。"

而在此时，一个员工走到吴泽身边，轻声说了几句，吴泽的脸一下变得紧张起来，急忙接过递来的文件："陈总，大事不妙！刚才得知，不知谁放出的消息，说青霜内部动荡，投资商都撤资了，留给我们的只剩下一些烂尾方案，大多都是正在往外出钱的项目。"

"该死的唐子华，居然敢阴我！"陈少军在办公室里摔着手上的一堆文件，大声怒斥吴泽，"你这是同归于尽的打法！"吴泽急忙说道："陈琳珊也是股东之一，这么做她也逃不了干系。""陈琳珊早在两年前离开的时候就将股份转给唐子华了！"陈少军更是生气地训斥起来。

"去，把周奕璇找回来。"在冷静之后，陈少军吩咐吴泽。这个时候，周奕璇看着过来通知自己的吴泽，心里很清楚，此时的情况万分危急，极有可能在一瞬间让自己身份暴露，也可能会前功尽弃。她走入办公室，看着陈少军。

"消息你都听说了？"陈少军反问她，周奕璇默默点头，上前说道："是的，我们被唐子华算计了！青霜亏损很严重，他这是故意走的这个棋，让您收购。""我知道！"陈少军挥手说道，"他想把我们拖下水，同归于尽，或者为自己争取更多的资金。"

"我们现在该怎么办？"周奕璇追问着，陈少军想了想："忍，百忍可成金，皇帝都能忍，我为什么不能？何况他最后什么都没得到，也算是报应吧，现在这些，就当作我为他做的补偿吧。"周奕璇听到这里，却不知是何种滋味。

就在这时，陈少军突然问道："你在这里工作几年了？"周奕璇微微一笑："两年了！"陈少军叹息一声，"是啊，两年，现在你要离开，我真是舍不得！""啊！"周奕璇不知所措，"陈总，您要辞退我！"陈少军叹息道："不辞不行，有重要任务交给你！"

"什么！"周奕璇非常诧异，脸色很难看。"我收到消息，唐子华在青霜出现问题之后，暗中成立了一个公司，你明天就去那里，就说是被我开除了,到了之后,尽快和陈琳珊取得联系。""她不是唐子华的女朋友吗?为什么要和她联系!"周奕璇很惊讶。

"这也是我最担心的!"陈少军得意地笑着,"真正的陈琳珊一直隐藏在暗处,这个是她的姐姐蒋瑶,两个人是仇敌。""仇敌?"周奕璇很不理解,"她们不是姐妹吗?""女人,感情嫉妒造成的,已经十几年了。"陈少军说道。"那您的意思是?"周奕璇还是不理解。

"我担心最近蒋瑶会没有束缚而乱来,你务必要找到陈琳珊,并且避免她们姐妹相见,免得我们的计划失败!"陈少军说道,"还有,如果有机会,打入他们内部,你要像尖刀一样插入飞扬的心脏,对其一击致命。""嗯,我明白了!"周奕璇答应着,脸上的神情很复杂。

"气死我了!"周奕璇刚刚回家,开始摔打东西。"璇璇,你干什么!家具不值钱吗?"张琨急忙阻止。周奕璇嘟嘟囔囔地,对张琨说道:"哥,你们现在一定要防着陈琳珊!""啊?"张琨不知缘由地看着她。"你只要知道,现在这个陈琳珊不是陈琳珊,她是陈琳珊的姐姐蒋瑶,真正的陈琳珊还不知道在哪!"

"等等!"张琨呆住了,"你是说现在出现的这个陈琳珊是由陈琳珊的姐姐蒋瑶假扮的,但是你还没有办法分清楚谁是陈琳珊谁是蒋瑶,而且真正的陈琳珊还没有踪影,对吗?""是的!"周奕璇坚持自己的观点。

"行了!"张琨并不相信她所说的,"璇璇,我知道你在陈少军那里卧底的时间很长,会渐渐受到这样的影响,再有这样奇怪的想法是不好的,适可而止吧。""可是……"面对怀疑,周奕璇很不高兴,"你不相信我！我去找子华哥说!"

墓园中,周奕璇独自一人抚摸着唐子华的照片,一脸不高兴地诉说自己心里的事情:"哥,张琨他觉得我实在瞎说,但是我确实听到了有关陈琳珊的传闻,这是我亲耳听陈少军说的。只有你才明白,也只有你能够相信,我真的很怀念你在的日子。"

"忘不掉过去的事情,又有什么资格把握现在!"她的身后,传来陈琳珊熟悉的声音。周奕璇警惕地看着她,缓缓站起来,说道:"你,来这里做什么?"陈琳珊走上前来:"我也很想念他,所以过来和他说说话!"

"不必了,"周奕璇冷眼说道,"不需要你这样假慈悲。""什么?"陈琳珊一脸诧异。"难道你今天来没有别的目的?你不是跟踪我到这里的?"周奕璇反问道。陈琳珊将鲜花放在唐子华的墓碑前:"璇璇,子华去世的那天,你也在场,怎么突然变成这样?"

"我想变的人不是我,而是别人吧!"周奕璇继续质问,仿佛要把事情追溯到开始。"够了,这样的争论没有意义。"陈琳珊抚摸着墓碑,"子华,你的孩子已经开始活动了,记得当初咱们说过,要一起居住在那个乡村别墅,教孩子游戏、玩耍。"

说到这里,陈琳珊拿出一枚佩玉,默默念叨:"只是后来,因为我那次中毒,和我们之间的一些误会,才让我们这个想法一直没有实现,可是现在,我们在最近的时候,却又这么远。还记得答应过我什么吗?要和我一起,看着天上的星星,给孩子们讲述咱们的故事,为什么你就这样走了!"

一旁的周奕璇看着她手中的玉佩:"这块玉!"陈琳珊点了点头:"他一直在身边,那次之后,便托表姐送给我了!""啊!"周奕璇一声尖叫,"你真是琳子姐姐!你是真的!""需要这么高兴吗?"陈琳珊轻轻说道,"切记了,从现在起,要对我做到这样的事情!""啊!"周奕璇不解。陈琳珊默默念叨:"我从来没有出现,你不知道谁是真谁是假,遇事糊涂,心思清明!"周奕璇仔细思考着,当她再次抬头的时候,陈琳珊的身影已经消失。

"这么早叫我们,有什么紧急会议?"谭中傲等人急急忙忙的走上前来,向身边的顾乐佳问道。顾乐佳摇头否定:"不知道,她一大早就让我们到这里,说有重要的事情要商量!""她?"谭中傲疑惑地问着,顾乐佳指着会议室的陈琳珊:"她执意要来,说有重要事情!"谭中傲笑了:"真是辛苦了!"

"各位,子华的离世对我们是一个不小的打击,自从青霜解体,我们的规模也顿时锐减,三个月来,我们一直存在方向性问题,我觉得,需要一个人,就像当初唐子华一样,敢于进行强有力的管理!"陈琳珊开始发表自己的言论。

"话是这么说没错,可是我们之中选谁最合适?"王尧摊着双手,一脸焦急的表情,"你们把我排除了吧,我一直就负责财务,根本不会管理别人!"颜晓梦回绝道:"这需要有大谋划的人才,我们还是算了吧。"

"那涂晓雯他们呢?"张琨费解地问道,也点醒了众人。"是啊,一直以来涂晓雯在帮唐子华处理很多事物,她是我们这里的顶梁柱,还有谭中傲,在研发方面也费尽心思,顾乐佳在策划方面也是驾轻就熟,他们应该可以胜任!"颜晓梦思索着。

"我们?"涂晓雯惊讶地看着其他人。"没错,你们三个来带领大家,想必都会信服的!"周奕璇说道。陈琳珊的脸色有些不自然,她呼喊着:"他们三个可以吗?""即便他们不会让我们复兴,也至少不至于落败,总比没有的好!""可是,我们的利益和权力又怎么划分?"陈琳珊积极阻止事态的发展。

一直沉默的谭中傲起身说道:"让我们三个组织,我不同意!""什么?"张琨看着他,"谭中傲,你们三个的能力我清楚,你别告诉我你们没有更大的雄心?"谭中傲微微一笑:"我们不是没有,只是不适合!"

"这是怎么说?"张琨不解,他想从谭中傲那里得到答案。"其实很简单!"涂晓雯起身补充,"组织大家的人必须要有一个大心脏,需要眼光长远做事稳重。我虽然是副总,但不善运筹帷幄,小乐和中傲负责的是技术,一流的技术,却在人际上吃亏,我们三人都不具备,所以我也不同意。""这样说来,我们选谁呢?"随着王尧的叹息,办公室陷入僵局。

"我还是觉得涂晓雯不错,她可以担此重任!"王尧的话语让人们的视线转向她。"也许吧,我还是觉得琳子比较好,子华的心事一般都向她倾诉,她知道他生前要什么!"顾乐佳打断涂晓雯的话。

"不不,"谭中傲阻止,"琳子不擅长这样的事情,我们不能冒这样的险!""但是她有人脉!"顾乐佳开始争吵起来,"她的存在一定会为我们赢得一些资金支持,何况我也希望她来带领大家!""小乐,这是公司大事,你不能情绪化!我们已经不能再出一点差错!"谭中傲高声呐喊,意图阻止顾乐佳。一场简单的会议,在二人的争吵下,变成了领导人的选举竞争。

或许感受到他们紧张的情绪即将失控,颜晓梦劝阻道:"大家都没法让步,不如这样,让周奕璇来担当负责人,我们大家来辅助她！""啊！"听到这话，在场的所有人，包括周奕璇本人都感到意外。"你们是在开玩笑吗？这么大的事情，好歹过过脑子！"周奕璇嘲笑自己。

"别这么说！"颜晓梦继续说道，"琳子，当年你在实习的时候也是这样，不如给她机会，我们要尝试一次，这样争论是没有结果的！""可是……"周奕璇的话还没有说出，手机响了起来，不得已，她走到角落接听。

"现在就开始权利争斗了？"一旁，谭中傲不敢相信自己的眼睛，"子华一走，真正是群龙无首！"涂晓雯点头应道："也许有一天，我们失去了核心，留下一堆琐碎烦心事。不过，生活总要继续，天大的事情都会归于平静，我们静观其变吧。"

不知何时，周奕璇回到了座位上，怯生生地问："各位，你们让我领导大家，也是可以，但是我需要你们的帮助，毕竟我……""这个没有问题！"王尧打断了她的话，"不管是谁当选，我们必须去支持。"陈琳珊也急忙说道："那是当然，我们大家集思广益，一定会将飞扬拉回来的！"

"好吧，既然你们这样决定了，我也不必说什么！"不知怎么，顾乐佳收拾好东西，气冲冲地走出会议室。"小乐！"谭中傲呼唤一声，急急忙忙追出。"那既然这样，你拿出一个计划，看看怎样来稳固！"涂晓雯见一切都已经平静，缓缓地对周奕璇说道。

夜晚，周奕璇敲开赵蕊的门，走入客厅："姐，我有件事情想请你帮忙。""说来听听。"赵蕊答应一声，坐在沙发上，看着心神不宁的周奕璇说道。"姐姐，我现在成为飞扬的头了！"周奕璇焦虑地说。"好事！"赵蕊的脸上露出喜色。

"可事实不是这样的!"周奕璇不知该如何说起,"你帮帮我吧!我现在很乱!""怎么了?"赵蕊按着她的手问道。周奕璇紧闭双唇,过了一分钟,才缓缓说道:"哥哥走了,我们失去了方向,而且内部也出现了问题,飞扬变得一塌糊涂,我现在接手这边,属于空降部队,不会有人听我的,完全手足无措,姐姐,你要教教我该怎么做!"

赵蕊泡着茶,看着她说道:"当事情让你无法分析判断的时候,就先扔到一边,清静一段时间,现在你给自己压力太大,好好休息一下,明天,我会给你一个答复的。""明天,"周奕璇感到很焦虑,"我真怕自己等不到,更怕自己做不好!"赵蕊笑了,宽慰着她:"放心,一切都会好的。"

新的环境下,或许会让人遗忘一些事情,涂晓雯却没有,她坐在桌前,双手下意识地抚摸茶杯,不经意间被烫到,双手急忙缩回。"别再分心了!"谭中傲将一杯温水递到她手上。"谢谢了!"涂晓雯叹息一声,心情依旧郁闷。

"心里还有事?"谭中傲坐下,想极力逗乐她。涂晓雯双手紧握杯子,泪水滴在桌子上:"我真的很害怕,我放不下那段阴影,还有子华,他怎么就这么走了,即便二哥鼓励大家,但是前途还是很渺茫的!"

"会有光明的一天的!"谭中傲宽慰她。涂晓雯一头扎在他的怀里哭泣:"我现在不知道怎么走,以前以为他就是我至亲至爱之人,这几天来,回到这里,我还是没办法!""没事的!"谭中傲轻轻拍着她,安抚涂晓雯。"或许我就不应该回来!"涂晓雯感受到的是孤独。

"瞎说什么!"谭中傲说道,"你有我们大家,这里就是你的家,有爱你的兄弟姐妹,你不在这里,还能去哪?"门外,顾乐佳和王尧商量着中午的安排,岂料看到了这样的情景,呆呆地注视着里面发生的一切。

谭中傲的余光看到了不远处,那已然无话可说的顾乐佳:"小乐!"顾乐佳走上前,一巴掌扇在他脸上:"无耻……"谭中傲急忙上前说道:"小乐,事情不是你想的那样。"此时,顾乐佳根本没有搭理他,径直摔门离去。

夜里,谭中傲走到顾乐佳身前,轻声说道:"小乐,事情真不像你想的那样。""是吗?"顾乐佳瞥了他一眼,"难道是我眼睛有问题?"谭中傲说道:"我说真的,今天涂晓雯心情不好,吵着要休假离开,我就是劝她而已。"

"劝她?"顾乐佳没好气地说着,一脸不在意的表情,"劝她需要拥抱吗?需要那么亲密?""你在说什么?"谭中傲皱着眉头质问她,"我从没见过你这样,那是咱们最好的朋友啊!""你也是我最爱的人!"顾乐佳突然跳起来大声喊着,"我不容许别人把你抢走!"

听到这里,谭中傲有些愣了:"小乐,对人的关怀也是我们的一个基本吧,何况唐子华去世,她也遭遇感情波折,至亲至爱的人都离她远去,我们不能视而不见,你也是同意过的!""我不管!"顾乐佳近乎疯狂地嘶喊,"我后悔行了吗?"

"小乐……"谭中傲上前呼喊,而此时,顾乐佳颤抖着身子,准备离家,"什么都不用说了,我们……分手吧!"谭中傲拉着她的手:"别走好吗?"顾乐佳用她那哽咽的声音说道:"谭先生,让我有个美好的离开,好吗!"

此时，顾乐佳的眼泪无法控制，从眼角中流出，她甩开谭中傲的手，径直向外走去。出租车里，只有伤心、痛苦的顾乐佳和街道上紧追的谭中傲，昏暗的灯光下，两个人，就这样渐行渐远，直到谭中傲再也无法看到顾乐佳的踪影。

不知过了多久，谭中傲快快地走回楼下，却发现涂晓雯提着行李箱，在楼下等候。"你回来了！"涂晓雯低头说道，却发现不见了顾乐佳的踪影，"她人呢？"谭中傲叹息一声："我们完了，她走了！"听到这里，涂晓雯有些吃惊，她带着歉疚说道："真不好意思，因为我，让你们……"

谭中傲拦住她的话："没事，我们只是需要冷静冷静。"涂晓雯应了一声："真不好意思，这次我回来，我只是为了参加唐子华的葬礼，没想到……""你还是要走？"谭中傲看着她说道。涂晓雯表示歉意："是的，我在这里总是会回想起不开心的事情，还是先离开的好，等我恢复了，我会回来的。"

谭中傲不禁感慨起来："小乐走了，子华走了，现在你也要走，我们当初四个人，现在已经……"涂晓雯说道："是的，想当初，我们一起打拼，现在早已人去楼空，真是不知道是什么原因。""好了！"或许是谭中傲感到太过悲哀，急忙转过话题，"不管怎么样，在那边好好生活，飞扬，就是你的家！"

夜朦胧，周奕璇刚刚出门，却看到一个人站在面前，眼光死死地盯着自己。"周奕璇，你好！"周奕璇看了他一眼："钱文伟啊！你不休息？"钱文伟呵呵一笑，走到她的身边："其实我刚到雄风的时候，就知道你是唐子华派去的卧底！只是我一直没有说，因为我要保护你，可见我多么在乎你！"

周奕璇没有好气儿地说:"你不是不说,而是没人相信你的话,钱文伟,你大晚上的和我说这些,你不觉得无聊吗?""怎么会呢?"钱文伟干笑着,"至少我愿意等你,何况唐子华已经不在了!"他伸出手,一把抓住周奕璇。周奕璇甩开他:"我希望你自重,哥哥刚刚去世,你懂得最基础的尊重吗?何况我有我爱的人!"

"那人是谁?"钱文伟追问着。周奕璇轻蔑地看着他:"钱文伟,那人是谁我有必要告诉你吗?你算什么!"钱文伟一愣:"周奕璇,你就这么走,难道不怕我把你的秘密告诉陈少军!"周奕璇凑到他身前:"那很好,你最好快点去,不过别怪我没提醒你,你认为老板会相信我,还是会相信你呢?"

"我说的没错吧!"站在墙角的刘馨看着怏怏回来的钱文伟,"他们的性格是很像的,对你没有一点信任感。"钱文伟怒视她一眼:"他们为什么这么对我?"刘馨漠不关心地说道:"陈少军收留你,只是把你当作一颗棋子,唐子华压根就没看上你,你想要信任,是比登天还难。"

"那你呢?"钱文伟说道,"整天除了物质和利益,还有什么是你值得在意的?"刘馨的笑容中带着些嘲笑:"首先,我不觉得这有什么不对,金钱和地位是每个人都会追求的,陈少军为何敌视唐子华,而唐子华因何送命?你和我又为什么能站在一起?"

"你有什么条件?"钱文伟问道。刘馨笑了起来:"很简单,当年陈琳珊给我难堪,我要让她还回来,把她绑起来,除掉她。"钱文伟回过头,恶狠狠地看着她:"听着,我只是和你有利益合作关系,这样的事情,你找别人来做吧!"

"哦?"刘馨的语气带着些嘲讽,"好吧,那就等着别人都飞黄腾达，你在这里被人踩死的时候，受尽别人的嘲笑吧。"钱文伟双眼紧闭，深吸一口气走回刘馨身边："好吧，我答应你就是了，告诉我该怎么做？"

"除掉周奕璇！"刘馨的话刚一出，就让钱文伟身子向后一退："不，不能这么做，那……"刘馨上前说道："陈少军把她安插在飞扬，她的任务就是制止蒋瑶和陈琳珊的接触，破坏飞扬的内部稳定，说明陈少军已经知道其中的变化了！"

"但是，唐子华是她的哥哥，她是不会这么做的！"钱文伟解释起来，刘馨继续说道："总有一天，时间会证明我是对的，如果不除掉周奕璇，你和吴泽会一直被压在下面，一直暗无天日，而蒋瑶则会一路高走，这是你希望看到的？"

钱文伟听到这里，没有了话语，而此时，刘馨继续说道："陈少军在这次事件中损失也不小，这个时候，介入雄风，扰乱飞扬，才会对我们有利，你想想，陈少军信任过我们吗？现在，是我们的最好时机，联手，一切都会成功。"

次日一早，颜晓梦静静地坐在办公室里，周围的人依旧在工作，只是缺失了一些熟悉的面孔，一些熟悉的声音。这，和当年的构想已经不太一样，她，只是坐在那里，那段曾经初在的美好。谭中傲走进办公室，两眼中没有了往日的神采。

"怎么了？这么失魂落魄！"颜晓梦凑上前来，看着他的奇怪感叹。"没事，我……我……"谭中傲挥手沉默了一会，"我能不能请假？""请假？"颜晓梦惊讶地看着他，"现在这个紧急关头，你无缘无故请什么假？"谭中傲叹息一声："我有些私事。"

"好吧！"颜晓梦感到无奈，嘴里喃喃念叨，"真是服了你们，一个个都开始偷懒了，小乐打电话也是要请假，还是长假，早不请晚不请的，偏偏这个时候！""小乐也请假了？"谭中傲一阵心疼，不断地问道，"小乐请假了？"

颜晓梦一脸诧异："是啊，别当复读机好吗？她请了长假，说自己从工作到现在，基本没有好好休息过，现在累了，想要好好到一个没人打扰的地方，你不知道吗？"谭中傲听到这里，急切地一把推开颜晓梦，向门外冲出去。

看着办公室里愁眉苦脸的周奕璇，张琨有些焦急，这些天来，两人虽然可以相见，却因为这其中的秘密，又使得两人不得不保持距离，也只有在网络上，两人才能展开无声的对话。张琨敲打着键盘，千方百计地让周奕璇开心。

"还在想怎么支持下去？"他关切地问着，周奕璇点头，指尖飞快："是啊，可惜很多事情都不可能完成，光是要整合现在这些老员工都已经很多事情了，他们很有能力，但也很有个性。""没关系，我们来维持，慢慢寻找机会！"张琨宽慰着心爱的人。"等等，电话！"周奕璇回复着，同时接听了电话。

"璇璇，我和絮儿帮你想到办法了！"电话中，传来了赵蕊的声音。周奕璇一阵高兴："是吗？姐姐你快点说办法！"电话那边，赵蕊说道："现在的情况无疑像是大病了一场，人们对未来很迷茫，对飞扬的信任不足。"

"这点我知道，但是不知道该怎么做才好。"周奕璇无奈地说道。赵蕊思索了一会："你们现在立即召开一个新闻发布会，告诉外界青霜的骨干力量已经加入了飞扬，这样可以换回一些老客户的支持，对内，要告诉员工未来的发展方向，只要争取到一单生意，就可以

— 221 —

慢慢做大！"

"嗯，我知道了，谢谢你！"周奕璇挂断了电话，对外面喊道："所有骨干人员注意，十分钟后在会议室召开紧急会议！""紧急会议？骨干？"听到这个消息，外面的王尧不知所措，"三个骨干都请假了，琳子也不在这里，我们做不了主的！"

"说什么话呢！"这时，门外传来银铃般的声音，陈琳珊走进办公室，开心地走到众人面前，"是不是说我什么坏话呢？"王尧发着呆："没有，我们怎么敢呢，就等着你来拿主意！""好了，言归正传，我们要开会了。"周奕璇冷冷地坐在桌前。"好吧，我们来说说你这次有什么安排！"陈琳珊也没在意，仍旧保持以前的样子。

周奕璇深吸一口气："我们现在的人员比以前少了，资金比以前少了，这是我们的问题，但是从另一个角度来看，我们的开支减少了。过去一年的磨炼，我们这支团队现在应该比当初更有经验，只是很少被人知道，外界人员以为我们已经完全烟消云散，因此，为了重新吸引客户，我们应该对外宣传，让他们知道，虽然青霜不在了，但是青霜的魂和人依旧在我们飞扬。"

"照这个意思，我们是要进行宣传工作？"颜晓梦疑惑地问着，周奕璇点头："是的，我们要让人们都知道我们的存在，才会有以前的既有客户，我们才会受关注。""这是个办法，但是要花多少钱啊！万一效果不好又该怎么办？"王尧提出了问题。面对这样一个问题，周奕璇环视一周，陷入沉思。

她身旁的陈琳珊没说一句话，只是不断地玩着手机，嘈杂的声音让她感到焦躁。周奕璇瞪了一眼陈琳珊："姐姐，你有什么意见？"陈琳珊指着自己："我？我没意见，你们来决定吧，我只是旁听！"

说到这里,她继续低头玩手机。

"那好,既然这样,我来说吧。"周奕璇说道,"首先,如果我们继续按照以前的道路来走,需要多长时间才能知道我们的技术和优势?你们现在在网上了解一下,又有多少人在关注青霜的辉煌?他们了解青霜的过去,而我们现在要做的是让他们知道事件的所有真相,告诉他们,那些造就辉煌的人就像凤凰一样,飞扬在这个属于我们自己的土地上空飞翔着。"

"这只是对外,那么内部呢?"王尧说道,"目前对影视行业的审查也很严格,这样让我们很多计划无法实施,更别说投资商对我们的信任问题了。"周奕璇看了他一眼:"我记得以前我们有一个比较小的项目,但是没有进行最终确认,我们可以用它来做一次尝试的。"

"不行,我反对!"王尧坚决地说道,"当初子华给这个项目的定位是影视游戏动画三线发展,如果出现一点点纰漏怎么办?如果项目无法完成,或者效益没有预期的好,我们又该怎么办?""要不交给我,我来帮你们看看。"一直在玩手机的陈琳珊说道。

"你?"周奕璇用警惕的眼神看着她,"我同意!"张琨说道,"琳子是子华的师妹,应该也有一些功底。""但是后果会怎么样?"周奕璇继续强调自己的观点,"别到时候承担不起。"谭中傲看了看周围:"其实,如果损失,我们是可以承担起的,倒不如试试。"

看着周围人们的目光和期待,周奕璇说道:"那好吧,我把东西交给你,希望你别让大家失望。"说到这里,她站起身离开了会议室。张琨走到陈琳珊身边:"别在意,她最近情绪……""我理解……"陈琳珊打断了张琨,"你有空多去安慰她吧。"

12

因为青霜的解体清算给雄风造成了额外的麻烦，这让吴泽心烦了一阵，不过陈少军依旧很镇定地坐在办公室，面对着前来的赵蕊，将茶倒好："赵总一般很少出面，今天来我这里，不知道有什么重要事情？""合作。"赵蕊开门见山地说着。

"不应该啊，"陈少军故作疑虑，"您和唐子华可是很好的朋友关系，而我是唐子华的竞争对手。"赵蕊笑了："你也知道我们之间的关系，大家开门做生意，为什么我们之间不能合作呢？""说得好！"陈少军听到这里，拍着桌子说道，"我很喜欢和聪明人合作。"

在送走赵蕊之后，吴泽近身说道："陈总，你真打算和赵蕊他们合作，他们……""别说那么多，他们这单生意能为我们带来不少效益，也当作弥补青霜被清盘之后的损失。"陈少军表情镇定地说道，"对她，带来的是一笔大额收入，对我们，可以甩掉青霜的烂摊子，为什么不做。"

说到这里，他突然问道："飞扬那边情况怎么样？"吴泽缓缓说道："这件事情我还正要说明，蒋瑶她现在在外面，说找你有要紧事，今天必须见到您！""这女人！"陈少军叹息一声，"让她进来！""陈少军，你给我解释一下到底是怎么回事？"陈琳琅刚到门口，声音已经传入他的耳朵，却见蒋瑶怒气冲冲地坐在陈少军的面前，"你说说，为什么让周奕璇进来插手我的事情，你是不是信不过我！"

陈少军一脸惊讶的样子："说什么呢，我是让她协助你的！"蒋瑶听到这话，不禁一愣："是吗，谢谢您关心，但是她来了之后大包大揽，弄得我很没面子，包括前几天的高层会议，直到结果公布出来我才知道有这样的会议。"

"结果呢？"陈少军问道。蒋瑶气愤地说着："他们确定了路线方针，对外要进行宣传，告知公众以前青霜的精英小组在飞扬，对内部要启动大梦计划的一个关键项目。""没有别的？"吴泽插话问道。蒋瑶摇着头："我都没参加会议，也就是小员工闲聊的时候说到的。"

听到这话，陈少军没有多说，只是应了蒋瑶一声，在她离开之后，却轻蔑地笑出了声。吴泽不解："陈总，您这是？""大梦计划！"陈少军说道，"这个计划是唐子华起草的，也就是说除了他以外，别人执行都是死路一条。"

"但是蒋瑶……"吴泽有些不太放心，"她现在在那边，我们没法注意到她的举动，会不会有一天……不如我们把她……""说什么呢！"陈少军怒视着他，"我们是做生意，不是黑社会，以后少给我说这样的想法，下次再有，别怪我翻脸不认人。"

"可是此人长期存在下去，会是一个很大的隐患！"吴泽有些退却,平日中陈少军的强硬态度,使得吴泽不敢开口,有的只是无奈的叹息,一般情况下,没有任何答复。陈少军按着自己的额头:"去,想办法把周奕璇叫来!"

"陈总,您找我吗?"陈少军的办公室中,周奕璇简单回复着陈少军的质问,陈少军一脸冷静:"听说最近你很辛苦,有什么需要帮忙的吗?"周奕璇微笑了一下:"没有,一些公司的内部日常事务,就这些。"

"我相信你能应付过来的,"陈少军说道,"蒋瑶也说过,你在其中应付得很自如。"周奕璇听到这话,心里已经清楚:"是不是她说了什么?"陈少军点头:"是的,前几天高层会议,她没有得到通知,而且觉得自己权利被你限制,已经有些不太对劲了,以后你可能要小心一些了。"

"我知道,"周奕璇说道,"陈琳珊情况如何,是否发现过她?""自从我进去之后,陈琳珊行踪一直不太确定,很难把握到她的动向。""所以你选择继续观察,成为飞扬的高层主管?"陈少军继续问道。

"是的,"周奕璇肯定地回答,"飞扬不能落到蒋瑶手里,而我没法确定她是谁,所以只能……还请陈总谅解。"陈少军看着她说道:"事情已经到了这个地步,何况你的做法也是没有问题的,只是注意一些,尽量少生事端。"周奕璇听到这里,点了点头。

次日一早,陈琳珊将所有资料整合完成后,放到周奕璇面前:"你先看看,剧本的编辑工作也已经完成,我们可以从出版行业开始入手。""这样做是不是太小家子气了!"周奕璇看着她说道,"我哥可是一直把这个项目列为重点计划的。"

— 226 —

陈琳珊摇头："是，你说的没错，但是我们现在要先解决推广问题，一开始那么大制作，应该很少有人愿意投资吧，慢慢来，以后机会多的是。""总感觉不舒服！"周奕璇说道。陈琳珊笑了一声："没事的，我昨天问过涂晓雯了，她的意思和我一样。"

面对陈琳珊的言语，面对自己的疑惑，一时间，她不知该如何行止，或许，陈琳珊看出了她的顾虑："Non dubitate, credare a quell che。""啊！"听到这话，周奕璇一声惊呼，两年前陈琳珊去的正是意大利。

"姐，为什么这几天你不表明你的身份！"周奕璇不解地问道。陈琳珊说道："其实最近我一直想找机会告诉你，只是我担心你分不出我和我姐姐，所以一直……"周奕璇看着陈琳珊，怯生生地问道："姐，你和蒋瑶是亲生姐妹，为什么她对你这么大仇恨！"

陈琳珊叹息一声："小时候，她什么都好，学得也快，但是，她处处好强，别人有什么东西是她想要的，就会想尽一切办法争夺过来，从小到大没什么不顺她心意的。""等等，受委屈的应该不是她，为什么她对你仇恨这么大？"周奕璇有些不理解地问道。

陈琳珊说道："她做事情没有规矩，一个人做事情超出了那个底线，就会被人们遗弃。有一天，她的文章中出现了差错，我超过了她，为此，她认为我在背后使手段，让她丢了面子，从那天起，她再也没和我说一句话。""嫉妒，就是这样产生的！"周奕璇叹息了一声。

陈琳珊缓缓说道："后来，家里的经济供不起我们两个，父母就做出一个决定，让我作为别人家的童养媳来换取钱财，继续供姐姐读书。""这凭什么！"周奕璇有些气愤，"都什么年代了，还有这样的事情！"

"是啊！"陈琳珊说道，"我也是这么想的，当夜，我就逃出了家，改名换姓，后来被赵蕊收留，她们家人对我很好，就像家人一样，渐渐地，我就是他们家里的一分子了！"周奕璇听到这里，有一种似曾相实的感觉。

"不管怎么样，事情已经过去，我们现在只能继续向前走，没有回头的余地。"陈琳珊默默说道。"姐姐，"周奕璇问道，"子华哥走了，倒不如你来接替……""你做得很好啊，"陈琳珊肯定地说道，"这几天，我看到了子华曾经的身影，相信你自己。"

"但是，我对未来的情况还是没有办法预测。"听到周奕璇的话语，陈琳珊思索了一阵："子华临走前说过，现在的情况，我们只能先求稳定，因此，我们需要尽可能的请回涂晓雯和顾乐佳，有她们的加入，对我们会省心不少。"

"只是，现在涂晓雯和顾乐佳的关系，我真担心，她们会不会再回来？"周奕璇依旧表示担心。"她们会的！"陈琳珊信心充足地说着，"相信我，在不久的将来，为了这个家，也为了自己，都会回来的。"

刘馨站在窗前，听到身后传来的脚步声："事情办得怎么样了？""已经都准备妥当了，只是，"张彦磊的身影闪烁着，"钱文伟是否可以相信，毕竟现在的情况，刘朦会很反对的。"刘馨转过身："当初你和我们合作的时候，就应该知道，从一开始接近涂晓雯到最后让她崩溃，我们已经走了这么多，现在是关键时刻，不可以功亏一篑。"

"只是，现在蒋瑶的身份还没有暴露，为什么要这样着急行动！"

张彦磊不解地问道。"你难道不知道飞扬在周奕璇手中已经做出网络推广，并且已经实施平台信息了吗？他们的网络频道已经建立起来，只要再过三个月，他们就可以恢复，不出半年，他们达到的程度会比唐子华在的时候更高！"刘馨转身吼着。

钱文伟疑惑地说道："大梦计划不是说其中一步走错了，就会彻底万劫不复吗？唐子华一死，他们为什么会……"刘馨看了他一眼："据说周奕璇已经得到了飞扬的主导权地位，她是否能够……""没这个可能，她一个小女孩，光整合现有人员都够她受的，哪还有心思做这些事情。"钱文伟坚决否定。

刘馨摇头说道："陈少军曾经多次提到过她，以陈少军对员工的把握，能让他这么说的，除了周奕璇之外，基本没有了。看情况她获得了陈少军的信任，据我所知，她已经知道了蒋瑶的真实身份。""那我们！"钱文伟很着急，张彦磊冷冷地说道："从内部把他们瓦解了？""不！"刘馨否定了，"周奕璇已经得到人心，很难被分离，现在的做法，只能从根本解决问题。"

窗外雷电闪过，听着窗外的雷声，张彦磊有些吃惊："我们……"刘馨很坚定地说："陈少军对我们什么方法，我们就用什么方法还回去。"张彦磊低下头："为了得到利益和金钱，为了两个公司，这么做值得吗？"刘馨冷冷一笑，闭口不答。

连续数周的工作让周奕璇已然疲惫不堪，她拖着懒散的身子，靠在张琨的身边，看着身边的人，张琨有些不忍，这些，原本并不属于她的管辖，却强行压下来。"要不，咱们休息一段时间吧。"张琨商量着说。

"不要，就让我这样靠一会。"周奕璇闭着眼睛，嘴角露出一丝微笑,"过了这段时间,一切上了正轨了,我会给大家放个假,好好休息。""真不知道要到什么时候。"张琨仰天叹息。当他再次看周奕璇的时候,她已经熟睡在自己肩上,"快了,就快了。"

在云南丽江的小城酒吧里,这里人来人往,喧闹嘈杂,涂晓雯在这里已经住了半个多月,此时,她正坐在街边,看着附近的景色,却听到一个声音在自己的耳边响起:"您好,请问这里有人吗?"说着,那个人就坐了下来。

涂晓雯看了一眼他,一脸不屑:"你也挺随便的,在问的同时已经坐下,请求成了一种形式。"那男子微微一笑:"不好意思,我刚才在吧台那边注意你很久,你一直坐在这里,倒不如我们拼凑在一起,不用两个人咫尺相望。"

"和你?"涂晓雯一脸警惕地看着他,男子尴尬地笑着:"这样贸然的和你说这样的话。我叫季冉,不知道您怎么称呼?""叫我涂晓雯吧。"涂晓雯冷冷地说了一句。"丽江的风光不错,是不是能带我转转了?"季冉说道,涂晓雯皱着眉头:"改天吧,我没有心情。"

"追求者?"吧台的酒保逗乐般的向涂晓雯问着,由于长时间的往来,众人都已经熟悉。"找死是不是?"涂晓雯指着他说道,酒保说道:"不是,能追求你说明你条件不错,大家都是成年人,这也是很正常的事情,我看这个人条件不错,可以考虑考虑。"

涂晓雯让酒保靠近身边,说:"我一个人来这里旅游就是因为……""不就是失恋嘛!"酒保笑着说道,"这年月,谁还没失恋过,用得着这样封闭自己吗?"正在这时,一个服务员走来,将字条递给涂晓雯:"刚才那位先生留给你的。"

"事情是好事情,只是这个时间……"涂晓雯将纸条露出,"约我在晚上十点见面，总感觉有些不放心。""那你的打算呢？"酒保不禁问道，涂晓雯转了转眼睛，顺手将纸条撕碎："这不就行了，我不小心弄丢了，没有看到！"

时间如此流逝，在约定的时间里，涂晓雯并未前往，而是漫步在小城之中，夜色中的天空看不到星光，乌云逐渐遮挡住了月光，小雨淅淅沥沥地下着，人们逐渐向回走去，街道上，也仅仅剩下了涂晓雯无助的身影和急促的脚步。

正在这时，她突然被拦下，"你怎么在这里！"涂晓雯抬头看去，季冉正在这里站着，由于冰冷的天气，他正蜷缩着瑟瑟发抖。"等你啊。"他发抖地说着。涂晓雯瞅了一眼时间："都已经半夜一点了，你还真等。"

季冉点着头："是啊，我约你的，总不能爽约吧。"涂晓雯开始有些担心："万一我今天不来呢！""不来也值！"季冉笑着说道，"那只能说明两个人缘分未到，至少我得到了一个答案。""得到一个答案？"涂晓雯口中喃喃念叨。

"对啊，"季冉说道，"你有没有听过这样的话，今生若注定无缘，又何必让你为难，此生若注定有缘，又何苦让我心酸？"涂晓雯看了他一眼："我很好奇你这些想法是怎么得来的？"季冉微微一笑："生活得豁达一些而已，如果你想知道更多，我可以慢慢告诉你。"

涂晓雯斜着脑袋："你让我想起了一个人，一个认识多年的朋友，你们都是一样的洒脱。"季冉笑了："是男朋友吧。""不是。"涂晓雯摇着头，看着窗外，原本下着的雨已经变小，只是外面，很是安静。"他和我是朋友，但更像是一家人，前不久去世了。"

说到这里，季冉沉默了，只剩下窗外细小的雨点打落地面的声音，涂晓雯低下头，有些害羞起来："真不好意思，我要先跟你道个歉，你之前让我赴约，我看时间……以为你是……"季冉拦住她："好吧，现在就算我们的第二次机会。"

涂晓雯摇着头："不，你只是为明天获得了第二次机会。"说到这里，她向自己住的地方走去。季冉的嘴角开始翘起，看着涂晓雯离开的背影，大声呼喊："明天去哪？"涂晓雯双手背在后面，轻步慢走："早上九点，束河古镇。"

次日一早，当季冉准时出现在涂晓雯的面前时，涂晓雯再也忍不住大笑起来，引起周围人的注视。"别笑了！"季冉面对人们的眼神和涂晓雯的嬉笑，小声地打断她。涂晓雯捂着肚子，深吸一口气："你今天这一身，绿色的衬衫，加一条白色的裤子，看上去像一棵白菜杵在我面前。"

季冉一脸无辜："我现在只剩下这样的衣服了，如果你不喜欢，那就算了！"说到这里，他准备离开。涂晓雯拦住他，强忍着笑声："没事，我笑笑就习惯了！走吧，咱们进去吧。"说着，她推着季冉向里走去。

从那天起，茶马古道，香格里拉，大理古城，苍山洱海，涂晓雯的照片里不再是一个人，每一个瞬间，她的笑容开始增加，而身边，季冉也无时无刻不在她身边，仿佛一切都回到了从前的梦中，那个失去很久的美梦里。

街边的小店里，涂晓雯坐在桌前，看着从店里走出的季冉："真想就这样下去，和你一样在外面旅行。"季冉笑了一下，将饮料放在她的身前："先多喝一些，下午还有地方要去。"而在这时，魏絮儿不知从哪里出现，坐在两人中间，季冉一脸不悦："姑娘，这里位置那么多，能不能到那个空桌子边呢?"

"不能!"魏絮儿坚决回绝，看着季冉生气的表情，涂晓雯解释起来："季冉，这是我朋友，魏絮儿。"听到这话，季冉收起不悦，涂晓雯笑着说："你怎么来这里了?""专程找你啊!"魏絮儿看了一眼季冉，从嘴里挤出一句，"家里有事情!蕊姐让你去找她，地方她给你发过去了。"

听到这里，涂晓雯看了一眼身边的季冉，不知该说些什么。"我和你一起去。"季冉平静地说着，眼中透出坚定的决心。"这个很难。"魏絮儿摇着头，"这次会面必须小心，你只能一个人去，我没有权限私下更改。"

听到这话，涂晓雯对季冉说道："你先在这里等着，还有很多地方没有去。"说完，她便独自离开。季冉有些恍惚，他看着正在玩手机的魏絮儿问："你们到底是做什么的，搞得和打仗一样，还要秘密接头。"

看着季冉不太放心的表情，魏絮儿说道："放心吧，这只是一次商业活动的秘密会议，又不是杀手组织接头，不用这么担心。""商业活动?"季冉还是不愿意相信，"商业活动会像这样吗?""你后悔了，还是害怕了?"魏絮儿抬起眼皮问道。

"后悔什么，害怕什么?"季冉不安地问着，魏絮儿坐直了说："万一我们真是杀手组织呢，万一我们做的是非法的勾当呢，你是不是后悔了?现在后悔还来得及，可以撤出去啊，对你对涂晓雯的伤害都不会太大，多好的事情。"

"瞎说什么呢!"季冉说道，"是，我是有一些担心，我是觉得不安，因为之前我从没有问过她，不知道她做的是什么工作，但是我还真就告诉你,即便真是你说的那样,我也愿意陪着她,我这辈子就认定她了。"

季冉的语气越来越坚定,声音越来越大,魏絮儿将手机放在桌上,两眼直勾勾地看着他:"冲我嚷嚷什么?"季冉不语,只是担心地注视着魏絮儿。魏絮儿指着他,突然拍在他的肩膀上大笑着:"不错,涂晓雯看来会过得比以前好。"季冉听到这里,长舒一口气。

魏絮儿笑起来:"话说得不错,不过你不应该给我表心意,应该给需要的人。"说到这里,她指着身后的马路,轻声吩咐:"她不容易,好好珍惜!"季冉回头看去,涂晓雯正从不远的马路对面走来,只是面容有些凝重。

"情况怎么样?"季冉上前相迎,涂晓雯神色凝重:"季冉,我可能没法和你再继续这样玩下去了!""怎么?"季冉一脸错愕地看着她和魏絮儿。"蕊姐说什么了?"魏絮儿也是关切地问。涂晓雯说道:"有个投资商愿意救飞扬,但是现在需要迅速和他回去。"

话说到这里,她看着季冉:"对不起,刚答应你要和你继续游玩,但是……""没关系。"季冉尴尬地笑了一声,"以后时间还长着,到时候我们再在一起旅行。""那你……"涂晓雯有些不舍地问着他,季冉没有立即回答,过了一阵,他才开口:"正事要紧,赶紧去吧。"

"好吧!"涂晓雯点头应道,说到这里,她快快转身,拖着沉重的步伐向前走着。"涂晓雯,这些日子我很开心。"季冉看着她的身影,大声呼喊。而在此时,涂晓雯纵然转过身,一把抱住季冉:"我也是,谢谢你,这段时间一直陪着我。"

从飞机上看洱海,就像人的耳朵,但窗前的涂晓雯并没有心思去注视，她的眼里，是她与季冉在这里的情缘，是一些泪水。"你真觉得这么做对吗？"身边一个短发男子问她，"如果你真舍不得，这事情我来处理。"

涂晓雯擦干眼角的泪水："没关系，我既然答应和你回去，就已经想得很清楚了，我是命中注定要为飞扬拼搏的，而季冉，是属于亲近自然的，他可以自由飞翔，而我，也要去走我的道路，这是我们必须要承担的事情。"

自从顾乐佳离开之后，谭中傲游离在工作状态之外，看着他的样子，颜晓梦对周奕璇说道："看，这是今天第几次了。"周奕璇没有抬头："这是第三次了，每次半小时，预计还会有两次。""这样哪行，我要去说说他！"王尧说道。

"还是算了吧！"张琨拦阻，"你说只能刺激他，起不了任何实质帮助，说不定会帮倒忙，就这样吧。""那他一直这样下去总不好吧！"王尧说道。"也是，"周奕璇说道，"他这样迟早不是什么好事情，通知大家，十分钟后开会。"

"你说什么？"王尧有些不太明白，周奕璇笑着说道："涂晓雯回来了，据说还带回来一笔投资，我正让晓梦去接。""这是个好事情，但是万一投资上要求干涉管理，又该怎么办？"王尧提醒一声，周奕璇笑道："我会想办法规避这样的风险，记得，把琳子姐叫上，我有事情安排。"

"目前我们的项目有些不太景气，"王尧开始在会上说道，"不知道为什么，在接触客户的时候，总是感觉对方不像以前那么愿意合作，而是一种懒洋洋的姿态。""大环境如此。"周奕璇缓缓说道，"还有什么事情？"

谭中傲回复着:"我们需要人手,我感觉目前人手实在不够,不像以前那样……""我不是给你添加一批了吗?"周奕璇问道,谭中傲显得有苦难言:"但是这些人我用得真的不自然,但从策划上来说,先有唐子华的跳跃思维,后有小乐的谨慎,都是可以直接使用的,来的都是新人,不知道能力,而且个性太过张扬,不堪重用。"

"这都是琳子负责的,这事情问她最清楚。"王尧说着。"哦,是这样,我也一直在学习,每个人的简历说出来都是那些,很难能确定的。"蒋瑶答复着。"咱们不是有人员合作机制和对象吗,为什么不用?"周奕璇悄悄说道。

"那个太复杂了,何况这些合作单位也都是唯利是图,看到我们现在的情况,也都……"蒋瑶说到这里,瞅着四周,"所以我在没有通知你们的情况下,和他们终止了协议。"周奕璇拍着脑袋:"没有了这些人,咱们的梯队建设需要一倍的时间,这样耽误的生意更不用多说。"

"真的不好意思,那我们现在怎么办?"蒋瑶继续问道,谭中傲说道:"现在只能依靠自身潜在优势,根据我们正在做的项目来进行完善,万幸的是那个剧本已经通过审批并且以小说形式出版了,只要有反响,经济积累到一定程度,我们就可以借机会扩大影响力,说不定一年之内会有成效。"

"不需要一年,其实很快的!"门口传来涂晓雯的声音,她独自走来,"不好意思,我回来迟了。""没事,只要能回来,什么时候都不算晚。"周奕璇说着,"刚才你说很快就会做好,为什么?我们现在的经济无法达到那样的飞速发展。"

涂晓雯坐在座位上:"各位,想必你们也知道,我这次带回来了一个投资商，他已经为我们注入一笔新的资金，让我们能够对项目进行专项开发，不再是简简单单的以往的平面媒体方法。""我们是制作行业，不再依照以往的方法，那还有什么？"蒋瑶好奇地问道。

涂晓雯只是笑了笑，看了一眼蒋瑶："这是个秘密，不过在这之前，我需要宣布一项人事任免。""什么？"王尧大吃一惊。"你打算做什么？"谭中傲急忙将他拉下："行了，人事任免权一直就是在她手里，先听听再说。"

涂晓雯转身说道："真是不好意思，因为前段时间我的休假，这个责任不可避免的让琳子你承担了这么久。"蒋瑶低声说："没事，这都是我应当做的。"涂晓雯微微一笑："其实我们都了解，你也是为了飞扬，现在我回来了，是时候来帮你了。"

"她这话什么意思？"王尧不解地问着谭中傲，谭中傲叹息一声："话已经说得很明白了，让琳子交出人事权，她要重新执掌。""但是琳子是法人啊！"王尧还是不太理解。谭中傲斜了他一眼："涂晓雯的回来就是为了给大家一个凝聚的信号，不用她说也能架空琳子，这话只是明确地告诉她而已。"

涂晓雯环顾四周："璇璇，你来这里时间最短，但是这个时期，是我们最艰难的时候，我想知道，以后的飞扬，你是否愿意与我们共同执掌？"周奕璇听到这里，有些吃惊，半晌没有一句话。"但愿会永远这样！"思索过后，周奕璇缓缓说道。

陈少军的办公室里，吴泽正站在一边："陈总，我听说公司要缩编。"陈少军说道："没错，现在经济环境不是很好，没必要养那么多闲人，该取缔的部门就尽量取缔吧。""是不是也包括青霜？"吴泽不禁问道。

陈少军抬头，微笑着说道："怎么，舍不得？"吴泽默不作答，陈少军指着他："那里原貌不变，我也舍不得那里。"吴泽还是很关切地问道："那原有的人员呢？"陈少军说道："收回总部，或者裁撤掉一些不必要的人。"

"但是……员工会怎么想？"吴泽这话刚刚说出，陈少军就恶狠狠地看着他："你是不是还想在那里当领导？告诉你，如果没有你，青霜根本不会这样，他们要恨也不是恨我，而是你，因为你的领导让这里没有半点起色，让你回来是保护你，你也该知道做事的责任！"

"飞扬那边怎么样了？"陈少军处理着手头上的资料，问着吴泽。"前段时间出走的涂晓雯已经回来，据说还带回来一个投资商，准备重新开始。"吴泽说道，陈少军抬起头："真有这事？"吴泽点头："是的，千真万确。"

"周奕璇也被那里提升，和涂晓雯共同执掌飞扬。"吴泽说道，"陈总，这个周奕璇总是在外面漂着，而且越来越强大，很容易失去控制。"陈少军将文件放到一边："蒋瑶有没有告诉你投资商是谁？"吴泽摇头，没有回答。

而此时，陈少军的手机传来周奕璇的电话："陈总，涂晓雯这次带回来一个叫曹飞的投资商，准备注资一千万。""曹飞！"陈少军感慨一声："刘馨情况怎么样？""很好，很稳定，没有什么异常表现。"吴泽说道。"还是需要盯紧，如果她有动向，随时汇报给我。"陈少军说着，离开了办公室。

看着陈少军的身影，吴泽感觉在这里越来越压抑，那个渴望出人头地的苗头已经破土，他知道，青霜的烂摊子已经让陈少军对自己失去了信心，只要陈少军存在，他就永远只能跟随在他人后面，永远不能得到自己想要的，正是因为这样，刘馨，成为打开这条道路的最佳人选。

"什么！他要缩编！"刘馨惊讶地看着吴泽。吴泽点头："是的，他亲口告诉我的，今天还给我说让我注意着你的动静，让我密切监视你。""你没说出去什么吗？"刘馨警惕地问道。吴泽回答："没有，我只说你一切安好，没有多说。但是根据这样的情况，要不了多久，我们就……"刘馨思索了一下："是时候行动了，我们要结交一些朋友。"

这天，张彦磊陪着刘朦走在街上，刘馨却出现在二人面前："能让我说两句吗？"刘朦看了一眼她："我们没有必要谈什么！"刘馨冷笑着："我知道，你认为唐子华的死和我有关，也认为我对不起他，但是我自己认为我没有做错。"

"你错不错和我有什么关系，我只是不想看到你。"刘朦说道，"就像你拆散涂晓雯一样，你也认为你没错。"刘馨带着些嘲笑讽刺着她。"行了，都少说两句，"张彦磊上前圆场，"你来找我干什么？""很简单，合作！"刘馨说道。

"合作？"张彦磊说道，"我为什么要和你合作？"刘馨冷笑着："我知道，你觉得我的做法有问题，但是我想问问你，这世界公平吗？""公平！"张彦磊不禁答道，刘馨继续说道："你想想，为什么陈少军和唐子华他们能够振臂一呼就有人来？如果他们出生在你的环境里，又会怎样？"

"这个我不知道，"张彦磊说道，"我现在只想过好自己的生活。""那真是太可惜了！"刘馨嘲讽着，"你应该在更高的平台上施展你的才能，但是很可惜，你没有那个平台，你心里其实早就愤恨，为什么都是人，为什么他们是领导，享受着我们无法达到的生活，而我们就要这样贫穷一辈子，这样的生活你甘心吗？"

"这是现实，我们没有选择的权利，只能去接受！"张彦磊想了想，缓缓说道。"不，这是你自欺欺人的话语！"刘馨继续说道，"如果你真的认命，就不会和我说这么长时间，你一直在欺骗自己，告诉自己努力是可以战胜一切的，但是到了最后却发现，你千辛万苦的努力，在他们那里就是简简单单的一句话！"

"够了！"张彦磊显然已经被激怒，他瞪着刘馨，"听着，你的声音已经严重影响我的心情，我现在不想听到你的声音，请你立刻走开。"刘馨嘴角微翘："当然，我会离开，但是也请你想清楚了。""我已经想得很清楚。"张彦磊说到这里，拉着刘朦离开广场。

"他不会回来了！"吴泽走到刘馨身边说道，刘馨依旧看着远去的张彦磊："不，他会的，因为他无法证明自己的能力，不论如何，他需要这样的一个空间，回来，只是迟早的事情。""是吗？"吴泽还是不太相信，"他和蒋瑶不一样。"刘馨微笑着走了："来吧，带我去见见钱文伟吧，说不定会有效果。"

彻夜难眠，寝食不安，张彦磊的耳中回荡着刘馨说过的话语，这一夜，他失眠了，现在的稳定让他渐渐失去自我，也或许是刘馨的话勾起了他曾经的那股冲动，张彦磊很想再去试试，再去尝试着追逐，只要能得到自己想要的，他愿意付出一切。

"你真的要出去吗？"清晨，刘朦看着正在打扮自己的张彦磊问道，张彦磊点头说："刘馨有新的消息，我不得不去。"刘朦站起身，一肚子的气话："你明明知道刘馨有多大私心，为什么还要和她合作?"张彦磊说道:"不和她合作,我还有出头之日吗,指望涂晓雯,我曾经希望她能帮我安排进驻青霜,可结果呢?"

刘朦气愤地摇着头:"那刘馨呢,她一定能帮你?"张彦磊说道:"是的,至少我有地方施展。"刘朦说道:"好吧,那你应该知道刘馨当年的所作所为,为了权力最大化,不断借恋爱之名向唐子华索取,后来唐子华出事,她见情况不对,扔下众人独自离开,在他恢复之后,又一次索要赔偿,这样的人,你就不担心?"

张彦磊冷笑一声:"那是唐子华愚钝,太过感情用事,我,是不会重复这样的错误,想利用我,我不会给她机会的。""但是,子华……"刘朦刚刚张开嘴,又被张彦磊拦住:"你给我听着,唐子华已经死了,收起那些没有必要的感情,所以,别再给我说这种无用的话。"

会议桌前,刘馨看着到来的蒋瑶、吴泽与钱文伟:"各位,我们现在已经是一条船上的蚂蚱,周奕璇夺班篡权,让我们对飞扬失去控制。""不止这些,"钱文伟说道,"陈少军那边正在缩编改制,处处设防,让我们寸步难行,如果没有任何变化,我们只剩下等死。"

"现在该如何是好!"蒋瑶问道,吴泽插话说道:"万幸的是,这些事情由于周奕璇的忙碌,目前无人负责,也就此耽误了,不过我们还是要快,他昨日让我提防馨姐。"刘馨微微一笑:"只是他怎么也没有想到,你已经选择了队列。"

吴泽冷笑一声:"陈少军虽然是我哥,但是从不将要职交给我,反而让周奕璇这个外人打理,她目前根基不稳,但是迟早会站起来,成为我们的一个麻烦。""那我们下一步的打算是什么?"蒋瑶还是有些不解地问着。

刘馨深吸一口气:"我们要将问题扼杀在萌芽状态,让她不能成为我们的阻碍。"听到这里,吴泽缓缓地问道:"你的意思是……"

"除掉周奕璇。"这五个字刚从刘馨口中挤出,钱文伟立即跳起:"什么,我们的目标不是飞扬和陈少军,这关周奕璇什么事情?"

"周奕璇,唐子华的妹妹,天资聪颖,又是富家出身,从小跟着唐子华一起长大,耳濡目染,也学得一些技能,后来在陈少军这边,不知道用什么方法,获得了陈少军的信任,于是重点培养,目前已经成为我们的最大麻烦。"门外,张彦磊慷慨激昂地说。

张彦磊坐在桌前:"唐子华死后,涂晓雯、谭中傲、顾乐佳三人亲密无间,可以稳住大局,但因感情缘故,顾乐佳负气出走,涂晓雯因为我的原因心情郁闷,根本没有心思搭理那些事情,也请假外出,谭中傲艰难应对,若不是周奕璇强势,恐怕早就完蛋了。"

"彦磊的意思是……"刘馨问他,张彦磊冷笑着说:"如果周奕璇出事,剩下的人就算有心,也没有那个力量,而陈少军也会因痛失一臂心中难过,到那时候我们再伺机反扑,大肆收下他的权力,不是更好?"

13

"看来这次回来刚刚合适，大家的力量又开始拧在一起，曹飞，谢谢你。"街道上，涂晓雯对身边的曹飞说道。曹飞微笑着说："你不怪我让你割舍和季冉的感情回来帮我，我已经谢天谢地，还说什么谢谢。"

涂晓雯笑了一下："这哪里话，飞扬包含的太多，它有很多人的心血和努力在里面，不能就这么毁了。""举手之劳，"曹飞背着手回应："我也不希望看到飞扬倒闭，眼下的局面，就像这芸芸众生，都为了那点蝇营狗苟的私利而奔波，都是眼前，一点也不大气。"

"接下来，我们该怎么做？"涂晓雯好奇地问道，曹飞嘴角微翘："平台，我们需要一个平台。""说得也是，"涂晓雯说道，"我们以往都是制作方，都是根据客户的需要才进行制作，但是现在我们的资金已经用到了动画那边。"

"所以需要改变，"曹飞自信满满地说，"我带回来一千万不能完全用在动画上，除了必要的开支外，还有别的用途。""比如?"涂晓雯不解地问着他，曹飞嘴角微翘："很多事情都不成熟，需要耐心等待。""会到来吗?"涂晓雯并不理解。

"涂晓雯。"身后传来呼唤她的声音，而这个声音，正是涂晓雯最不愿意听到的。"刘朦，你来这里干什么?"涂晓雯显然不愿意再见到刘朦，在语气中都带有气愤。"冷静!"曹飞在一旁制止，"先让她把话说完。"说到此处，他缓缓离去，站在了一边。

刘朦小心翼翼地看着曹飞，却一时不知该说些什么，思量之后，刘朦鼓足了勇气："彦磊的事情，我真的……""那都是过去的事情。"涂晓雯冷冷地打断，"对于他，我早就觉得没有多重要了。""我知道，"尽管如此，刘朦还是一脸惭愧，"今天请你出来，是因为张彦磊他……""我就知道。"涂晓雯嘟囔了一句，却看到远处曹飞给自己的眼神暗示，便继续聆听起来。

"他最近和刘馨他们联系频繁，我担心他会被利用的。"刘朦小心翼翼地说着，"几天前，刘馨已经开始邀请他入伙。""什么?"涂晓雯有些惊讶，"你是说刘馨……除过她还有谁?"刘朦摇着头："彦磊没让我知道，我只是想请你阻止他。"

涂晓雯听到这里，陷入了沉思，眼前的这个人，是她曾经的情敌，夺去了曾经让她深爱的人，而那个她曾经深爱的人，也正是伤害她背叛她最深的人，从内心出发，她不想帮忙，因为她没有这个义务，也没有这个想法。

"怎么了?"曹飞看出了涂晓雯的心思，来到她面前问着。"没什么，我们走吧。"涂晓雯默默说了一句，拉着曹飞准备离开。"求你了。"身后刘朦大喊一声，在二人回身的时候，却发觉她是那么脆

— 244 —

弱不堪。

　　曹飞看到这里，悄悄凑到刘朦身边，在她耳边说了些什么，刘朦的脸色有些舒缓，才缓缓离开。"你刚才给她说什么了？"涂晓雯警惕地问。"没什么，"曹飞笑着说，"我只是告诉她我愿意提供帮助。""为什么？"涂晓雯有些愤怒，曹飞一脸镇定："我只是看她可怜，就是想纯粹帮助她一下。"

　　"但是……"涂晓雯想要让他放弃这个危险的想法，而曹飞却轻叹一声："这个错，不在你，不在她，关键是在那个张彦磊，所以，对她仁慈一些吧！""那……"涂晓雯有些不愿就此作罢，却被曹飞的笑脸挡回去了："来吧，咱们说说剧本吧。"

　　面对日益发展的城市，陈少军越来越感到自己力不从心，自从周奕璇外出后，她越来越觉得后悔，吴泽虽然不会出现错误，但做事拖沓的风格让陈少军不得不干涉，甚至亲力亲为。

　　看着会议桌上的成员，陈少军开始宣布自己的命令："因为经济危机的出现，我们旗下的几个建筑公司和楼盘的销量出现了滞销，面对这样的事情，我决定进行一次自上而下的整合，撤销一些没有必要存在的部门和机构，具体情况都在这张详单里。"

　　人们听到这里，拿着详单去看，刘馨看着详单，有些不高兴："陈总，行政部裁员为什么会这么多，而且销售部的主管也要被裁撤，几个建筑公司的监理负责人也要更换，这些都是重要部门，未免动作有些大吧？"

　　"是啊，确实变动很大。"陈少军冷冷地说道，看着下面鸦雀无声，脸上却是一些不安的表情，陈少军开始高喊，"各位，一个强大的帝国旁边会有一个强大的敌人，以前我们的对手是青霜，因为他是有唐子华带领的，我们的一切行动和目的都是为了将他扼杀，我们做到了，也成功了，但是这之后呢？四个月了，我没有看到各位的一丝进取之心，各个尔虞我诈，完全没有当年的凌厉。"

"要记住，我们不是没有对手，在这座城市，我们还有很多的仗要打，唐子华虽然死了，但是他坑我们的一千两百万到底去哪了，陈琳珊最近的动向又是怎么样，你们都知道吗，一天到晚骄傲自大，认为我们是本地数一数二的就可以夜夜笙歌？错，今天没有警惕的心理，明天就会被消灭。"

"陈总，您不必多说了。"台下，周奕璇的话语从人群中传来，"我接受整合方案。""你当然能够接受了，外面有一个飞扬足够你挥霍了。"不知从哪里传来了刘馨的声音，"对于你的身份我一直表示怀疑，几年前唐子华住院，当时你也在现场，而且很关心的样子，这个关系……"

"够了！"陈少军一声怒喝，"大家都是为了公司发展，因为遇到了困难才要进行整合的，本来小小的事情若上升到诬告，那就很没意思了，也是非常悲哀的事情，这样只会让亲者痛，仇者快！"刘馨听到此话，默不作声。

待到众人走后，陈少军将吴泽留下："刚才你也看到了！"吴泽点头应道："是的，但是刘馨的传言在公司早有耳闻。""这个我知道。"陈少军表现得很平静。"你知道为什么还不管？"吴泽着急地问着，而陈少军则一脸淡定："我为什么要管？现在只是传言，还没有成为真实的事情，何况她的才智，让我很放心。"

听到这里，吴泽脸上流露出了惶恐，他看着眼前这个人，他的亲人，他的表哥，他的老板，在精神上一直视为偶像的人，一直压抑他，无法让他有广袤平台的人已渐行渐远，就像他的前途一样，最终被周奕璇所取代。

"前几次会议，我们的效果都不是很理想，也都陷入了僵局。"花园里，涂晓雯和曹飞慢悠悠地走着。曹飞看了看四周："出去旅游，咱们要先确定一个地方，然后制定旅游方案，这样在过程中省了麻烦，也很开心。"

"你的意思是先确立市场发展方向。"涂晓雯接着他的话说道"是的，"曹飞伸着腰，"我们先要有方向，没有方向就没有好的发展路线，虽然有很好的策划方案和剧本，但是始终没有明确该怎么去发展，更何况方案和过程，那都是瞎忙。"

"是啊。"涂晓雯暗暗说道，"最近大家一直在忙，却不知道自己究竟在忙什么。以前有人带领，我们只需要做就好了，当时没有意识到这样的责任究竟有多大，现在看来，曾经被忽视的反而是最关键的部分。"

"没关系，你把这个交给周奕璇，里面有详细的计划方案，切记，这次事情是你来负责，一切的事情都是你的想法，和我没有半点关系。"曹飞一脸严肃地吩咐她。涂晓雯看了他一眼，好奇地问："这样真能让我们翻身？这是琳子的愿望！"

"她！"曹飞一脸惆怅，"好像我来之后，没有看到过她。""可不是，"涂晓雯带着怨言，"你一到这里就让我联合周奕璇，拿下了她的权利，她能高兴吗？这件事情你做得有些着急，弄得公司有些人认为我是在夺权。"

曹飞陪着笑："这件事情是我做得有些仓促，但是时局如此，为了飞扬的成长，咱们也只能忍痛割爱了。""还要看她自己的理解，但是对于周奕璇而言，她一定会恨死的。""也是啊，"曹飞继续说着，"我还是需要找一趟周奕璇，让她留个神。"

"回来！"涂晓雯说道，"你就这么去啊，璇璇知道你是谁吗？"曹飞思索了一下："也是，要不你和我一起走吧！"说到这里，他拉着涂晓雯。涂晓雯甩手挣脱："行了，你坑我一个就够了，还想坑更多的人？"

"咱们做笔交易如何？"曹飞凑到涂晓雯身边，"有没有想过季冉？""没有！"涂晓雯扭过头，脸上流露出不悦。"说实话！"曹飞竖着指头再次询问，"这是最后一次，不要隐瞒自己的心，真实的对待自己。"

"想了有用吗？"涂晓雯挥动着双手，"他是天空的鸟，注定是要飞翔的，不会来这里见我的，游历，那才是他的梦想。而我，只能看着他飞，却必须要留在这里。""要是我能让季冉站在这里，你会带我去见陈琳珊吗？"曹飞笑了，没等涂晓雯回答，拍着她的肩头，"三天后，在这里见我。"

看着曹飞的背影，涂晓雯陷入了沉思，离开季冉，是迫不得已，若没有曹飞突然出现，那个所希望的小我将会变成真实，从内心深处而言，季冉的出现，改变了自己坠落的命运，而曹飞，又将自己拉回了这里。

在唐子华曾经的旧宅里，周奕璇从衣柜中取出一些衣物，走到陈琳珊面前："姐，这些衣服你真打算送人了！"陈琳珊接过衣服："是啊，衣服再怎么样都会旧，"她低头看着微微隆起的小腹，"也只有这个孩子，会成为新的开始。"

周奕璇叹息了一声，她知道，唐子华离世之后，孩子成为她的唯一支柱。在整个衣柜的深处，一套拖尾婚纱静静地安置着。"这套婚纱……"周奕璇不敢相信自己的眼睛，陈琳珊坐在婚纱旁边："他以前答应我的，等飞扬上了轨道，我们就会在米兰举行婚礼，眼看着将近了……"

说到这里，陈琳珊抑制不住自己的情绪，失声痛哭："我现在情愿他是出轨，是分手，至少我还可以看到他，但却不是……现在，我看到别的情侣吵架，都觉得是一种幸福……"周奕璇将她揽在怀中："姐姐，你别再多说了，哥哥也不想看到你这样。"

陈琳珊握住她的手："这件婚纱，就送给你吧，我想你穿着一定好看。""我！"周奕璇指着自己，挥手拒绝，"不行，不行，这是为你量身定做的，我怎么能……"陈琳珊抓住她的手："听我说，这件婚纱，我以后再也不会用到的，难道你帮我保管它都不行吗？"

周奕璇细细想着，眼睛飞快地旋转，她知道，如果自己不答应的话，陈琳珊会一直这么难过下去。"好吧，我答应了！"周奕璇缓缓接过，"但是我声明，我只是保管，它依旧属于你。"陈琳珊默默点头，也就答应了。

次日一早，在飞扬的办公室里，涂晓雯喊住了经过的周奕璇："这里有封信，打开看看。"周奕璇接过信："这次突然让我接任这么大的职位，别人看了之后会认为我是在夺权吗？"涂晓雯陪着笑脸："是啊，我也知道这里面的情况，但是你看了这封信之后，就知道里面的情况了。"

周奕璇听到这里，正准备拆开，却被涂晓雯拦住："这件事情要保密，别在这里看。"听到这话，周奕璇微微点头，来到了自己的办公室，当她刚刚拆开信封时，一枚平安扣掉了下来，看了上面的雕饰，周奕璇看了信件，不再说话。

办公室内，涂晓雯正在安排着剩下的工作，周奕璇匆匆来到她面前："他人呢？""谁啊？"涂晓雯一脸疑惑地看着她，"写这个信的人！"周奕璇有些着急。"曹飞！咱们的投资商。"涂晓雯缓缓地说道，"这会儿应该在河边钓鱼吧！"周奕璇挥着拳头："通知他过来，咱们要翻身了。"看着周奕璇的表情，涂晓雯笑叹一声："希望他的鱼已经钓上了。"

会议桌上，人们坐在一起，除了涂晓雯和周奕璇，各个带着敌意看着这个陌生的面孔，悄悄议论着眼前的曹飞。涂晓雯拍着手让大家肃静，站起身说道："这次请曹飞过来，是为了旁听，无论如何，他是我们的投资人，有权利知道资金流向问题。"

周奕璇清了清嗓子："闲话我也就不多说了，刚才得到消息，那个项目已经通过出版，目前反响还是很不错的，我们可以借这个机会再继续扩大影响力，不出半年，就可以争取回投资，我正让他考虑游戏研发问题，如果突破，会是个不错的事情。"

"现在这年头，做游戏就是亏本。"王尧说道，"利润点在哪？何况盗版产业这么发达，怎么来赚钱。"周奕璇瞟了他一眼："你知道我们打算怎么做吗？"王尧镇定地说道："那不就是出售光盘或者网络游戏，网络游戏现在太多，咱们没法抢占市场啊，单机，不会就是仙剑的样子吧？这都什么年代了，还回合制！"

"做游戏是要有前提的！"一旁旁听的曹飞按捺不住心中的愤怒，插话说道，"首先，我们并不是不做，而是需要这样的平台，既然项目的小说文本已经出版，那应该以此为契机，进行宣传和推广，如果永远闷着，什么时候才能走出去？"

"话是这么说，但是别忘了，我们的资金还是很紧张，何况这样做是会丢掉自己的本行的。"王尧很坚定地说着，并且看着谭中傲，谭中傲合上笔："对别的我不关心，我只关心如何执行，定下来之后告诉我一声。"

涂晓雯悠悠地说道："我们带回来了一千万的资金，钱应该是没有问题的吧！"这话刚出，被曹飞伸手拦下："制作部和市场部搭配好的话，能够自给自足。""如果真按照你这么说，我们也没有必要拥有这一千万，你也不需要在这里投资了。"王尧嗤之以鼻的讽刺，刺激着曹飞的神经。

"需要还是不需要，这不是你说了算。"涂晓雯开口说道，"我请曹飞加入，是更深层次的考量。"王尧听到这里，也不再说话，而曹飞环顾四周："各位，一个很好的东西，在不同人手上是不同的解读，这个可能会恶俗，可能会高雅，我们之所以一直原地打转，是因为自己被限制在一个早已成为模块的思维中。"

"这是行业规则，不然会被别人攻击的。"王尧再次解释起来，"那就打破它！让别人来攻击！"周奕璇突然说出，引得曹飞回头观望。周奕璇走到曹飞身边："如果旧的模式不能适应我们的生存发展，留着还不如毁掉，我能承担这个风险，你能吗？"

"当然。"曹飞嘴角微翘，转过身面向大家，"首先，我们要跳出原有的制作产业模式，应该建立平台网站，从原有的封闭式经营变成开放式，平台一旦被打开，我们的影响力只会大幅上升，到时候即便做百倍于我们资金的事情，也会有人前来参与。"

"你想好怎么落实了吗？"涂晓雯低声问道。"当然。"曹飞笑了一笑，说出了自己的计划方案，"前些日子我研究过公司的基本策略，我很不明白，为什么那么好的一个计划，会被你们做得步伐缓慢，毫无新意。"

"大梦计划是我们的最终计划，也是唐子华和刘思盈在位的时候制定出来的，你有什么权力看？"王尧愤怒地说着。"这是个计划，又不是圣经，我为什么不能看？"曹飞自在地笑着，"你们看到了大梦的表面意思，就没有发现内在含义？"周奕璇摇着头："我在做的时候，第二阶段要求加入游戏产业，这个实现起来也是很困难的，毕竟我们没有任何影响力。"

曹飞微笑着说道："这就是外人觉得无法运作的一个地方，因为大家生活在一个世俗利益的圈子里，所以大多数人会和王尧一样，认为是赔本的买卖。其实，计划的核心不是多少成功的项目，而是在那个几乎只字未提的平台上面。"

"平台？"周奕璇有些惊讶，"哥哥从来没给我说过什么平台。""没说不代表没有。"曹飞回答起来，"计划指出，任何依靠项目去获利的事情都是低端产业，这样无疑是杀敌一万，自损八千。获得的，都不是最大的利益。"

"你真这么认为？"周奕璇带着些疑问，"那你认为该怎么做？"曹飞斩钉截铁地说："这需要一个大平台，我们需要自己来搭建制作，不过我知道还有一个人拥有这样的平台，请他入股，可以事半功倍。""是谁？"王尧禁不住好奇地问着。"陈少军！"曹飞看着他，"他掌握着这个资源。"

"不行！"王尧坚决否定，"他害得我们赔了青霜，没了智囊，一心想要置我们于死地，我们为什么要和他合作？""各位，咱们是做生意的，既然是做生意，就必须要有容人之量，在共同利益出现分歧的时候，朋友才会变成敌人。"曹飞继续说着，而王尧向颜晓梦使了个颜色，离开了会议室。

看着几乎空无一人的会议室，曹飞悔恨地叹息着，而在此时，涂晓雯轻抚着他的肩膀："没事的，大家只是太在意过去的感情，听到这样一个颠覆性的思维，一时间难以接受。"曹飞摇着头："不，是我太着急，我忘了我不是唐子华，我是曹飞。"

"别这么说！"周奕璇走上前，"你也是为了公司好，你的想法也都是为了大家能够过更好的日子，只是……哥哥和思盈姐在的时候，他们对过去的感情没有消失，所以才……"曹飞拦住她："我知道，以后这些事情，我还是在幕后吧，你们能否帮我冲到前面？"

"当然！"周奕璇说道，"但是还不知道你打算怎么做这个平台。"曹飞深吸一口气："今天是我不好，提出这个概念的时机不对，现在我们自己先慢慢研发制作，静等时机吧！"

夜里，周奕璇叙述着白天的情况，陈琳珊却感到了一阵奇怪："照你这么说，这个曹飞是想打破原有的思维逻辑。"周奕璇点头应道："是啊，他看到了大梦计划更深层的东西，可惜大家都不支持。"陈琳珊听到这里，皱着眉头："看来是个不错的人，有机会我想见识见识。"

周奕璇听到这里，悄悄凑过去："姐，我听涂晓雯姐姐说过，这个曹飞从来的时候就提出想和你见见，要不要给你们安排安排，说不定会有好感呢！"陈琳珊拍打着她："信不信打你。"周奕璇乐了："说真的，你要托付的是个公司，好歹也要知道对方的情况吧。"陈琳珊听到此处，缓缓点头。

"这个曹飞，是什么人？"刘馨看着钱文伟问道，钱文伟说道：

"我调查过，但是没有这个人的具体情况，只知道他为人极其低调，但是出手非常霸道，周围也没什么朋友，这次加入飞扬，好像是赵蕊介绍给涂晓雯的。""严密监视，我们现在是最关键的时候，不能出现任何意外了。"刘馨默默说道。

这时，蒋瑶走上前："这次涂晓雯突然回归，后来周奕璇夺取我的职位，我想和这个曹飞有直接关系。"刘馨思索着："曹飞并不知道，他可从来没有见过你。""陈少军，"刘馨思索着，"一定是陈少军告诉过周奕璇，在这样的机会下，他们借机会将你踢出，好迎接这个新来的。""如果这样的话，他们早就知道真正的陈琳珊了！"钱文伟惊呼一声。

"来了！"在约定的地点，涂晓雯准时地出现，面对着曹飞，她和周奕璇扶着陈琳珊缓缓走来，曹飞一脸紧张，忙帮着让陈琳珊坐下："真是不好意思，让你这么辛苦的……"陈琳珊摇着头："没事，这毕竟是大事需要托付，我当然不能马虎，只是我不能明白，璇璇向来都坚持自己打拼，为什么这次会同意你的加入？"

"那个平安扣啊！"周奕璇说道，"这个龙纹平安扣本来是哥哥的，但是有次出去之后，也就没有看到了。"曹飞微微一笑："小时候的事情，在外旅行无聊，所以我们结伴出行，后来遗失在我这里，这次我听说他这里出了困难，所以找到了赵蕊姐，希望能够帮助渡过难关。"

"涂晓雯！"不知何时，涂晓雯的身后传来一声呼喊，那个人，让涂晓雯感到诧异，也感到欣喜。"你怎么来了？"涂晓雯惊讶地看着他，又回头张望着曹飞。"我说过，我要给你一个满意地回报。"曹飞乐呵呵地笑着。

旁边的周奕璇感到吃惊，她张着嘴用哑语向曹飞问着，而曹飞也悄悄的给出了一个满意的答案，三人看到这里，都捂嘴偷笑，只有涂晓雯自己，脸庞通红，她闪烁的眼神不敢直视季冉的眼睛："这儿有人！"涂晓雯低下头，害羞地说着。

季冉走上前，牵着涂晓雯的手："我这次，是想告诉你，从我遇到你的第一天起，我已经做好了准备，不再继续旅行，因为鸟儿终归是要回林的，而没有你的存在，天空再高，也只有寒冷，世界再大，都只有落寞，没有你的陪伴，任何精彩都没有意义，我希望和你在一起，体会你的精彩。"

"你是真的想清楚了？"涂晓雯甩开他的手质问，"你来这里，怎么生活啊？"涂晓雯再次提问，季冉牵着她将她揽在怀中："我想好了，和以往一样，做一个记者，只不过这次是长期的，我要和你在一起，就这样一直守护你。"

"我觉得你有些……不同！感觉很熟悉，很像我哥，但是又不一样。"周奕璇看着曹飞说，曹飞皱着眉头："为什么？"周奕璇乐了："你对我们都很熟悉，但是你更成熟，更稳重。眉宇间透露的，确实很像，只是样子还有些差别。"

"多谢夸奖！"曹飞微微笑道，"有些事情总会改变的。"周奕璇笑了笑，而此时，自己的手机响了起来："但是有些事情从未改变。""下来，到我们经常去的地方，我在那里找你。"张琨在电话里说道。"知道了，在那里等我！"周奕璇说了一句，随即离开。

穿过闹市街区，就是第一次张琨约见周奕璇的地方，这天中午，他特意选择此地，也就是为了给周奕璇营造一个美好的环境，在繁忙的事情中抽出时间，能够轻松享受难得的空闲，再回到几年前，那个无忧无虑的千金感觉。

当她走到路中间时，一辆汽车疾驰而过，在碰撞声中，人们的惊呼声中，那辆汽车早已没了踪影，留下的，只是倒在地上的周奕璇，眼前能看到的，只有张琨飞奔过来的身影，而她的意识，也随着自己的疼痛变得渐渐模糊，耳中的声音，也在逐渐消失。

"醒了！醒了！"随着颜晓梦一声呼喊，周奕璇渐渐睁开眼睛，不禁一惊，呆呆地看着眼前的人。"醒来了就好！"陈琳珊上前宽慰着，周奕璇看着陈琳珊，大喊一声："蒋瑶！"随即紧紧蜷缩在张琨的身边，双手抓住他。"璇璇，你怎么了？"张琨有些不解，看着她问道。

听到这里，陈琳珊指着自己的戒指："没事了，是我，我是你姐姐。""姐姐！"周奕璇啜泣着说，"是蒋瑶，是她做的！""蒋瑶是谁？"张琨等人问道。陈琳珊搂着周奕璇，安抚着她的情绪："她是我姐姐！"

"啊？"众人一声惊呼，"这是怎么回事？""她一直冒充我的名义，介入飞扬的事情。"张琨听到这里，若有所思地说道："我记得当时璇璇给我说过一次，但是我以为是陈少军的计中计，也没相信过，没想到是真的。"

"等等，既然是你姐姐，那就是一家人，为什么要这么做！"谭中傲问道。"她和我之间，有过节。"陈琳珊叹息一声，说出了那曾经的事情。"事情过了这么多年，我本以为会找我的事情，没想到，连累了璇璇。"陈琳珊看着她，一脸愧疚。

"没事的，"周奕璇说道，"我们早已经是一家人，既然大家选择在一起共同拼搏，富贵要同享，当然困难也要同当了。我没什么大事，你看，这不都挺好的。"周奕璇说着，试图活动自己的身体，却带来了一阵阵疼痛。

张琨阻止着她："行了，你命大而已，撞的时候你护着头了，要不然情况难说，现在生命是没什么大碍，但是你多处受伤、骨折，还需要好好休息一段时间。"周奕璇有些不高兴："那飞扬……""还飞扬！"张琨说道，"我们会共同处理，你就安心养病吧！"

"你们都走啊！"周奕璇看着起身离开的人们问道。陈琳珊回头笑道："有人陪着你，我们就没必要存在了。"说着，她走到张琨面前："好好照顾她。"张琨微笑点头，却发现周奕璇的手，直到现在还紧紧抓着他不放。

深夜的病房里，张琨看着熟睡的周奕璇，在一切确认无误后，便拿着水壶出去打水。当一切安静下来的时候，一个身影在走廊慢慢地移动，他推开了周奕璇病房的门。周奕璇感觉到一丝寒冷，双手紧拽床单，捂着自己的头，惊慌地呼喊："张琨，你快点来！"前所未有的恐惧涌上心头。

"璇璇！"她听到了熟悉的声音，她的床单被拉开，那正是周奕璇前些日子看到的，熟悉的陌生人。任凭她怎么挣扎，还是在一阵阵尖叫中看到了那人的脸。"你别过来！"周奕璇一阵紧张。"璇璇，你不是很愿意抢我的位子吗，怎么这时候害怕了？"说到这里，她走到周奕璇身边，阴森地看着她。

"你……是蒋瑶！"周奕璇警惕地提防着她。"是的。"蒋瑶暗暗笑道，"我本来不想这么做，要怪就怪陈少军，他偏偏把你派到这里，抢了我要得到的东西，所以，你该死！""不要！"周奕璇刚要呼喊，蒋瑶就已经拿出一根针管，向她扎去。

不知怎么，周奕璇挣扎着坐起来，双手狠狠一推，她退后几步，借着这几步空隙，她强行站起来，跌跌撞撞地向外跑去。楼道外，一阵阵有力的脚步声渐渐清晰。周奕璇好像得到了生的希望一般，向那里冲去。楼道里，传来一声惊叫，再也没有音讯。

"不可能！"陈少军在办公室里大声怒骂，"这一定是误传，她怎么会有事的。"吴泽说道："是真的，千真万确，医院的医生已经下了诊断，她已经醒不过来了！"陈少军大口喘气："不可能，这里面一定有问题，马上给我查清楚！"

吴泽继续说道："陈总，我们已经调查过了，这次真的可能……"听到吴泽的话，陈少军感到一阵头疼："怎么会这样，你们是怎么办事的！""陈总，这事情也不能赖我们。"吴泽解释道，"我们去了之后才发现，青霜……飞扬那边的人也在，双方可是敌对态度，我们不能近身的啊！"

陈少军感到一口闷气憋在心中，两眼恶狠狠地斜视着吴泽："你这是在为自己开脱吗？"吴泽好像察觉出一些不大对劲："陈总，没什么事情我先出去了。"陈少军强忍着，冷冷地说了一句："滚吧！"

"这什么意思？"谭中傲不解地看着突然如其来的信封，抬头向张琨问道。"我要辞职！"张琨坚定地说，"因为璇璇的事情？"谭中傲问道，张琨点着头："没错，同样的错误我不想犯两次。""如果真是这样，我不同意。"谭中傲将信扔回，还未等张琨反应过来，他继续说："你可以不用辞职，直接过去。"

"谢谢！"张琨收回辞职信，准备出门，却听到谭中傲说："只是你的薪水会减少，等你回来重新上班的时候，再恢复正常。"张琨笑了一下："你也变成奸商了。"谭中傲嘴角微翘："多谢夸奖。"

"对了,"本已离开的张琨突然转身,"如果我现在是你,最好请回小乐。"

"她现在会回来?"谭中傲问道。张琨说道:"让王尧去,此前琳子也和她联系过,只要她回来了,对你,对飞扬都会是件好事。""一个领导者能够化解误会和矛盾,一个领袖能够让不同利益的人站在一起。"谭中傲看着张琨离去的背影,半天没有说话。

"我觉得张琨说得对!"曹飞坐在办公桌前,看着张琨的辞职信,发表其意见。"他和小乐之前是情侣。"颜晓梦提醒了一下。"那又怎么样!"曹飞看了她一眼,"请顾乐佳回来,第一,能分担周奕璇一些压力,第二,也是解除这个误会的契机,除非他不想解除。"

"没用的!"谭中傲说道,"自打她离开之后,我天天给她打电话发短信,甚至就想知道她在哪里,她都无动于衷,不接电话,甚至我换了号码打过去,只要听到我的声音就挂断了,我去了她一定是躲着我的。"

"不如让我去吧!"王尧站在门口说道。"你?"颜晓梦皱着眉头,不敢相信。"他行吗?"曹飞悄声问道,王尧上前说:"你现在能找出其他的人吗?"曹飞听到这里,不禁叹息起来,涂晓雯和谭中傲,第一个被否定,颜晓梦掌管财务不能走开,偌大的公司,也就仅剩下他。

"好吧,这是我们唯一的机会,希望你别让我失望。"曹飞闭着眼睛默默点头,看到这里,颜晓梦走出办公室,来到王尧身边:"你有把握吗?"王尧说道:"我只要能够说明实情,也许会有转机。"颜晓梦思索了一下:"好吧,别再冒失,有什么情况随时汇报,快点去吧!"

小河流动，伴随远方平静的湖面，船桨击打水面的声音传入耳中。一颗石头落下，出现的不只是涟漪，还有焦虑和不安以及无奈的叹息。身边传来一个声音："还没有想开？"顾乐佳默默点头："不是，只是觉得命运多变，不像看上去那么永恒。"

　　顾乐佳回过头："你怎么来了！"王尧在她身后缓缓坐下："我是想请你回去的。"顾乐佳想了想："让我回去对着谭中傲？算了吧，他不是和涂晓雯……"王尧说道："你误会了。""什么？"顾乐佳流露出一阵惊讶的表情。"是的，你离开的第二天，她就走了。"王尧回答着她。

　　看着顾乐佳的表情，王尧深吸一口气说道："回来吧，我们现在真的很需要你，你走了，璇璇也出了意外，现在在医院昏迷不醒，即便涂晓雯和曹飞再怎么支持，也……""怎么会……"顾乐佳脑子一片空白，王尧说道："是的，她遭遇车祸住院，原本张琨照顾着她，但是没想到在张琨出去打水的过程中，意外出现了。"

　　"她怎么样，你告诉我！"顾乐佳急忙问道，王尧沉默了很久："我们是在楼梯间找到她的，医生说她可能再也醒不过来了！""不可能！"顾乐佳的反应的有些强烈，王尧继续说道："我这次过来，就是想请你回去，我们已经不能再失去任何一个人了。"

　　王尧说到这里，看着面部毫无表情的她，痛苦地点头补充："我知道，因为涂晓雯的事情，你可能对那里已经伤心了，临走的时候，大家告诉我，说一切依照你的意愿，如果你不回来，我们也都理解。""给我点时间，好吗？"顾乐佳开口说道，王尧听到这里，表情显得很失落。

　　"你那边怎么样？"电话里，颜晓梦问着王尧，王尧叹息一声：

"小乐让我给她一些时间，可能……你那边呢?"颜晓梦说道："璇璇还没有一点起色，张琨每天都在医院守着，已经连续十天了，涂晓雯已经答应回来，而且会带回一个投资商来。"

王尧叹息一声："这也算是目前听到的唯一的好事。"颜晓梦说道："是啊，现在情况复杂，刘馨来了好几次，还是为了收购。""她怎么还没完没了了!"王尧有些烦躁，"琳子还好吧。"颜晓梦说道："还好，现在魏絮儿照顾着，只是孕期反应开始出现了。"王尧说道："好好照顾她吧。"

他挂断了电话，回想起他临走时说过的话，如今却没有兑现，而最近的事情，曾经的兄弟感情一幕幕上演，他们的欢乐，笑容都一一浮现，只是现在，再也没有。"擦擦吧!"顾乐佳不知什么时候出现，递过一张纸巾。

"你怎么……"王尧一阵惊讶，顾乐佳鄙视地看着他："我还想问你呢，什么时候理解能力能上去。""你不是说你不来吗!"王尧问着她，顾乐佳无力地说道："我让你给我点时间，在这里住了这么久，我总要收拾行李吧，你倒好，就这样火急火燎地跑了，算什么事! 帮我提着。"说到这里，顾乐佳把一个包裹扔给了王尧。

14

"时机到了。"餐厅里,刘馨喝着咖啡,对旁边的钱文伟说道,"周奕璇出了意外,陈少军就少了翅膀。""飞扬那边呢?"钱文伟还是有些不放心,"曹飞可是能够接手的,据说顾乐佳也已经回归。听说自从曹飞来了之后,思路变得很清晰明确,并且对外宣布进入游戏娱乐领域了。"

"那又如何?"刘馨不屑地说道,"都是小打小闹,等我们吞下了陈少军这块大肥肉,飞扬那种小公司也自然成为弱者,到时候再慢慢对付他。只是有一个人,我要让她不能好过。"说到此处,刘馨托着脑袋,细细想着。

"听说你最近很忙!"赵蕊坐在茶几前,茶香也在滚烫的开水中渐渐沁入。"当然,混乱了这么长时间,现在需要弥补。"坐在对面的曹飞说着,"钱还用得顺手?"赵蕊继续问,而此时,魏絮儿走出:"他,说是投资的,结果一千万全部扣着不发,说是要拓展业务。"

赵蕊听到这里，悄声询问："是不是有什么新打算？""什么事都瞒不过姐姐。"曹飞笑起来，"大平台建设势在必行，陈少军手上有我需要的资源，我无法抗拒也不能抗拒这个，只是这样一来，整个飞扬会处在被动位置，这是我不希望看到的，到目前为止，我没有想出对策。"

"为什么这么说？"赵蕊问道，曹飞叹息一声："大平台必须在拥有市场的前提下进行运作，平台和市场缺一不可，有市场没平台，无法形成竞争力，有平台没市场，只会慢慢死亡，但是我们现在的钱只够做一项的。"

"因为这样你才没有轻易下手？"魏絮儿坐在一旁，曹飞点头："是的，这个问题一天不能解决，我就只能依靠自己的力量行动，周奕璇的意外已经让事情有些失控，这次顾乐佳回来，情况也还捉摸不定。"

"你是担心顾乐佳和涂晓雯存在的间隙？"魏絮儿问道，曹飞默默点头，却只字不说。赵蕊说道："我知道你在冒险，你是在用飞扬的未来赌明天，担心是正常的，但是为什么不发挥旁边人的作用和效果呢？"曹飞听到这里，眉头紧锁。

"为什么突然要建设大平台？"刚刚进入办公室的顾乐佳质问着颜晓梦，"我们的方向不是动画和影视制作吗？""我也说了，但是这是新领导人的意思！"王尧在耳边悄声说着，"这个太遥远了，万一失败，那就是彻底完蛋。"

"如果成功了呢？"涂晓雯不知何时从他的背后走来，"有盈利自然会有风险，这是我和曹飞指定的，王尧，你要是有意见当时为什么不提？现在在这里说有意思吗？""为什么不通知我？"顾乐佳转身，两眼盯着涂晓雯，"我是飞扬的策划总监。"

涂晓雯拿着笔记录着一些工作，让颜晓梦先离开这里："小乐，你刚刚回来，有些事情变了，它的整个氛围也在发生改变，不再像你想象的那么简单。""你是想说你也变了，对吗？"颜晓梦冷冰冰地说着。

王尧一阵吃惊："我告诉过你，他们之间没什么，何必要这样。"涂晓雯收起本子："当年四个人一起努力，走过了多少困难，聚散离合，我已经承受不起，你是飞扬的策划总监，你可以在你的想象中恣意行走，但我不行，这是公司，是我们最好的朋友用生命换来的，它的未来都需要谨慎规划，我必须遵守。"

听到争吵的声音，谭中傲冲到三人面前："能不能听我说一句，大家都是为了工作，都别……""有什么和她说吧！"顾乐佳看着涂晓雯冷冷地丢下一句，转身离开。"你没事吧？"谭中傲问涂晓雯。涂晓雯瞪着他："快去追吧，那个人才是你应该关心的。""真的？"谭中傲看了一眼他们二人，急忙追出去。

"我去工作了！"看到不欢而散的情景，王尧噘着嘴指着自己的办公区说。"回来！"涂晓雯怒喊着，王尧不禁一惊，转身回头，"您还有事？"涂晓雯思索了一下，不禁发出一声叹息："王尧，你能请回小乐，我很感谢你，谭中傲也会感谢你，但是现在，我需要做出一个决定了。"

王尧不禁一怔，却没有说话。"我以前做出过很多次决定，但都没有这一次这么为难。"说到这里，涂晓雯再次犹豫，但随即消失，"你还是换个环境吧，不要跑市场了。"王尧有些着急了："咱们不能这样吧，你说在这个公司里，我一直负责市场，这里论经验论资质都应该是……"

"这个我知道。"涂晓雯语重心长地说,"你说的这些我都明白,我们试图把每一个人都放到最适合自己的职位上,要说经验,也是整个青霜最有经验,它曾经风光过,但刹那间灰飞烟灭,它成得益于经验,也恰巧输在经验上面,现在,我需要一群能够向前冲的人杀出去,我们需要的是团结和信任,你总是欠考虑地说出自己的心里想法,你知道这会给团队带来什么影响吗?"

王尧细细想过曾经所经历过的,一时间哑口无言,"我希望你能从头重新走过,你要具备销售人员应有的态度和人际关系,你的市场部,我会暂时替你管理。"涂晓雯说到这里便已经离开,硕大的办公室里,唯独剩下王尧落寞的背影。

"小乐!"谭中傲追到办公室楼下,呼喊着顾乐佳,顾乐佳停下脚步:"没想到,一切居然会变成这样。"谭中傲走过来:"时间会告诉我们答案的。""时间?"顾乐佳有些难过,"时间只会让人忘记,但是不会告诉你答案,就像你我。"

"那件事,你还是不能忘记?"谭中傲轻轻地说着,顾乐佳说道:"王尧劝我回来,说这里发生了这么多变故,但是我告诉自己,回来的唯一理由,就是为了你,我告诉自己,一切都没有改变,当初我们熟悉的事情都还存在,所以我回来了。"

而在此时,王尧怏怏来到楼下,一脸疲倦。"发生什么事情了?"谭中傲拦住他问道。"我被停职了。"王尧一声长叹。谭中傲一脸震惊:"涂晓雯干的?"王尧看着天空:"是我自己的责任,她没有说,我一直以为这是我的优势。"话音未落,谭中傲已经向楼上冲去。

办公室里,曹飞正在和大家商议着下一步行动。"告诉我原因。"

谭中傲冲入办公室张口问道。"什么原因？"涂晓雯看着谭中傲，他指着身后追来的王尧和顾乐佳："王尧，为什么让他停职？""是我决定的！"涂晓雯淡然地转身，对曹飞说着，"王尧口没遮拦，影响整体发展，我给他停职，让他自我反省，这难道有错吗？"

"他怎么说也是我们的元老，你这么做会让人怎么想？"谭中傲生气地质问。"是元老又怎么样？"涂晓雯反问起来，"我们现在需要拼搏，不能躺在功劳簿上享受，有些事情总是会发生改变的，现在是飞扬，不再是以前的青霜，只要是对飞扬有利的事情，我都会做的。"

"话虽如此，但是你这么做实在……让人感到……"谭中傲的话卡在这里，不知该怎么说下去。"你是对我有意见吗？"不知何时，陈琳珊挺着肚子来到办公室里，"让他停职是为了王尧更好地成长，我想我没有做错吧？"

"为什么要这么做？"顾乐佳疑惑地问着，"琳子，以前我们在一起生活得也很融洽，大家有难同当，那样的日子不管再怎么苦，我们都愿意。""但这是生意，不是感情所能决定的。"曹飞一脸坚定。"但是现在，你能告诉我一个让我信服的理由吗？"顾乐佳的质问打断了曹飞。

"为什么，你能告诉我一个让我信服的理由吗？"顾乐佳追问着，"因为我信任他！"陈琳珊看着曹飞，"从他的眼神中，我看到了子华的那股劲头，从他的处事风格中，我看到的是一个比唐子华还要成熟果断的男人，他的每一个决定都是为飞扬全局考虑。"

"我不怀疑你，但是这样的做法，总让人觉得心有不安，自从涂晓雯和曹飞来了之后，飞扬出现的变动都是我们无法预料到的，更让我们觉得涂晓雯和曹飞来是要鲸吞飞扬。"顾乐佳说道。"各位，不用再争辩了。"涂晓雯站起身，"这件事的确是我做出来的，当然，或许大家会说我这么做是在驱逐元老，让我能够独揽大权。"

陈琳珊转过身来："瞎说什么，这是我们一起制定的，既然要求变动，就应变得彻底，你不要计较别人怎么说。"涂晓雯一阵冷笑："并非如此，从云南回来，我一直就希望能够尽快让飞扬重见光明，这样就可以和季冉双宿双飞去周游世界！"涂晓雯请辞。

"你说什么？"曹飞带着些责备，眼神中充满了惊讶。涂晓雯说道："我身居要职不假，带曹飞加入不假，辞掉元老不假，然而，从未有过妄图鲸吞霸占的举动，我原本不应该多言证明，只是不想让各位对这次制度变迁而忧虑。"说到这里，她摘下胸口的工作证，缓步上前。

此时，曹飞和陈琳珊被这突然的举动彻底惊呆了，半天没有一句话。"晓雯！"感到震惊的顾乐佳这才想到自己的所作所为欠妥，急忙上前阻拦，然而，涂晓雯去意已定，工作证也已经放到曹飞的桌前。"晓雯姐，你要逼死我啊！"顾乐佳着急地说着，涂晓雯也没有说话，纵然转身离去，厅堂之内，甚至整个公司，都望着这个曾经奋力拼搏的副总远去的身影，一个个呆立不动。

在自己的屋内，涂晓雯静静地坐在飘窗前，看着往来的车辆，目光无神，季冉走来，递上一瓶水："我有些疑惑，想要问问你。"涂晓雯笑了笑："你不相信我吗？"季冉摇头："初次见你，你目光呆滞，神情涣散，不像现在，虽然难看但还有些精神。"

"这么说，那就不需要疑惑了！"涂晓雯解释着，握住他的手，但即便如此，季冉还是有些忍不住："你真要辞职？""嗯，"涂晓雯

— 267 —

应了一声,"工作证都交了,岂能反悔。"季冉听到这里,叹息一声:"只要你知道自己在做什么,我就和你站在一起。"

而在此时,涂晓雯的电话响起来,她看着来电号码,紧张地看着季冉。"怎么了?"季冉问道,涂晓雯将手机递给他,一脸焦虑。"我不知道该怎么说。"季冉明白了,他缓缓地站起来,走回书房里。

涂晓雯看着手机上张彦磊的号码,心里清楚,这是季冉对自己的信任,而自己,也绝不能辜负了这样的信任,她选择了静音,将手机扔到一边,来到季冉的身边。书房里,季冉正坐在电脑前编纂着什么,涂晓雯也并未在意,从后面搂住他的脖子。

"这么快!"季冉拍着她的手,感到惊讶。"我根本没有接!"涂晓雯微笑着摇晃季冉。"为什么?"季冉有些不理解,涂晓雯说道:"像你说的,为了这样一个人让自己心乱,不值得,何况现在有你在身边啊!"

次日一早,当涂晓雯打开屋门的瞬间,却发觉张彦磊站在门口,"你来干什么?"涂晓雯丢下这句话,用力去关门,却被张彦磊一把拦下:"等等,你能听我说一句话吗?""无话可谈。"涂晓雯说着,用力地挤推,却还是被张彦磊挡住。

"我听说你辞职了。"张彦磊继续说道,"所以你现在没有钱了。""这和你有关系吗?"涂晓雯一阵冷笑,张彦磊微微点头:"作为你的前男友,我真替你不值,当初你为了唐子华付出那么多,结果硬生生被自己带进来的曹飞开除,真是只见新人笑,不见旧人哭。"

"说什么呢?"一直不愿出现的季冉突然吼叫道,"你说话放尊重点!""哎哟,原来还有人在里面。"张彦磊瞟了季冉一眼,"我说怎么目光变得柔情了，原来是有人陪伴，但是你别忘了，你最好的年华是与我分享的。"

涂晓雯一阵惊讶，正准备上前辱骂，却被季冉阻拦，他抓住涂晓雯的手对张彦磊说："我听说过这样一句话，不经历人渣，怎么能长大，我不管她以前如何，但是现在，她成长了，这也没什么可说的，也难怪，你没遇到好时候。"

"现在不是斗嘴的时候。"张彦磊对涂晓雯说道，"我们需要你的帮助。"涂晓雯冷笑着："但是我不想帮你。""仔细想想吧，这么多年来，你为那个看不见的理想付出了多少，但是最后得到了什么？金钱，地位，还是名誉？"张彦磊质问着，"现实一些，飞扬的领导人不是唐子华，不是陈琳珊，而是曹飞。"

"那又如何？"涂晓雯还是下了决心，"我不是为了某个人而坚守，是为了理想，不只是我，是飞扬的所有人，即便没有了唐子华，没有了刘思盈，没有了陈琳珊，但是我们还是会坚持，我不是刘馨，我不会有那么强的报复心理，也不是蒋瑶，不会有那么世俗的功利心态，和你，也更无瓜葛。"说到此处，她紧握着季冉的手，没有松开。

陈少军的会客厅内，涂晓雯将自己的履历放在桌前，两眼凝望前方，眼前，失去周奕璇的陈少军突然感到老了很多，头发中多出一些白发。"为什么要到我这里？"陈少军看着涂晓雯，涂晓雯说道："飞扬现在不再需要我了，我也需要四处求生。"陈少军一笑："需要什么职位？"涂晓雯露出一些羞涩："一个小职位，能够有个固定收入，和男朋友共同生活，足够了。""可惜了！"陈少军叹息一声，"欢迎入职！"

— 269 —

"又是一个！"等到涂晓雯离开之后，陈少军微笑起来，"唐子华你可真有本事，这么多人为你出生入死，愿意为你那个无法实现的理想打拼。""陈总发感慨了？"吴泽走进来说道。陈少军倒是多了很多感慨："我只是羡慕，唐子华死了之后，还会有这么多人为他作贡献，虽然不现实，但是很值得尊敬。"

"但是这些人很难降服！"吴泽说着，陈少军点头："是啊，但是用好就行了，刘馨和蒋瑶他们最近有什么动静？""她们……"吴泽有些迟疑，陈少军听到这里，心情更加烦躁，自从周奕璇发生意外之后，他一直心神不安，劳心劳力的工作已经让自己感到透支。

"最近审计那边一定给我盯紧，我昨天看了看账目，怎么越审计钱越少了？"陈少军说道。"或许是因为别的原因！"吴泽忧虑重重。"你有什么就快说，吞吞吐吐的，像个女人。"陈少军有些不耐烦了，他催促着吴泽。

"他是想说，让你好好休息！"不知何时，钱文伟走上前大声说道。陈少军抬起头，却发现在钱文伟身边，还有刘馨和蒋瑶，以及那个未曾谋面的张彦磊。"你们想夺权？就凭你们几个小角色？"陈少军冷冷地笑着，"我雄风的资产雄厚，员工团结，不是你们几个能撼动的。"

"看来你还不了解其中的情况。"刘馨上前说道，"我之所以这么做，是已经完全部署好了。""部署好了，就算这样，我还是掌握着公司的绝对股权，你有什么资格和我争？"陈少军冷笑着。刘馨轻蔑地看着他："陈总，你太自大了，要知道，唐子华就是这样败的，而你只是走了他的道路。"

"是，你早就意识到了我们的威胁，所以才会开始审计和所谓的改革，并且将收回的权力交给吴泽，为的就是让我失去原本在公司的亲信。""既然如此，你已经知道，我劝你还是早点结束这场闹剧，乖乖地回去工作吧。"陈少军依旧镇定自若。

"没错，一切都在你的计划之中，你让周奕璇到飞扬，目的是监视蒋瑶，只是，最后还是失算了。"刘馨走到他面前，"周奕璇之所以出车祸，是我安排的，假借陈琳珊的名义，制造意外，本想让她从此闭嘴，却仅仅是受伤住院，不过后来，蒋瑶替我补了一刀。"

"为什么要这么做？"陈少军感到一些不安，蒋瑶上前说道："她一到飞扬就开始夺权发号施令，后来联合涂晓雯一起共治，什么都没有我的份，我一定要让她死，只可惜最后，真是便宜她了。"陈少军愣住了："璇璇被你们害成植物人了，还说得如此轻巧。"

刘馨冷笑着："周奕璇是什么人，我想大家都心里清楚，你一直不说，也是有你的考量，失去了她，对你，对飞扬都是一个打击。""是有些，但是不大。"陈少军回击着，然后看了一眼吴泽，"你们能伤及人命，但是我雄风这样的资产，你根本无法达到目的。"

"是，你的这个想法是我原本最害怕的，但是现在……"刘馨一直冷笑，"你让吴泽审计，是因为信任他，但是你却偏偏忽略了他的重要性。"听到这话，吴泽和陈少军都感到震惊。"我让张彦磊加入，暗中蚕食着你的生意，并且吴泽和他签署订单，现在你的经济状况并非账目上那么好看。"刘馨冷笑着，"下一步，还有飞扬，我也要让陈琳珊尝尝苦头。"

"你休想。"陈少军觉得有些不自然，"你以为曹飞就是那么好对付的，飞扬那些人都是白痴？""我相信他们都有自己的实力，只可惜……"刘馨走到陈少军的身边，"坏就坏在唐子华能力太强，曹飞不能消除过去的影响，涂晓雯离任就是一个很好的证明，现在只能由陈琳珊走上台前。"

"这是什么？"刘馨来了一个反问，"这是挟天子以令诸侯，你说如果没有天子了，他曹飞还能号令天下吗？"陈少军听到这里，感到手心有些发汗，他不禁自叹："你为什么要这样做？"刘馨笑了："还是那句老话，利益，这样才能有足够的钱养活自己啊，不需要像以前那样寄人篱下，对于他们，更简单不过，张彦磊要的是施展的空间，钱文伟要的是出人头地。"

"这些我能理解，但是你呢？"陈少军狠狠地看着吴泽，"为什么要这样？"吴泽怯生生的，生怕与陈少军的眼神形成对视，而在此时，陈少军感到胸口一阵烦闷，一股热血从口中喷出，在阵阵疼痛中倒在办公桌前。

"可惜啊，"吴泽看到此处，一阵叹息，"陈少军，你机关算尽，千防万防，斗过了最大的对手唐子华，每一步的计划都那么完美，最后却输在了一个看上去很不重要的人手上，讽刺！你还是好好在医院待着吧。"

医院的病房内，张琨看着自己守护的周奕璇，陈琳珊和曹飞走到他的身边。"你们来了！"张琨看着两人，陈琳珊点头："璇璇是因为我姐姐才变成现在这样，当初我答应过子华，要好好照顾她，我也有责任。"

"你照顾好她？你连自己都照顾不好。"曹飞在一旁嘲笑起来。"我信任你，把飞扬交给你，不代表你可以损我，更何况在这个严肃的环境里。"陈琳珊瞪着他。"行了，你现在不是要说那件事情吗？"

"什么事情？"张琨转身问道。

"陈少军的雄风乱了!"曹飞缓缓说道,"什么?"张琨有些吃惊,"陈少军的管理可是出了名的强权铁腕,怎么会乱了阵脚?""一开始我也不相信。"曹飞嬉笑着,"但是也不能绝对,什么事情都亲力亲为,即便能力再大,总会出事的。"

"那他现在情况如何?"张琨急忙问道,两眼看着周奕璇,"璇璇大概意料不到会出现这样的情况。""谁说不是呢?"曹飞说道,"涂晓雯今早告诉我,陈少军因为吴泽反水,璇璇住院,已经心力交瘁,现在被送到医院,名义上是在治疗,其实是被软禁。"

"涂晓雯的事情你真的决定了?"张琨将话题转到此处,而曹飞也收起了笑容:"是她主动交出工作的,我拦阻不成。""这就奇怪了,"张琨一脸茫然,"一向忠心并且权力仅在你之下的涂晓雯居然……""她不需要权力。"曹飞冷静地打断张琨,"她只是爱做梦。"

张琨似有不解,看着身边的陈琳珊。"听他说下去。"陈琳珊悄声递话,曹飞叹息了一声:"现在,表面歌舞升平,发展欣欣向荣,其实还是一个乱世,这芸芸众生,谁不爱做梦?有人做的是浪漫之梦,有人做的是富贵之梦,只是像她这样的少有,做的是理想之梦。"

"这么说,这样的人,不适合担任高管。"张琨冷静地说着,而曹飞侧着脑袋:"那要看领导是否赏识。""难道你不赏识她?"张琨更加不解。曹飞微笑:"能遇到这样的朋友,我之大幸。""那为什么要让她走?"张琨越来越糊涂。"因为我不能阻止她的理想大梦。"曹飞镇定地看着张琨那一脸茫然的样子,闭嘴不言的笑着。"还是告诉他算了!"陈琳珊在旁边说道。

曹飞点头:"之前你们问过我,为什么一直说时机未到,不能启动大平台建设，我现在告诉你们，其实涂晓雯也一心想完成大平台建设。但是技术在陈少军手里，为此她一直苦恼，后来，得知刘馨等人决定逼迫陈少军，明白时机到了，如果好的话，可以得到陈少军的帮助，于是，在会议上她假借顾乐佳和王尧等人的质问，愤然辞职，其实，她早已经和我商量过了。"

"啊？"张琨惊叹，"谭中傲还给我打电话，说他们自己做得过分了，很是后悔。""这是必然的，"曹飞有些得意，"起码还说明你们几个人之间是有感情的。""但是现在，我倒是替涂晓雯担心了！"张琨很冷静地说，"刘馨、蒋瑶是什么人，都对她恨之入骨。"

"是啊，她这是羊入虎口。"曹飞意味深长地叹息，"所以，我必须对她形成保护。""你有什么计划就直接说吧！"张琨毫不犹豫，曹飞思索了一下："飞扬一直以工作室的形态存在，与人合作总是会吃亏，所以，我想把它注册，也好方便找陈少军谈谈。"

"和陈少军谈？"张琨有些惊愕，他看着陈琳珊。"没错，"曹飞说道，"这是我们的机会，也是唯一的机会，错过了时机，会被刘馨、蒋瑶下手，"看着陈琳珊，"而且更让我担心的是，她可能对琳子下手。""怎么会？"张琨说道，"刘馨恨陈琳珊，但是蒋瑶，毕竟是琳子的亲姐姐，好歹会念及骨肉亲情。"

"不，她不会！"陈琳珊冷静地说着，"每次遇到什么好事，即便是我做的，她也会抢，如果是不好的，她会推到我的身上。就因为这样，她从小被人宠着、惯着，只要是她喜欢的，就一定要得到。""典型的占便宜型。"曹飞冷笑着，"一个爹妈，两个截然不同的孩子。""好吧！"张琨说道，"虽然我不太认同你们接触陈少军的做法，但是顾乐佳他们的工作我来做。"

"没想到今天会这么顺利。"霓虹闪烁，在陈琳珊的楼下，曹飞表情轻松，"你知道飞扬注册意味着什么吗？意味着我们能够和别的公司一对一单挑了。""你打算怎么做？"陈琳珊继续问道。曹飞沉默了一下："季冉，他可以。"

"为什么？"陈琳珊问道。曹飞缓缓说道："这是一个很大也很危险的游戏，说是和陈少军合作，但是把所有希望都寄托上去，真不知道什么时候会从队友变成对手。""所以你的意思是？"陈琳珊好奇地问道。"邀请季冉入局。"曹飞镇定地说。

"什么？"陈琳珊更加吃惊，"三家合作，你是想让季冉和涂晓雯窝里斗啊。"曹飞笑着："是，非常时期就必须要用非常手段，合作一旦开始，意味着再也没有回头路了，只要能平稳过渡，一切都会回归正常。到那个时候，我会让刘馨他们尝到痛苦的滋味。"

"你真打算如此？"陈琳珊叹息一声，却犹豫再三，"曹飞，我想请你答应我一件事情。"曹飞注视着陈琳珊："什么事？"陈琳珊抿了抿嘴唇道："不管什么时候，不管再怎么样，我希望你在解决这件事情的时候，不要伤害蒋瑶。""那璇璇怎么办？"曹飞有些激动，"她是……唐子华的妹妹，到现在还在医院里躺着！"

"但是……毕竟，她是我的姐姐，我不能看到自己的家人受到伤害，"陈琳珊难过的表情，激动的心情牵引着自己的情绪，眼角出现了泪水，呼吸变得急促起来，"我失去了璇璇，更失去了最爱的丈夫，现在不论姐姐如何，我都不能……""我明白了。"曹飞点了点头，"时间不早了，早点上去休息吧，不然魏絮儿会着急的。"

"蕊姐，这事情你要瞒多久？"魏絮儿拿着手机说着，"这件事情再这么憋着，我真怕我忍不住。"电话里传来赵蕊的声音："再忍忍,现在是紧要关头,必须扛过去,不光是你不忍心,我们都一样,只是目前还需要隐瞒。"

"我知道,"魏絮儿说道,"但是晚上听到琳子的哽咽声,我都……"
"再忍忍,琳子是我妹妹,我也于心不忍,只是为了子华的那个梦想,我们必须有所牺牲。"电话那头,赵蕊平静地说着。"为了他的理想,牺牲别人的幸福,值得吗?"魏絮儿有些气愤地质问着,"我现在有些怀疑当初的选择。"

门铃响了,"应该是琳子回来了!"魏絮儿说了一声,挂断电话前去开门。"回来了,"魏絮儿笑着说,"最近有些不太正常,怎么开始往台前走了,这可是打破了你只在幕后的规矩啊。"听到这里,陈琳珊说道:"我也是没有办法,曹飞需要我的帮助,以前那些人对他不太服气,所以需要我出面解决。"

"这么说,你们两个配合得挺默契?"魏絮儿试探着说。陈琳珊缓缓点头:"是的,但是时间不会很长,他打算将飞扬注册,这样可以对外竞争不吃亏,那时候我就该退居二线,安心养胎了。"听到这里,魏絮儿递过一杯开水:"你觉得这个曹飞怎么样?"

"不错啊,"陈琳珊接过水,"他果断、坚决,处理问题也很成熟、沉稳,如果说子华是原始型号,曹飞就是他的升级版。"魏絮儿凑到她身边:"那……你没有考虑一下?""瞎说什么呢!"陈琳珊挥着手,"他是曹飞,即便他比唐子华优秀,长得也有些相似,但是他永远不会是唐子华,我爱的是唐子华,现在,他唯一的骨肉,是我余生的最大的安慰。"

"但是……"魏絮儿刚刚张嘴,就听到门铃响起。"谁这么晚还来这里?"魏絮儿一边说着,一边打开屋门。"这么晚了,应该是走错了吧!"陈琳珊说着,却没有听到魏絮儿的半点回复。"絮儿?"陈琳珊觉得不太对劲,向门口走去,楼道的灯光提醒着她,门还是打开着的。

当她走到楼道,却听到一阵闷响,家门已经被紧紧关住,而刘馨站在她的正对面。"你?"陈琳珊警惕地盯着她,而刘馨却看到了陈琳珊的异样:"没错,是我,真是没想到,两年没见,你已经有了孩子。""但是两年来,你没怎么变!"陈琳珊说着,并缓缓向楼道走去,"你们把絮儿怎么样了?"

"她很好!"刘馨指着暗处,陈琳珊顺着她指的方向望去,此时,张彦磊的身边,魏絮儿被绑缚着,尽管她用劲全力挣扎,也无法挣脱。"安静一些吧,"刘馨冷冷地说道,"再怎么挣扎,你能挣脱他们两个人吗?"

"你就不怕会遭报应吗?"魏絮儿恶狠狠地说着,刘馨来到她身边:"报应?这里的那个人当年没遭受过你们的嘲笑和讥讽,如果真说报应,应该是我们。""这么说,你的目标是我。"听到这话,陈琳珊缓缓说道,此时,她已经来到楼梯口。"不光是你们,也包括我。"突然,从陈琳珊身后传来蒋瑶的声音。

"姐!"陈琳珊带着些惊恐,退后了两步。"琳子,你没想到我会出现在这里吧?"蒋瑶缓缓说道,陈琳珊默默点头:"家里人怎么样了?""你还有脸问。"蒋瑶恶狠狠地说,"当年你逃婚离开,倒是轻松了,但是爹妈呢,因为这样的事情,在村子里因别人的指责中风了,几个月后在野外才发现了他们的尸体。"

"什么?"陈琳珊一阵惊讶,蒋瑶指着自己:"后来,他们逼迫我去顶替你做人家的媳妇,你知道那种苦吗?知道什么叫生不如死吗？这一切都是你造成的。""你既然都知道，为什么还要抱怨琳子，难道不会将心比心？"魏絮儿质问着她。

"你给我闭嘴，这是我的家务事，哪轮得到你插嘴。"蒋瑶厉声呵斥，"就因为你，才造成了家里面的悲剧，如果不是你逃婚，什么都不可能发生，你解脱了，到了这里，改名换姓，什么都有了，而我呢，最后一无所获，这公平吗？"

陈琳珊沉默不语，她的情绪还沉浸在父母离世的悲痛中。"所以，这一切责任，都应该你来承担！"蒋瑶高声呼喊，从背后拿出一把刀子，魏絮儿看到此处，也不知从哪里来的力气，挣脱了张彦磊，冲到陈琳珊身前。

蒋瑶怎么也没有想到，魏絮儿居然用自己的身子紧紧护着陈琳珊，刀子瞬间扎入了她的身体。"絮儿！"陈琳珊大声疾呼，而在这时，魏絮儿拉着陈琳珊的手，向楼下狂奔，这平时熟悉得的不能再熟悉的楼梯，现如今却感到陌生和漫长，而灯，也在急促的脚步声中迅速点亮。

"快到了！"魏絮儿看到前方就是大门口，鼓舞着陈琳珊，而在此时，吴泽从门口闪出，拦住了二人的去路。"我们跑不了了！"陈琳珊一个踉跄跌倒在地，也带倒了因失血过多而没有气力的魏絮儿。

"怎么不跑了？"吴泽走到两人身边，冷冷地讥讽，"你们两个美女，都是死脑筋，你看，失血过多可不是一件好事，还是顺从了我们，我马上将你送到医院进行治疗。""坚决不可能！"魏絮儿狠狠地说道，在这一瞬间她双手死死抱住吴泽的腿："姐，快跑。"陈琳珊带着哭腔，有些不忍。

"别管我，你不跑谁也没有机会。"魏絮儿不断地呼喊着，吴泽使出全力，却没法掰开魏絮儿的双手，而陈琳珊则艰难地站起身，向大门口跑去。看到渐行渐远的陈琳珊，魏絮儿的意识渐渐模糊，此时的她，只是会心一笑："蕊姐，我没有说出那个秘密！"

步履蹒跚的陈琳珊一路跟跟跄跄，她知道，魏絮儿可能出现最坏的情况，只是现在，这条魏絮儿用命换来的道路，却即将被封锁，灯光下，钱文伟的身影让她感到毫无希望，她一个趔趄，坐倒在地，瑟瑟发抖地看着自己面前的钱文伟。钱文伟冷冷一笑，来到她的身边，将她按倒在地，右手紧紧锁住陈琳珊的脖子。陈琳珊瞬间感到无法呼吸，在几次毫无意义的挣扎后，彻底失去了知觉。

当她恢复知觉的时候，却发现自己在一个小黑屋子里，努力地挣扎着，却发现自己已经被绑缚在床上。而在此时，门开了一个小缝，外面的光亮照射进来，陈琳珊心里一揪，警惕地注视着。"别怕，我是来救你的！"刘朦捏着声音，走到她身边。"你？"陈琳珊感到惊讶，

"快走！"刘朦一边解开绳子，一边说，"彦磊做了那么多错事，而且一错再错，我想替他弥补一些。""那你怎么办？"陈琳珊坐起来问道，刘朦回复着："没事的，你现在有唐子华唯一的骨血，不能有任何闪失，不然我怎么对得起他。"

"那你怎么对得起我？"门口传来张彦磊的怒喊，"从一开始你就阻止，你的脑子里只想着唐子华，有没有想过我的感受？"而在这时，钱文伟冲上前，死死按住了陈琳珊。"我求你了，放过她吧，"刘朦拉扯着张彦磊说道，"别再一错再错。"

"一错再错，"张彦磊冷笑了一声，"开弓没有回头箭，我们已经没法回头。""把她带出去！"一旁的刘馨吩咐着，让张彦磊拖走

刘朦,她来到了陈琳珊身边,"至于你,我想你应该很清楚会有什么样的结果吧。"

"你这么做,想过结果吗?"陈琳珊咬着牙,一脸愤恨。"当然!"刘馨回答,"没有你的存在,飞扬会听曹飞的吗?"陈琳珊感到一阵寒冷,她知道,这可能是自己在这个世界上最后的时间了,刘馨冷冷一笑:"别担心,我不杀人,但是我会让你生不如死。"

与此同时,蒋瑶走到了陈琳珊的床前,手里拿着一根针管:"你知道吗?从家破人亡的那天起,我就发誓,要让你知道,失去原本你认为理所当然拥有的东西,会有多么痛苦。"陈琳珊的双眼瞪直了,她双足不停地蹬踏,在这一刻,她希望会有奇迹,能救她脱离这如同噩梦般的地方。

但现实终究还是现实,在针头扎入的那个时刻,她仿佛能清楚地感受到,在注射终止妊娠的药物时,胎儿的抗争与不愿,没多久,胎儿的心跳正在减弱,因为挣扎被绳子绑缚的手腕上鲜红的血液正在滴落,随着腹中那剧烈的运动停止后,陈琳珊的四肢也垂落下来。

15

次日中午,曹飞正在饭店请顾乐佳等人吃饭,一个圆桌,顾乐佳和谭中傲均低着头,双方没有一点交流。颜晓梦看到这里,向他使着眼色,曹飞一乐:"多大点事情,他们自己解决。"说到这里,他举着酒杯,和季冉喝了起来:"其实今天请你,是想和你谈一件事情。"

"哦?"季冉不禁问道,"究竟是什么事情?"曹飞斜侧过身:"涂晓雯在雄风那边,我不太放心。""也是,她一个人在那边,没人照应着总是会出问题。"季冉赞同,脸上有些担忧,"我之前让她放弃,但是她没有答应。"

"所以,我希望你能在接下来的时间里做好舆论监督,形成对雄风的强势监管,以方便牵制对方。"曹飞缓缓说道。季冉点头:"这可以吗?不会被涂晓雯骂吧?""会!"曹飞表情忧虑,"涂晓雯性子好强,爱面子,如果这时候形成监管,谁知道会发生什么事情。"

"那你还让我做，这是成心拆散我们！"季冉有些不太愿意。曹飞拉住他："你想想，如果没有监管，到时候刘馨他们进行清除，会威胁到涂晓雯的安全，这是你希望看到的吗？"季冉听到这里，思索了一下："好吧，我答应你就是了，如果出现意外，麻烦你们帮我劝劝她。""当然。"曹飞微微一笑，再次举起酒杯。

而在这时，他的电话响了起来，那头，赵蕊的语速急促，而他的脸上，笑容逐渐消失，没有人注意到他脸上的表情，仍旧举杯畅饮，整个桌子，也仅有季冉和颜晓梦看到了他脸上的变化，随即挥手让众人安静。

曹飞站起身，手上握着酒杯："前天刘馨等人趁我们没有防备，软禁了陈少军，昨天，又趁我们不备，绑架了琳子，让她流产，魏絮儿试图阻拦，被他们用利器所伤，被送医院之后，因失血过多抢救无效，死亡。"听到这话，所有人都不由自主地站起来，而此时，曹飞将酒洒在地上，以示哀思。

"以前青霜成立之初，无人问津，资金匮乏，亏得魏絮儿四处奔走相告，才力挽狂澜，我本想提拔絮儿，却被她婉言谢绝，后因自己曾经冲动用事，导致我们几乎失败，思盈也在这时候积劳成疾，患上癌症，为此，魏絮儿内心亏欠，思盈不计前嫌，将她送至赵蕊处继续深造，四年多来，为了我们勤勤恳恳。"

"他在说什么？对我们知道的一清二楚。"颜晓梦的心中暗自问道。"青霜收购时，她不惜代价放出假消息迷惑陈少军，方才成功，而此次，我假死躲避外债，也是她和赵蕊守口如瓶，我才能够重新介入，在此期间，她一直守候、保护着琳子，直到最后，也没有放弃。"说到这里，他扔掉酒杯，目光呆滞。

"他……"张琨和王尧都感到惊讶,"唐子华,怎么会……""怎么会?当时我的初衷为青霜被收购,同时让陈琳珊成立工作室,以便东山再起,没想到陈少军让我留下才答应收购,无奈之下,只能选择假死。"唐子华两眼无神地说着,并且从头上摘除所有能遮盖脸的物品。

"为什么不早点告诉我们?"王尧惊呼起来,"这件事情知道的人越少越安全,"唐子华缓缓说道,"何况有你这个永远不知道什么不能说的大嘴巴,我还敢说吗?让你离职是我的主意。"王尧听到此处,不禁闭嘴。

"怎么应对刘馨,已经不能再拖了。"张琨高呼一声,"我们势弱,她就立即蚕食我们,我们稍强,她又转到陈少军那边,一边与我们分庭抗礼,一边在那里发展自己的势力。加害周奕璇,然后软禁陈少军,杀死魏絮儿,囚禁琳子,此人一日不除,我们就一日不得安宁。"

唐子华冷冷地说着:"本希望他们在雄风内部引起陈少军的内耗,岂料会有这种景象。除掉璇璇,是为了削弱我们双方,软禁陈少军是为了夺权,而囚禁琳子杀死魏絮儿和我的骨肉,这纯粹就是私仇,是滥杀无辜,本来想双方共赢,看来不行,想要让她安宁,只有一个办法。""什么?"张琨急忙问道,"报仇。"唐子华狠狠地从嘴里吐出这两个字,在愤怒的眼泪和呼喊中,唐子华对季冉说道,"开始行动吧。"

医院里,陈少军已经进入了重症病房,面对出出入入的医生和护士,在外等待的涂晓雯很是焦急。"医生,怎么样了?"涂晓雯走上前问道,医生叹息起来:"他是急性心脏病,我们现在只能维持他的生命体征，但是多长时间，是需要靠他的意志的。"

听到此处，涂晓雯不禁一愣，慢慢地来到陈少军的身边，此时的他，已经极度虚弱，他看着涂晓雯："你可以离开，为什么要蹚这浑水？""理想！"涂晓雯轻轻地说道。"理想？"陈少军吃力地说着，"唐子华那个虚无缥缈的理想，究竟迷惑了多少人？"

"陈总，我知道那个理想很遥远，但是我们不断走向那里，总是会接近的。"涂晓雯直接说着。"你是个很有能力的人，如果你当初选择了我这边，或许更有作用，只可惜，现在被刘馨把控，我不甘心！"陈少军砸着床边，悔恨起来。

"如果还有反击的机会呢？"涂晓雯凑到他身边问道，听到这话，陈少军有了一些精神，他瞪大眼睛看着涂晓雯。"联系飞扬！"她斩钉截铁地说着。"你来这里，是为了理想，还是为了利益？"陈少军两眼紧盯着涂晓雯。

"为了传递消息。"涂晓雯张望四周，"现在刘馨把控大权，她走马换将，让你失去心腹，为的就是操控。我之所以到这里，是我需要向你传递一个消息，是对你和飞扬都好的事情。原本飞扬有一个大平台计划，是打算与您合作，如果您愿意，我会替您联络。"

看着涂晓雯坚定的眼神，陈少军的脑海中想起过去的种种事件，飞扬，这个曾经被他视为潜在对手的小企业，两个曾经相互视为死敌的对手，两个曾经斗得你死我活的公司，在这一刻，在这一瞬间，需要作出一个空前的判断，也许，生意本来就是这样，没有永远的对手，只有永远的利益。

"陈总，请你想想，那些人还是您的人，到现在为止也愿意跟随您，他们不愿意看到雄风倒下，我也会带领他们，回到过去的辉煌。"涂晓雯担心陈少军犹豫，继续说道，"即便不为公司考虑，也要为那些希望一切安好的员工考虑考虑。"

"我答应你了！"陈少军心里清楚，失去了周奕璇，失去了那些不该失去的人们，自己已经失去了半壁江山，现在，刘馨的疯狂出手，更让他感到担忧，也只有如此一赌。涂晓雯微微点头："我还是要向您道歉，在这之前，我已经请青霜的曹飞过来了。"

"你还在隐瞒，"陈少军指着涂晓雯，"是唐子华才对吧？"涂晓雯尴尬地笑了笑，同时，唐子华来到陈少军身边："您怎么知道的？""我是谁，"陈少军还是一脸傲气，"从我手上骗取一千两百万，对飞扬投入一千万，我即便再傻，这点问题总是能看得出来。"

唐子华尴尬一笑，"不光这些，"陈少军砸着他，"璇璇是你妹妹的事情，我早就知道了。""为什么迟迟不说？"唐子华问道，陈少军摇着头："那有意义吗？她家里的资产比我大多了，动她？那我纯粹是不想做生意了，何况她没有做损害我公司利益的事情，为什么要动她？相反，我还要重用她，因为只有她，能够兼容你我二人。"

"你不再恨我了？"唐子华紧握着他的手问道。"恨！"陈少军指着他，"一直都恨，你和我竞争思盈，你赢了，我不恨你，但是你没照顾好思盈，让她跳楼自杀，更在这之后，你迅速另结新欢，我替思盈感到不值，在你心里，难道就不想念思盈吗？"

"你误会了。"唐子华默默说道，"这几年里，我一直都没有忘记思盈，更没有忘记她对我的爱。""瞎说！"陈少军白了他一眼，唐子华无可奈何，将那封珍藏已久的遗书拿出，递到陈少军面前："思盈临终前留下遗书给我，让我好好生活，不要陷入过多的悲伤之中，我所做的，都是遵守着她的意愿。"

"你，"陈少军抢过遗书看着，没过多久，他发出一声长叹，"这么说，从一开始就是错误？"唐子华摇着头："你这么对我，是因为思盈，是因为我们之间的经济概念不同，你讲求经济效益，我要求长期发展，其实，我们只是顺序相反而已。"

"但是有一个人，并不会这么想。"陈少军吃力地竖起手指，"刘馨，她只为了钱，因为这个，她可以使出任何手段，包括背叛你我，璇璇的悲剧就是在她的阴谋下导致的。""不光如此，她也害了琳子、絮儿，还有琳子腹中的孩子！"唐子华狠狠地说道。

"他们已经动手了？"陈少军一脸吃惊。"没有想到，没想到会这么快。"唐子华低头说着，"现在刘馨正在做大，如果她继续这么下去，后果不堪设想。"陈少军看着他："你有什么打算吗？""我需要你的帮助。"唐子华说道。

陈少军沉默了一会儿，对涂晓雯说道："前几日我已经约过律师，请他们做个见证，麻烦你把他叫进来。""陈总！"涂晓雯说了一句，看着陈少军两眼直视自己，紧抓着唐子华的右手："去吧，他们就在外面，我有些话要和子华说说。"听到这话，她默默点头离开。

陈少军看到这里，对唐子华说道："刘馨，你我都知道。"唐子华一阵冷笑："她为人好强而自私，怪我，一开始看走眼了，才酿出今天的祸患。""不，"陈少军说道，"刘馨，她算什么东西，一开始就是傀儡罢了，现在却变成能啃死主人的怪物了，怪我。"

"陈总，律师来了！"涂晓雯推开门说道，陈少军点头："我需要您们帮我做一份见证，在我死后，公司的所有股权，我公司名下的财产，由唐子华继承，大小事务也由唐子华全权负责管理。""什么？"唐子华有些吃惊，"你让我继承！"

陈少军晃晃悠悠地在公证书上签下名字，指着他说道："我已经不行了，我不能让刘馨得逞，不能让她顺利接手我的公司，你要为我，为琳子，为璇璇和絮儿，还有你那未出世的孩子报仇，绝对不能让她做实了。""为什么要帮我？"唐子华扔下公证书，冷静地问着。

陈少军斜侧着身子，躺在床上："和你一样，不想看到自己辛辛苦苦建立的一切被人毁了，不想看到拥有思盈的回忆被破坏，也是要让你记住，你永远欠我一个人情。"唐子华嘴角上翘，微笑之余，多了一些抽搐。

"你难道不想继续活着？"唐子华诧异地问着。"谁不希望自己能活下去！"陈少军感慨道，"但是，这样的活法，还不如死去。"唐子华听到这声音，不禁感到有些惋惜，而在此时，陈少军抓紧他的手："更何况，只有我死了，这遗嘱才能生效。"

陈少军的笑声让唐子华难过，而他自己的表情，却带着那么些解脱："活着，就意味着更多的事情，我不需要带着遗憾，不需要带着愧疚去见思盈，此生无憾，而你，会带着对璇璇的愧疚，对琳子的牵绊，活在这个世界上。"说到这里，陈少军脸上的笑容越来越多，眼前尽是曾经那风光的画面。

心跳检测仪的急促声响，医生、护工的仓皇脚步，涂晓雯的呼喊，他都已经无法听见，眼前那白茫茫的光线，让他感到温暖，刘思盈正站在那个门口，呼唤着他的到来。陈少军嘴角带着微笑："我……会好好照顾……你的……"唐子华默默念道："再见了，我的兄弟，照顾好思盈，我会让你们看到刘馨的下场。"他站起身，向着医院外面走去。

酒吧里，涂晓雯默默说道："今天，陈少军也去世了。"季冉点头："我收到消息了，而且正在关注。""他把所有股份都给了唐子华，希望能够报复刘馨。"涂晓雯叹息一声，"为什么人会在利益面前，失去准则，为什么会有这样的心态？"

"可能是心中的怨气，"季冉放下酒杯，"刘馨报复唐子华，是因为被唐子华甩了，针对陈琳珊，是因为陈琳珊和她作对。""但是璇璇呢？"涂晓雯问道，"她只是一个得力员工，没有招惹刘馨，为什么也要对她下手，絮儿，她更无辜。"

"有些事情我们没法分清对错，或许是目的不同，就像唐子华和陈少军那样。"季冉说到这里，涂晓雯双眼微闭，依偎在他怀里："我希望这些不要发生在我们身上，不要有欺诈，不要再伤害彼此，谁，都已经承受不起了。"

听到这话，季冉迟疑了一下："现在子华也回来了，你，能不能撤出来？"涂晓雯轻声说道："现在两个公司都严重受损，子华精力再大，也需要有人帮忙把控，我需要留在这里，帮助那些忠心的员工，一起清除刘馨他们，然后远离这些事情，我们就可以继续旅行了。"

面对涂晓雯的愿望，季冉是多么想将那个不能倾诉的秘密说出，但是他明白，一旦说出，唐子华的计划会没有意义，而刘馨依旧为所欲为，他清楚，这带来的破坏会远远超乎想象，也会让这些曾经为之献出生命的人寒心，感性与理性，冲撞着自己的脑袋，自己的意识。他明白，那篇新闻造成的改变，造成的意义。

昏暗的小黑屋里，陈琳珊如同烂泥似的瘫坐在墙角，浑身瑟瑟发抖，口中喃喃地念着唐子华的名字。门轻轻响了一下，"琳子，"刘朦轻轻地走进了小屋，看着披头散发的陈琳珊，"他们居然把你害得这么惨！"陈琳珊没答复，只是失神地东张西望。

刘朦看到此处，轻轻搂着她："不行，我一定要把你救出去。"说到这里，她轻轻搀扶起陈琳珊，轻轻地一步步向外挪去。"为了你，也为了子华！""子华。"陈琳珊口中喃喃地念着，眼神中传来一些兴奋，却毫无生气。

"你是？"渐渐清醒的陈琳珊，看着刘朦说，刘朦拍着她的脸："我是刘朦，接你离开这里的。""离开？"陈琳珊恍惚地问，"去哪？我没有保护好子华的孩子，他不会原谅我的。""瞎说什么，"刘朦打断她，"他会理解你的，只要你平安，他会的，现在，你赶紧跟我走！"

或许是一切顺从了他们的心愿，或许是此处已无意义，原本轮换看守的地方没有一个人，但即便如此，刘朦还是感觉到一身的压力，步伐很艰难。"琳子，我们就快到了，你坚持一下，我们已经到家了！"这里，曾经是刘朦居住的地方，没人知道这里是她平时的避难之所，此时，也是最安全的地方。

她将陈琳珊放在床上，拨通电话："曹飞，我把陈琳珊救出来了，你快点过来！""什么？"唐子华这边一脸惊讶，"你说你救陈琳珊了，现在在哪？快把地址发给我。"刘朦张望着四周："是的，但是琳子的状态不是很好，她有些……有些……我不知道该怎么办。"唐子华听到这里，深吸一口气："我明白了，你已经做得最好了，感谢你，我马上赶过去！"说到这里，他挂断电话，冲向楼下。

"人呢?"院子里,唐子华看着站在门口的刘朦问,刘朦紧咬嘴唇:"琳子就在楼上。"唐子华听到这里,急忙向楼上冲去。"哎!"刘朦拦住他,"我救了琳子,能不能答应我一个要求?""都这时候了!"唐子华明显有些责问,但随后收住了话语,"说吧!"

"我希望你放过张彦磊!"刘朦乞求,"他是做错了事情,但是能不能给他一个改过的机会!""又是这样!"唐子华一阵冷笑,"琳子没有被绑架之前,她让我不要伤害蒋瑶,但是结果呢?""求你了!"刘朦苦苦哀求着,唐子华有些不忍:"等我见到人再说吧!"说到这里,他已经向楼上冲去了。

当二人来到门口的时候,却发现门已大开,屋内空空如也,原本整齐的摆设变得混乱。"怎么会这样?"刘朦吃惊地说着,唐子华仔细检查着每一个房间:"人呢,人在哪?"刘朦指着屋内的床:"我下来的时候,她还在那里睡着,而且门是锁着的,不信你看。"

"不用看了!"唐子华焦急地说着,"门是从里面打开的,没有撬过的痕迹,现在她人在哪,在哪?"刘朦低下头,不再言语。唐子华指着她:"你知道你做了什么?琳子受了那么大的打击,精神很衰弱,她在刘馨那里,再怎么样也有个线索可以查找,现在呢?什么都没有了,你为什么要下去?难道不能等我上来,现在好了,她去哪了?"

"对不起,我只是想弥补彦磊的过失。"刘朦低头啜泣,"弥补?不需要!"唐子华气愤地说着,"张彦磊那是他自己造成的,和你无关,你现在就好好的给我呆在这里别添乱,我只求琳子能平平安安回来就行。"

刘朦听到这里,情绪跟着低落:"我有什么错,我爱一个人,他犯了错，作为女朋友或妻子的难道不应该替他弥补？给他指出问题，他不领情也就算了，我想替他弥补，也让琳子不再受苦，现在呢，你们谁理过我的感受？"说到这里，她哽咽的声音渐渐减弱，当唐子华再次回头，却已经没有声音了。

"起来，别哭了！"过了一会，唐子华意识到刚才情绪有些过激，转身对着刘朦，刘朦两眼紧闭，耷拉着脑袋，靠在墙边。"你别闹了！"唐子华走到跟前，拍了拍刘朦的脸，却感到事情不太对劲，"不会是真的吧？"说到这里，他急忙拿出手机，拨通了急救电话。

"医生，什么情况？"急救室外面，唐子华拦住走出的大夫问道。大夫冷冷地说道："她怀孕了，对她多加关注，别再惹她情绪激动，不然真会出事的。""什么？"唐子华一愣，与已经清醒地刘朦对视了一下，"这孩子来的真不是时候。"

"我该怎么办？"刘朦紧咬着嘴唇，"我真不想要这个孩子。"唐子华低下头："是我对不起琳子。""什么？"刘朦疑惑地看着他，唐子华自嘲起来："唐子华啊，你才是一切的罪魁祸首，为了你心中的理想，害了这么多人，最后的结果呢？""你在说什么？"刘朦有些不敢相信。唐子华耸着肩："理想，从一开始坚持理想，现在究竟是对是错？"刘朦将他转过："你是唐子华？"唐子华听到这里，痛苦地点着头。

"我应该早点承认。"唐子华说道，"当时我为了从陈少军手上彻底脱身，才制造了一起假车祸，用这样的方法骗过了所有人，也包括琳子，本打算借着机会能够重新来过，没想到最后的结果却……你打算今后怎么办？"

"我？"此时的刘朦，已万念俱灰，"我不知道，像你说的，这是一场不属于我的战争，我在此处，没有多大的意义。""那孩子呢？"唐子华不禁问道，刘朦看了一眼："不知道，事情太突然，我还没有想好，也没有准备好，但这也算是一个生命。"

唐子华站起身来，面对着她："好吧，无论如何，做出自己的选择。""关于琳子的事情……"刘朦拖着长音，却不知是否该继续说下去，唐子华两眼无神："这不怪你，你也是想照顾好她，也是为了我，你不必自责，我会继续找下去的。"

墓园风瑟瑟吹过，四周弥漫着雾气，看不清楚四周，风也冷得刺骨。"没想到啊，原本死的活了，活着的却先死一步。"张彦磊冷笑着说道，也发现了不远处的涂晓雯，走上前来，"跟我走吧，你所支持的理想已经崩塌，再坚持还有什么意义。"

涂晓雯摇着头："我已经做出了选择。""什么？"张彦磊一惊。"我要陪着这些员工。"涂晓雯冷静地说着，张彦磊嗔笑着："行了吧，现在陈少军的一切都已经掌握在我们手里，你连自己都不能自保，怎么考虑得了他们。"

"但是让我为了金钱，出卖自己的灵魂，我没法办到。"涂晓雯冷冷地说道，"我们谁都喜欢好的生活，好的衣服和首饰，为了这个，有些人牺牲肉体，通过寄生在别人的成功下获得，有人选择通过一切手段获取利益。这些，世俗都已经认可，但是对我，却无法办到这些。"

"你这是什么意思？"张彦磊不明白地苦笑，涂晓雯看着远处，那已然下葬的陈少军。"每个人都有理想，陈少军有理想，但他也明白现实的意义。唐子华有理想，所以才能一直坚持下去，而我，也有我的理想，我的利益。""这么说，你已经做出了选择？"张彦磊看着她，期待那个他心中的答案。"当然！"涂晓雯点头回复着。

"你真做好打算了？"许久，唐子华走到孤独站着的涂晓雯身边问道，"不回飞扬？"涂晓雯转过身："子华，我想问问你，你制作大梦计划真的只为了那个梦想吗？你可以和别人这么说，和我呢？你那一个个不被人关注的附录我可是全看过了。"

"什么都瞒不了你！"唐子华会心一笑，"只有自己足够强大，才能照顾别人，想要帮助别人，就要先让自己强大……""所以，你是想帮助别人！"涂晓雯缓缓说道，"同样，我只是尽我的能力，去帮助他们，这些我能帮助的人。"

"或许我该打破这个思维定式了？"唐子华斜着脑袋，嘴角露出一丝诡异的表情。涂晓雯有些不解："你有什么想法？"唐子华环顾左右："目前刘馨他们还不知道我是谁吧？"涂晓雯思索了一下："能知道你真正身份的，仅限于飞扬内部的高管，情况还是很理想的。"

"还有刘朦！"唐子华说道，"她昨天为了帮我，结果弄巧成拙，让琳子走失了，无奈之下，我只能将身份暴露。""那这样就有些特殊了！"涂晓雯思索起来："刘朦一直希望替张彦磊弥补，这事情不知道会不会……"

"所以，我要在事情透露出去之前，以曹飞的名义去和他们谈谈。"唐子华抢过涂晓雯的话，"现在他们的合作，是散沙，看似结实，其实很容易打破。""你是想从内部分化他们？"涂晓雯与唐子华相互指着对方，坏坏地笑起来。

"涂晓雯，陈总突然辞世是怎么回事？还有，公司是不是由刘馨管理？"次日一大早，员工们就追问着刚刚走入办公室的涂晓雯。"你们多

— 293 —

虑了!"涂晓雯说道,"你们会有很好的安排!""很好的安排?"员工有些质疑,"我们现在这个年纪,经不起离职变动了!这万一……"

"不会的!"涂晓雯打断他的话,"我向你们保证,新任的领导会在最近做出判断,也会带领你们重新走出来的。"她抬起头,注视着上方的电视,那里,陈少军的消息正一次又一次的被重复,吴泽正面对记者作解释。"跟我出去!"涂晓雯看着电视机,愤愤向外走去。

"我知道各位的心情,陈总曾被大家看作未来发展的新希望,失去他我们心情也十分沉重,但是请大家对我们保持信心。"吴泽挥手说道。"那新任的领导是谁,他是否有这样的能力来承担这样一个投资集团?"记者继续问道。

吴泽听到这里,面对着记者缄默不言。"怎么回事?"刘馨从里面走出,吴泽凑到身边:"记者关心新任领导的事情。"刘馨笑起来,挥手说道:"我知道大家担心,因为我们作为本市传统的投资集团,会影响到很多事情,但是请放心,我们会在最短的时间内整合好,尽快恢复正常工作秩序。"

"吴泽,我想这里能拥有发言权的,应该还有我吧?"涂晓雯从人群中走出,微笑着说。"你?我从来不觉得你有什么发言权。"吴泽瞪大了眼睛,悄悄凑到她的身边:"你是飞扬的高管,但对于这里,你只是零,陈少军看重你,并不代表我会。"

而在此时,钱文伟突然走了过来:"刚才收到消息,政府出台新政策了,主要打压对象就是地产。""什么?"吴泽感到震惊,他知道,雄风的百分之六十是依靠房地产运作的,而这样的打压,造成的后果是不可估量的。

"现在销量如何?"会议桌上,刘馨担心地问道。张彦磊拿着评估报告:"听到消息之后,虽然还有进账,但是大多数人都处在围观态度,景区虽然有些门票收入,但主体的楼盘销售很不理想。""有没有办法,让其他部门来填补的?"钱文伟问道。

"发生什么事情了?"涂晓雯不知怎么,走进会议室。"你来做什么?"张彦磊警惕起来。涂晓雯一阵冷笑:"我现在也是雄风的一份子,你们的活动和我都密切相关,何况雄风的问题,会直接造成那些需要争取利益的人的损失,这是我不想看到的。"

"能告诉我为什么要这么做吗?"刘馨也表示出自己的怀疑。涂晓雯说道:"被你们边缘化的十五人是你们夺权的牺牲品,但是我需要考虑他们,如果这个时候公司垮了,他们也会从此无依无靠。""什么意思?"张彦磊还是不太放心,涂晓雯一阵冷笑:"放心,我只是为了我想要的利益,不会干涉你们的事情,但是现在,我们同坐一条船,请放下那些芥蒂。"刘馨听到这里,默默点头:"你有什么高见?"

涂晓雯看着那些资料:"要保证我们出现亏空的事情不能被泄露出去,以往我们是通过资金吸引和预售的方法来弥补财政空缺,虽然这是行业内幕,但是在这个时刻,一旦被得知,就会导致没钱,项目也会因此中断,还有,降低房价,能收回多少就收回多少。"看着犹豫不决的刘馨,涂晓雯着急了:"还愣着?现在是你唯一的机会。"

"你为什么帮助他们?"在涂晓雯的家里,季冉非常不解地问,"唐子华已经是遗嘱受益人,而你在这个时候,为什么要为敌人出谋划策?""我只是在为唐子华争取时间!"涂晓雯说道,"遗嘱需要得到认可，还需要一段时间，而我，也很想保住那些人，他们尽忠尽责，无怨无悔。"

"你有没有想过以后，刘馨他们做大了，会有你什么？你帮助他们渡过难关，会造成什么？"季冉两个问题质问着她，"那是什么？他们为了利益可以加害别人，你已经身处险境了！""那又如何？"涂晓雯坚定地看着他，"如果怕危险，就让我放弃十五个人，我办不到。"

"明天他们就要开新闻发布会，宣布接手雄风，到时候那些老员工该怎么办？你为他们想过吗？"涂晓雯说道。"但是我不放心！"季冉的呼喊打断了她，"你现在被他们利用着，等一切结束了，他们会像对待周奕璇一样对待你，所以你必须停止！"季冉说着，涂晓雯一脸怒火地看着他："这是我的事情，是我的决定。"

次日，涂晓雯刚一进办公室，就被吴泽叫进了刘馨的办公室。"你说过，你是为了你的利益才愿意在这里帮忙的。"蒋瑶说道，涂晓雯点着头。"是的，或许你们不相信，但的确如此。""为了你的利益，和你曾经的敌人合作，不觉得冒险，值得吗？"蒋瑶再次问道。

"冒险？"涂晓雯笑着，"做什么事情不冒险？我们生下来都处在一个冒险的过程中，为了我的目标，当然值得！""能给我解释一下这是什么吗？"刘馨将一份报纸扔到桌前，涂晓雯拿起报纸，却发现头版印着有关雄风的一切消息。"这就是你说的利益，你的目的！"刘馨怒喊着，"电视台，报纸，网络都传疯了，这消息是怎么发出去的？"

"我没有这样做啊！"涂晓雯回复着。"这里只有你是最后加入的，难道还有别人吗？"吴泽说道，"从一开始我就在怀疑，你为什么要辞职加入这里，为什么要积极参与？原来，你是想从中破坏，借机会搞垮我们。""到底是因为什么，子华已经不在了，为什么还要和我们纠缠？"钱文伟上前问道。

"从来都是顺我者昌，逆我者亡。"刘馨并未多说，张彦磊赶紧走上前："晓雯，你还是赶紧解释解释，不然……""不然会怎么样？"涂晓雯盯着他，"让刘馨失去对你的信任，还是她会杀了我？也是，这事情你们不是没有做过。"

"你以为我们不敢吗！"刘馨深吸一口气。"当然敢。"涂晓雯回应着，"你们已经接手了雄风，也通过我找到了一个好的解决办法，这里已经不需要我存在了。"刘馨说道："没错，接手了雄风，我们会理直气壮地用那部分的钱进行弥补损失，不超过三个月，一切都会运转自如。"

"那是你做梦！"门外传来唐子华的声音。"唐子华！"办公室的所有人被这声音震惊，他们没有想到，这个声音会再次听到。"这是陈少军的签字授权、遗嘱和公证文件，他在临终之前，已经将这里交给我全权管理！"唐子华和季冉走进办公室，亮出所有文件，"换句话说，你根本没有这个权限处理。"

"什么，你还活着？"刘馨吃惊地看着他。唐子华冷冷地说道："我一直活得好好的，就是为了等到这一天。""所有的消息，都是你释放出来的？"刘馨警惕地说着。唐子华走到她身边："我不是电视台的，哪有那个资格。"

"为什么要这样？"刘馨问道。"为了利益，为了仇恨，你使出多少手段，害了多少无辜的人，我的孩子，我的亲人，我的兄弟，我的朋友，没有一个幸免。"唐子华说着，"杀了你都算是便宜你了，我要让你尝到那些，那些代价，加倍地还在你身上的感觉。"他挥着手，从身后来了几名警察，牢牢抓住她的左右手。

"他们会怎么处理？"唐子华问着那些警官，"商业吞并，禁锢他人人身自由，涉嫌谋杀和伤害，证据足够的情况下，会起诉他们的，只是有些人，可能缺乏相应的证据和司法漏洞，可能……""没事的，他们会受到报应的！"唐子华微微一笑，警官指着他："你不会想什么鬼点子吧？别怪我没提醒你……""我知道！"唐子华拦住他，"我这是说上天会报应的，走，我们一起到外面宣布新闻了。我还打算合并飞扬和雄风，名字我都想好了，霁月如何？"

办公室里，一男一女静静地站着，四目相对之下，却没有更多的话。"爆出这个消息的人是你！"涂晓雯看着季冉，季冉默默点头。"你知道你的消息带来的后果吗？"涂晓雯握着手中的材料，"十五个人，就因为你的一条新闻，全部离职。"

"我知道！"季冉低沉着声音，"为了保护你，但我说的也是事实。""保护我？"涂晓雯眼角噙着泪水，"就因为保护我，就因为这个该死的事实，要牺牲十五个人的工作？十五个人换一个人，这个代价值吗？"

"对我，不管用什么代价，都是值得的！"季冉说着，眼角的泪，从涂晓雯眼中滑落。"季冉，我信任过你，你就是这样对我的，你知道这叫什么？欺骗！"季冉看着她："为了你，我愿意。""但是对我不是！"涂晓雯嘶喊着，将资料扔到他身上，冲出屋外。

医院的病房里，张琨还是一如既往的守护在周奕璇的身边，王尧走近他的身边："唐子华想让你回去上班！""别逗了！"张琨没精打采地说着,"这不是开玩笑的话,何况璇璇怎么办?""说真的,没骗你!"王尧认真地说着。张琨抬起眼睛:"你说真的?行,只要璇璇能醒来,只要唐子华能来找我,我就无条件答应。"

"说真的!"一直站在门外的唐子华走了进来。张琨一阵惊吓,几乎跌坐在地上:"你?""别慌,我是人。"唐子华走到他身边,张琨定了定神:"你不是死了么?""压根就没死!"唐子华说道,"医院是我朋友的,在那里演了一场戏,不然怎么抽身。"

"你他妈的吓死人了,当着我们面演戏,还那么煽情,你骗了多少人!"张琨带着哭腔,砸着唐子华。唐子华哈哈笑着:"我本打算给你个惊喜的,现在看来,这点刺激都接受不了,更别提惊喜了。"

"什么惊喜?"张琨好奇地问着,唐子华微笑着走到周奕璇的床边,抚摸着她的额头,凑到耳边轻轻说着什么,而在此时,周奕璇嘴角一翘,竟笑出声了,随后坐起身拍打着唐子华。"你醒了!"张琨大声呼喊,情绪异常激动,一把抱住她。

"这是怎么回事?"王尧惊讶起来,周奕璇笑着说:"很意外吗?原本就不是什么大事!仅仅是脑震荡而已。"唐子华说道:"当初她被送进医院,我们谁也没有在意,就想着好好休养,但是当天出现那么大的事情,我觉得如果不隐瞒周奕璇还健康的情况,对她的生命会有很大的威胁,所以就将计就计,让医生做成了植物人。"

"这假证明啊!"张琨还是不解。"医院不是不给开吗?"唐子华解释着:"是的,原本是很严,但是我想办法联系到公安系统,让他们寻求帮助,连夜做的手脚。""我哥都可以假死,我为什么不能这么做?"周奕璇挑逗着张琨。唐子华呵呵一笑,拍着王尧向外走去:

— 299 —

"走吧，咱们出去走走！"

"刘馨他们已经接受审判了，但是张彦磊，因为这是商业犯罪，所以量刑从轻了。"医院的小花园里，王尧慢慢说着，"蒋瑶，因为属于致命刀伤，本应判处死刑，但是不知道为什么，法官判成无期了。""我知道。"唐子华叹息一声，"是我向法官求情的。"

"你疯了？"王尧着急地说着，"她害了璇璇，还有你们的孩子，导致琳子失踪，到现在还没有线索，你现在要帮她？""我恨不得杀了她！"唐子华咬着牙狠狠地说，"但是我也答应了琳子好好对待蒋瑶，现在琳子没有回来，我不想等她回来的时候看到遗憾和愧疚。""既然如此，那你就去做吧！"王尧轻叹一声，却不知说些什么。

此时，唐子华的手机响起，一条信息出现在他的眼中："子华，我要走了，其实我回来就是一个错误，张彦磊认识我就是错误的开始，如果不是那样，涂晓雯也不会失去他，张彦磊也不会犯下那么多错，琳子也不会被绑架，你也不会失去孩子，如果不是我急于救出琳子，你们早已团聚，我走了，孩子的事情，我已经做出了选择，但愿他不会怨恨我，这个地方有过留恋，也有过伤心，我应该这么做，离开这里，祝愿你。"

"她走了！"看到这里，唐子华感慨地说了一句，"刘朦她走了，她是个好人。"王尧一脸不解地看着他，直视远方的唐子华，嘴角带着微笑："是，她是个好人，只是在错误的时间，错误的地方，遇到了错误的人。"

"这是新公司注册的所有资料，赶紧准备。"办公室里，唐子华将一叠厚厚的资料扔到涂晓雯面前，却发现她红肿的眼睛，声音轻柔了不少，"怎么了？""没事。"涂晓雯的声音有些沙哑，"我这就去办！"说到这里，她拿起资料，向外走去。

不远的地方，顾乐佳独自坐在桌前，偷看着谭中傲，却在一瞬间，又低下头。"你没事吧？"王尧从旁边走过，"既然还喜欢，就赶紧说啊。""我才不！"顾乐佳扭捏着，"凭什么是我说，为什么不是他来找我？"

"自己心里喜欢还不说，哪天人跑了看你怎么办？"王尧指着他，感到不知说些什么。"他敢，"顾乐佳噘着嘴，"我借他两个胆子。""这有什么！"张琨从后面走出，"别忘了，你们分手了，谭中傲现在是单身，你们策划部新来的小姑娘好像对他挺上心的，还经常送东西过去。"

"真的假的？"王尧转过头问道，张琨指着策划部："当然，你去看看，就是策划部新来的，还挺漂亮的。""你是不是有想法了？"身边的周奕璇揪着他的耳朵问道，"哪有，是刚才她直奔谭中傲办公室去的。"张琨甩开周奕璇的手。王尧顺着他手指的方向看去，憋着嘴不住叹息："还真是，这个女孩长得还真不错。"

"那又怎么样？"顾乐佳没有多言，狠摔着工作簿，"他的一切和我有关系吗？""你就不怕？"周奕璇说道，"他跑了你可别后悔。""这是办公室，就这么发展？"顾乐佳斜眼瞟着谭中傲那边，"难道唐子华不管？"

"管什么？"周奕璇嬉笑着，"咱们公司可是不禁止办公室恋情的，这怎么管？""王八蛋！"顾乐佳扔下手中已经被掰断的铅笔，"也不怕被人利用了！"说到这里，她怒气冲冲地站起来，"不怕，"张琨拍着王尧说，"吃亏的也不会是他。"周奕璇强忍着笑，拍打着张琨。

"一个个都傻笑什么！"唐子华从一边走来，"璇璇，你去看看涂晓雯，我刚才给她交代任务，连我理都不理。""你怎么有空在这里，大平台建设的事情不急着做吗？我给你推荐的客户都谈得怎么样了？"周奕璇看着他问道。

唐子华无奈地说道："我就是来说这事情的，都挺顺利的，已经达成初步协议，已经愿意提供渠道资源，我们只需要等待，在霁月成立的那天开始推广。如果按照预期，两年内就会有效果，大梦计划就会变得非常容易。"

"真的！"周奕璇镇定地点头，"那倒是不错，不过这些，不知道嫂子能不能看到。"唐子华一声叹息："我会去找你嫂子的，这次我们的牺牲实在太大了。""尤其是涂晓雯。"周奕璇说道，"季冉对她的打击挺大的，刚说好不会有人出卖她，结果没几天就出事了，她能受得了吗？"

"这事情怪我！"唐子华悠悠地说道，"是我给季冉安排的任务，造成这样的后果。""你要去弥补过失吗？"周奕璇看着她，"那我觉得千万不要。""为什么？"张琨不解，周奕璇瞟了一眼："涂晓雯很明显知道这件事情和我哥有关，就算感情再好，也难免有些情绪。"

"还是让我去吧。"颜晓梦思索了一阵，开口提出。"你？"张琨看着她，"行吗？""你还有更合适的人选吗？"唐子华耸着肩，向她问道："你有什么计划没有？"颜晓梦抚摸着自己的脸，微微一笑："这是一个秘密。"

"人呢？"顾乐佳冲进谭中傲的办公室喊着，"什么人？"谭中傲一脸的疑问，顾乐佳没有理会，四处寻找着，"那个女的呢？""你瞎说什么？"谭中傲一脸的不悦，"我一天到晚忙成这样，哪有心思找女人。"

顾乐佳看着办公室，却没发现一个多余的身影，走到他身边，正要发火，却不知道为何，心情逐渐平静下来。"我在做什么？"她默默问着自己。"吃醋了呗！"张琨嬉笑着走到她身边，顾乐佳深呼吸着："我为什么要吃醋？""因为你还喜欢他！"周奕璇也凑过来，"你看你现在的样子，不是吃醋了，就是吃撑了。"

顾乐佳一脸焦虑："可是我们已经……分手了。""是啊！"周奕璇平静地回复，"但那又怎么样，破镜还能重圆，从你们一开始的发展，到现在的一切，每一件事情，都是那一根根红绳，虽然断了，但是只要有那个情绪，一切都还会在。"

唐子华上前说道："小乐，生活不会像你想象的那样一帆风顺，经历一些事情，学会成长，面对现实，但也守护理想，这才是一个优秀的人，珍惜眼前人，跟随自己的心，两个人走在一起是需要勇气的，有时候，也是真诚的，不要因为自己那些顾虑，导致你一生的遗憾，回过头看，不值得。"

"我们能在一起吗？"顾乐佳转过头，对着谭中傲逼问，"经历了这么多事，为什么还会是我？"谭中傲凝视着，拉过她的手："这个答案很长，我会用一辈子来告诉你，唯有你，我独爱不离。""这算是第二次机会吗？"顾乐佳一脸严肃，却在一瞬间笑出了声，依靠在谭中傲的怀里。

休息室里，涂晓雯倒着水，坐在椅子上，颜晓梦缓缓走来："这两天心情不好吧？""你说呢？"涂晓雯冷冷地回复，没有抬头看她。"也难怪，被出卖的感觉确实不好受。"颜晓梦摇晃着身子，"我最近也是，整天被埋怨，所以打算直飞九寨沟，就你我两个，不知道你有没有同行计划？"涂晓雯思索了一下："也不错啊，至少有个事情干。""我就知道你会答应！"颜晓梦笑起来，"明天晚上六点，机场见。"

"这个丫头，都快到登机时间了，还不见人影。"次日，涂晓雯坐在候机楼里，埋怨着颜晓梦，而此时，颜晓梦的电话打了过来："姐，实在不好意思，我早上拉肚子，估计没法和你出去了！""你说什么？"涂晓雯有些惊讶，"你让我一个人去九寨沟？"

"你先别急，我已经联系季冉了，他陪你啊！"电话那头，颜晓梦回答道。"你没事吧？"涂晓雯咬着牙，"我和他已经分了。""哎呀，不好意思，我不知道！不过既然这样了，那倒不如将错就错。"说到这里，她挂断了电话。机场外，颜晓梦将机票递给季冉："为了我姐妹的幸福，都逼得我出卖她了，你要好好珍惜！""大恩不言谢！"季冉拿着行李奔进候机楼。

或许，因为那段芥蒂，或许，因为涂晓雯的刻意冷淡，飞机上，任凭季冉如何献殷勤，涂晓雯都刻意的与之保持距离。即便是下了飞机，两人也没有任何交流。天色渐渐暗下，经历了一天的疲惫，涂晓雯倒在了去往酒店的大巴上。

"我知道你还在意那件事情，但是对于我来说，只要能够保护你，只要看着你平安，那就足够了。"看着熟睡的涂晓雯，季冉默默地说道，涂晓雯依旧没有回复，季冉也无可奈何，只能在叹息过后，闭上自己的眼睛。

夜正深，路况变得很不好，车子不停地颠簸，涂晓雯睁开了眼睛，窗外，不再是熟悉的公路，树叶与车体击打，发出了恐怖的声音。"发生什么事情了？"涂晓雯不禁问道，"我们冲下山了！"此时，她才发现，自己的身子在季冉的怀里。

"别怕，"季冉用低沉的声音对涂晓雯说着，伴随而来的，是巨大的撞击声和冲撞感，大巴撞到一棵大树上，停止了跌落，只是车体依旧在摇晃，玻璃片四散碎裂，纷纷落下。季冉用右手将她的头按在怀里，以防被玻璃扎伤，那尖锐的玻璃，却落在了他的后背上，也划伤了他的脸颊。

"为什么要这么做？"涂晓雯瞪大了眼睛，看着季冉，到了此时，季冉还能笑得出来："因为这样，你最安全，要死死我一个就行了。"听到这话，涂晓雯往日那坚毅的目光已然消失，她凝望着季冉，轻轻的拨开季冉背上的那些玻璃渣子。

车已经稳定下来，季冉急忙敲开窗户："快点出去，在下面等我！""那你呢？"涂晓雯担心地问着，季冉一一疏散车上的乘客，冷静地回复着："我要在这里组织大家逃生，快，下面也需要人来帮忙，快，前面的树应该撑不了多久，抓紧时间。"听到这话，涂晓雯爬到车外。

"如果这次没事，你会原谅我吗？"突然，车内的季冉大声问道。"你要活着，"涂晓雯说着，"你活着我才会原谅你，你要是死了，我也不活了，到那边烦着你。"听到这话，季冉却笑了起来："得你一人，死又何憾。"

涂晓雯搀扶着已经跳下车的乘客，旅客纷纷下了车，车上，仅剩下季冉。"快下来吧！"涂晓雯着急地喊着，季冉大呼一声："知道了，这就下来。"话音刚落，车头传来断裂的声音，大巴车失去了阻力，迅速向下滑去，山沟里，只听到一声巨响，再无声音。

涂晓雯嘶喊着，尖叫着向下跑去，一路上呼喊着季冉的名字，此时的她，早已顾不上身后人们的阻拦。"季冉，你给我出来。"车辆的残骸中，只留下废弃的玻璃渣子，还有季冉的一只鞋子。涂晓雯抱着这只鞋，双腿失去了力量，瘫坐在地上哭了起来。

人们的劝说，人们的安慰，在此时已经没有作用，对于涂晓雯而言，世界已经坍塌，如果早知道这样，她也不会和季冉争吵。此时，她的脑子里，全是与季冉在一起的画面，此刻，她仿佛能够明白唐子华一直让自己珍惜眼前人的话。

"别哭了，好歹一个副总。"身后，传来季冉疲惫的声音，涂晓雯回过头，对着一身泥土的季冉大喊："你想吓死我是不是？"季冉挥着手："不是，刚才那种情况，我跳车了，结果把鞋……"说到这里，他尴尬地笑着。

"还好意思笑，知不知道有人担心着！"涂晓雯气愤地拍打他，"好了，没事了，别让人看笑话。"季冉指着远处那纷纷赶来的救护人员和被救乘客，将她搂在怀里，"咱们回去就登记结婚！"丛林里，在灯光的照射下，两个人的身影紧紧的贴在一起，没有分开。

瑟瑟细雨中，陈少军的墓碑前，唐子华默默地站着："少军，他们已经受到了应有的制裁，吴泽对不起自己的良心，最终跳楼自杀，而钱文伟，也住进了精神病院，只可惜，张彦磊和刘馨仅仅被关押，不知道对这个结果你是否满意？"说到这里，他留下了眼泪："兄弟，你这一走，心里空荡了许多，你虽然针对我，但也让我经历了不少，成熟了不少，没有你作为竞争对手，难受，你是一个尊敬的对手，一个优秀的管理者。"

风，吹过他的脸颊，他的风衣在风中摆动，树叶一片片脱落下来，一个秋季，一个被霜覆盖的城市，在他的心中，或许有一个人，曾经占据了自己的心扉，随着时间的流逝，那个人的记忆依旧没有半点减弱。

"子华！"赵蕊从一边走来，唐子华微微说道："来祭奠絮儿？"赵蕊点着头："她不只是我的好助手，更是我的好姐妹，只可惜……算了，不提了，你这一年来，还没有找到琳子？"唐子华摇头："是啊，霁月周年庆祝，我参加完庆典就走，继续去寻找。"

秋风中，人们都注视着台上的唐子华。"成功，是需要本钱的，它不只特指金钱，还有感情，和身边的信任，它必须付出很大的代价，这样昂贵的代价，换来了现在的平稳，有时候，理想是多么伟大，能支撑住一个人的所有信念，让他能够生存，有时候，理想又是那么脆弱，甚至经不起现实的触碰，一碰就会碎。

理想，我们坚持错了吗，现实，真是那么无情？这些，我都不敢肯定，但是我能肯定的是，我们都是为了实现这个理想，实现那个永远遥不可及的梦而走到一起，不论是谁，从最初的青霜，后来的飞扬、雄风，我们都曾经付出过，经历了艰难险阻，最终站在这里。

大平台的实施，不是我们梦的最后，而是梦的开始，多少年来，我一直期盼着，等待着，为此，我们付出了太多，霁月，它代表着我们新的期望，新的梦想，现在，它将带着我们最初的愿望启航，向更远的地方探索。"

说到此处，周奕璇来到台上，宣布着一切事项，涂晓雯从旁走过："很好的演讲，精彩的发挥，下来有什么计划？"唐子华听到这里，抬头看去，一缕清风微微吹过。"秋天了。"唐子华苦笑一声，"她也是秋天离开的。"

"事情已经过去了，放下吧！"涂晓雯轻轻拍着他的肩膀，唐子华摇着头："我不知道为什么，我总觉得她还会回来，我能感觉得到。"涂晓雯叹息一声："你还是要找她？"唐子华点头："当然，她还活着，我知道，她就在这里看着我们。"说到这里，他看着远处的人群，那里，是他的目标，是他的期望，他迈开步伐，离开众人的视线。

　　瑟瑟秋风的作用下，笼罩整个城市的霜被吹开，就像这个城市一样。也许，她正在某个角落，注视着唐子华，也许，两个人曾经无数次擦肩而过，也许，他们会在将来的不久，再次相遇，或许是在未来的某年，为孩子们讲述他们父亲曾经拥有的风光，而在故事里，那微笑的眼神的交会，一直存在。

后　记

　　冬天，西安会偶尔处在雾霾笼罩之中，甚至公布了预警信号，而这样的天气，感觉，更像是人心，在现代化都市的发展进程中，过多的利益追求让人们逐渐丢掉了本性，丢掉了人与人的坦诚相见，真诚沟通。这很难吗？或许不是，而是缺乏一种信任，人与人之间为"我为什么要相信你"而纠结，这是什么？信任缺乏。

　　理想和现实，到底应该遵循哪个？这就像是硬币的正反面，需要二选其一，一个非黑即白的选择。其实，不论怎么选择，我们能说哪个是正确或者错误吗？或许，谁都没有这个权利来说明，一个永远没有答案的选择。

　　社会上的每个人，不可能千篇一律，他们有着自己不同的类型，或许在同一阵营里，或许是在对立的阵营里。唐子华和陈少军属于一类人，刘思盈和陈琳珊是一类人；涂晓雯和周奕璇是一类人；赵蕊和魏絮儿是一类人；吴泽、张彦磊和钱文伟是一类人；刘馨和蒋瑶是一类人；顾乐佳和谭中傲，又是一类人。

　　在纷繁的社会中，在这样不同的人群里，他们追求着理想或者利益，所运用的手段也各自不同，唐子华与陈少军，更像是一个相互存在却又分离的整体，他们思维接近，忠于自我。只是，一个为了理想，一个为了现实，一个为了爱情放弃爱情，一个为了爱情坚持爱情，也因此而成为竞争的对手。

　　他们因为感情及意见不同而走上了对立，那时候的唐子华，只能算是一个傲气少年，他致力于传统文化，但是却被现行传统教育体系排除在外，他和刘思盈双方喜欢，却又因种种胁迫而不得不放弃。唐子华自己孤身上路，从传统意义上来说，他是个坏学生，不听讲课还总在质疑，老师脸上无光，校长汗颜。

　　陈少军属于学校中的好学生，他人缘好，受人欢迎，成绩不错，老师也自然会对其放松，甚至犯了错误，也会有所包容，与唐子华形成鲜明而又直接的对立，当两个人同时喜欢刘思盈的时候，所有人便撮合着刘思盈和陈少军，但是，刘思盈自己的决定让所有人大感意外。

　　即便这样，陈少军依旧爱着刘思盈，但是他做事清楚，对刘馨的打压，对周奕璇的控制，都体现出清楚的思维和分析，他明白生意和感情的区别，也明白沉默的用意。因为对刘思盈的爱，当他看到唐子华不忠的爱情，为刘思盈惋惜的同时，他不断打压着唐子华。

　　刘思盈，从原本的设定而言，她是绝对的女一号，也是所有的线索，曾经尝试过用多种角度展示刘思盈还在世的生活，但都失败了。原本在我的小说里，记载着大量关于刘思盈的活动，但是全部被删去，因为我清楚地意识到，短暂的一切才会让人感到完美，没错，她是完美的。

如果刘思盈没有当初那个决定，如果没有她的出现，事情都会发生改变。她做事情考虑周全，为了唐子华她奉献自己的智慧，是她塑造了唐子华的性格，是她引导着唐子华去除尖锐的棱角，是她让唐子华感受到生命的价值与存在，甚至在自己离开人世前，都已经做好了一切准备，没有刘思盈的存在，也就不会有后来的故事。

刘思盈的去世，触及了唐子华的一切，他的责任改变了，但是也更加促成了另一个人的情绪，那就是陈琳珊。开始的人物设定中，并没有陈琳珊的存在，当初，她只是后面添加的一个小角色，但是她所蕴含的能量，却在一点点积累和爆发。

诚然，陈琳珊是喜欢唐子华的，只是她隐藏在心中，因为有刘思盈这样一个强大到不能抵挡的对手，沉默，是最好的选择。当然，这一切，刘思盈也能看得出来，不然是不会在自己离开的时候，将唐子华交托给陈琳珊，因为刘思盈信任她。

陈琳珊的爱情，是被动的等待，她没有顾乐佳那种主动出击的性格，也没有涂晓雯那种傲人的姿态，更没有刘思盈的完美和大胆。面对一个她平时不敢与之说话的唐子华，她一直选择逃避，即便自己行动做出了，但言语上始终不敢直接面对，直到刘馨的加入，直到唐子华住院的时候，所有的一切使她鼓起了勇气，才将她的所有情感爆发出来。

周奕璇和涂晓雯，她们也都是为了各自的理想，成为唐子华和陈少军的帮手，因为她们有能力，却没有条件，所以需要这样的平台来让自己施展，幸运的是，唐子华的放手为涂晓雯提供了平台，陈少军对周奕璇的有效控制也让其在不断学习中得到成长。

她们，是重要的人物，能够在自己的权利范围内呼风唤雨，追逐着自己的利益，也顺利完成了各自的梦想，涂晓雯是理想的，周奕璇是现实的，在理想和现实冲撞的时候，她们做出了各自的选择，也决定了各自的命运。

吴泽一群人，更多的是一种傀儡，他们和刘馨相比，差得太多，他们终日为了蝇头小利而拼搏，他们的不择手段，只是为了引起重视，为了得到尊重，却因为做法的不合理，而一步步走上了边缘，直到绝境，而这一切，却都是由刘馨和蒋瑶的恨引起的。

刘馨有恨，她一开始只想着借着唐子华能够得到依靠，但却因唐子华意外的住院而彻底发生改变，因为自己的犹豫，因为唐子华的失望，因为自己的疑心，引起了人们的不满，为了追回自己的一点点尊严，而去讨要、发泄，导致了她与陈琳珊的直接冲突，更让唐子华感到失望和痛苦。

相比之下，赵蕊和魏絮儿为的可能是一个"义"字，因为一个诺言，赵蕊愿意舍命陪君子，因为一个诺言，魏絮儿为了保护陈琳珊而失去生命，都是为了一个"义"字。

在古中国，讲究"五德"，分别是"仁""义""礼""智""信"，唐子华从一开始就不断地坚持，只是随着时间，他不得不去隐藏。有时候，这是一种妥协，他身上没有特别突出的地方，但是却一直坚持。在别人眼中那种天马行空，却变成了自己的理想，不论最后的结尾是什么，但是已经成功。

对于他们的那种性格，或许在每个人身上都会有，他们拥有理想，到了社会上却发现实现理想竟如此困难，当他们看到那些成功的人，会抱怨社会的不公，会感慨现实的残酷，会感到生活的无助，但是对于唐子华而言，或许就是坚持，他清楚自己的能力，明白自己的弱点，却在尽量规避这些，才达成心愿，陈少军亦是如此。

我不能苟同陈少军是反面人物，因为他身上有很多让我们钦佩的地方：他对待刘思盈的感情专一；能够合理的使用对手派来的潜藏威胁；能够清楚地分析和处理问题；如果说唐子华是谋划型，陈少军就是实干型，他的临场经验比唐子华更为丰富，这是优势，也是他最终积劳成疾的原因，因为没人能够替代，这也是现在企业中存在的一个问题。

两个人，陈少军不苟言笑，对事认真的态度，让他在起步阶段就超越了唐子华，而且随着经验的积累，势必如此；而唐子华，因从小受帝王之术影响，他有才华，有创造的能力，但是他很清楚自己的缺点，因此，他退到后面，对自己的同事以诚相待，把他们当作朋友，放到适合的位置。

两个人的矛盾，其实只是因为观念的不同，而本质上两个人并没有任何区别，都是为了名利，都是为了当初的诺言，为此，他们去付出，从一开始计划着所有的事情，都是因为一个从未出现但很重要的刘思盈。

关于刘思盈，从一开始对其注入了相当大的感情因素，这个从未出场的人物时时刻刻引导着唐子华，直到唐子华明白自己心中谁占据主要地位之后她才消失，她是完美的，也是永恒的。

这也是一个关于成长的故事，唐子华的四段经历，也代表着他从学生时的单纯到生意场上的世故，他的一步步改变，都伴随着自己一次次不幸却又幸运的经历。

关于成长，谁都如此，大多数人迷茫于此，沦陷于此，留步于此，而唐子华那种异样的思维，从痛苦中找寻自己，找寻答案，最终才成为那个成熟的"曹飞"。

霜城，便是如此，它是年轻人的心，是城市中人们的信念，是未知的前途，也是茫然的理想，它就是成长，就是我们每个人心中必然走过的道路。